KB217675

오이먀콘 프로젝트

오이먀콘 프로젝트

허관 장편소설

팩토리나인

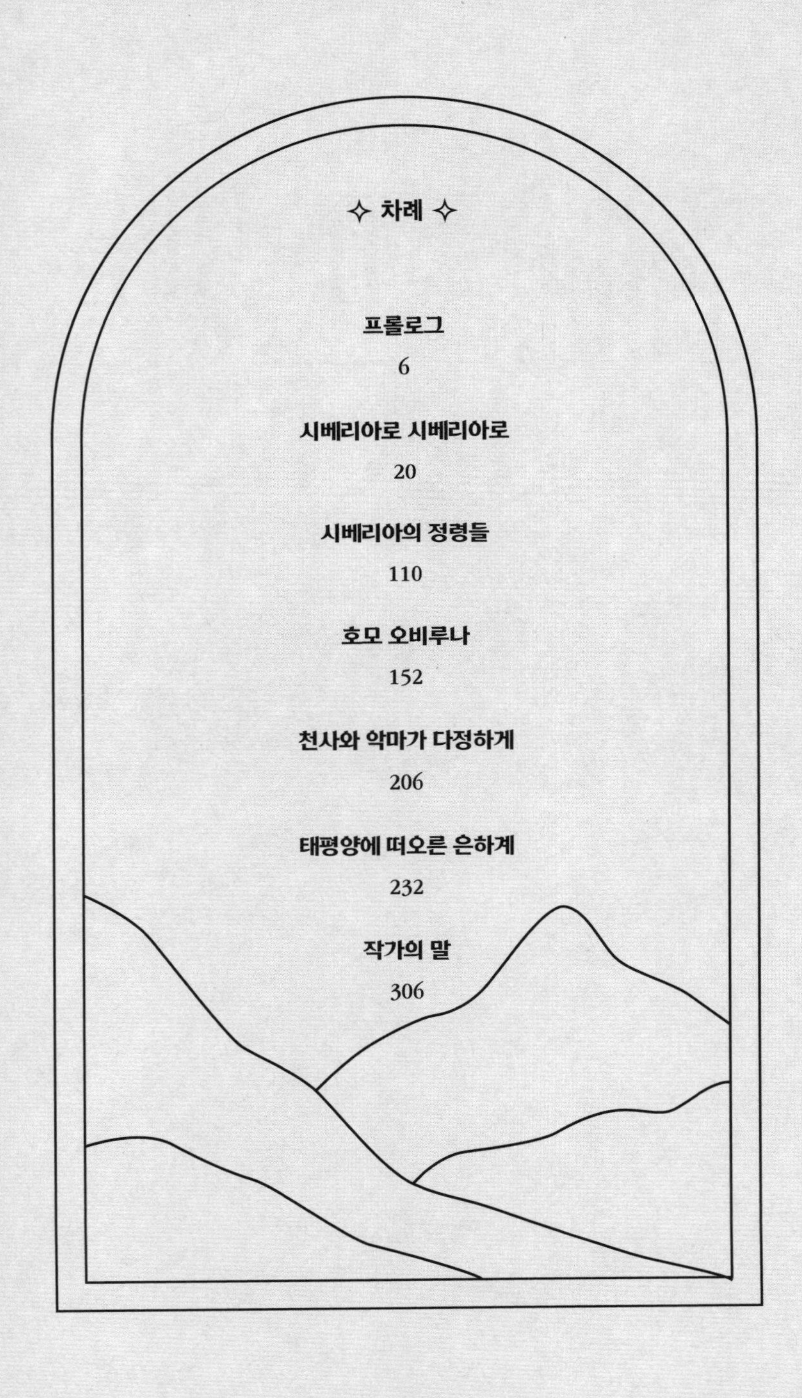

✧ 차례 ✧

1926년 1월 6일 시베리아 동쪽에 위치한 오이먀콘은 영하 71.2도까지 내려가 역사상 최저 기온을 기록했다. 제정 러시아 시절에는 정치범을 비롯한 수많은 죄수를 보낸 극한의 유형지로도 악명을 떨쳤다. 바로 이곳에 시베리아 동토에 묻힌 매머드의 부활을 꿈꾸는 민족, 야쿠트인이 살고 있다.

프롤로그

시베리아 오이먀콘, 그리고 쿠바

시베리아 오이먀콘.

산맥 위에서 검은 점이 빙글빙글 돌았다. 청명한 하늘이라 유독 돋보이는 검은 점. 한동안 주변을 돌던 검은 점이 천천히 하강하면서 점차 본래 모습을 드러냈다. 검독수리다. 날개를 접은 검독수리가 쏜살같이 곤두박질하여, 양수가 마르지 않은 새끼 사슴을 낚아채 남쪽 하늘로 스며들었다. 산통에 흘린 눈물이 채 마르지 않았는지 아니면 새끼를 잃어버린 슬픔의 눈물인지 알 수 없지만, 어미 사슴은 눈물이 그렁그렁한 눈으로 멍하니 하늘을 쳐다봤다. 봉우리 위로 태양이 고개를 내밀자, 시베리아 벌판에 잠들었던 바람이 깨어나 산맥 사면을 따라 올라갔다. 상승기류 때문에 산맥 봉우리에 몽글몽글 뭉게구름이 일어나는가 싶더니 금세 눈발이 흩날렸다.

시베리아는 동쪽 우랄산맥에서부터 서쪽 태평양 연안까지, 남쪽

몽골고원에서부터 북쪽으로는 북극해까지 광활한 대평원으로, 한때 아마존 정글보다 더 많은 생명체가 바글거렸다. 육중한 매머드 무리가 풀을 뜯고, 수만 마리의 사슴이 무리를 지어 들판을 뛰어다녔으며, 검치호랑이들이 수풀 속에 납작 엎드린 채 사슴을 노리는 모습을 어디에서나 볼 수 있었다. 그러나 2만 년 전, 갑자기 닥친 빙하기에 그 수많은 생명체가 꽁꽁 얼어붙어 영구동토층 아래 잠들게 되었다. 마침내, 기나긴 시간 동안 잠들었던 시베리아의 정령들이 인간이란 동물에 의해 깨어나려 한다.

둥지를 향해 활강하던 검독수리가 피비린내에 고개를 숙였다. 하얀 눈으로 덮인 산 사면에 붉은 영산홍이 만개했다. 수십 명의 인간들이 늑대 무리에 몸통이 갈기갈기 찢겼고, 피 범벅된 내장이 흘러내리며 하얀 눈 위를 시뻘겋게 물들였다. 한쪽 귀가 잘린 늙은 늑대 한 마리가 고개를 들어 검독수리를 올려다보며 길게 울었다. 잠시 후 늑대 무리는 아직 식지 않은 인간 사체를 그대로 내버려둔 채, 가지마다 눈이 소복한 전나무 숲으로 사라졌다. 배가 부르면 사슴 새끼가 코앞에서 알짱거려도 사냥하지 않던 늑대들. 하지만 그들의 터전 오이먀콘에 인간들이 도시를 건설한 이후 늑대들의 행동이 이토록 잔인해졌다.

둥지에 도착한 검독수리는 지친 몸을 쉴 틈도 없이, 곧바로 새끼 사슴의 몸을 부리로 찢어 핏물이 뚝뚝 떨어지는 살점을 갈색 솜털 뭉치처럼 생긴 새끼에게 먹였다. 귀여운 모습으로 살점을 받아먹는 어린 새끼. 이것이야말로 진정한 죽음이다. 죽음이 생을 만든다. 산 중턱 인간 무리의 죽음은 허무하되, 어린 사슴의 죽음은 신성하다. 모두 다 같은 죽음이 아니다.

새끼의 배를 채운 검독수리가 산 아래를 지그시 내려다본다. 인간들이 만든 도시 중앙의 우뚝 선 건물을 향해 개미처럼 작은 생명체 하나가 비틀비틀 걸어간다. 늑대의 공격으로부터 가까스로 살아남은 인간이다. 그가 뒤를 돌아본다. 검독수리는 두려움이 가득한 인간의 눈동자를 보고 고개를 갸우뚱한다.

'왜 창조주는 저런 불완전한 생명체를 만들었을까?'

* * *

비틀거리며 걸어가던 게리 베커 박사는 프네우마센터 정문 10여 미터 앞에서 뒤를 돌아봤다. 휘파람 소리 같기도 하고 새 울음소리 같기도 한, 희미하지만 날카로운 소리가 바람에 실려 왔다. 그러나 아무것도 보이지 않았다. 다만 자신이 걸어온 눈길이 피로 얼룩져 있을 뿐이었다.

"인류가 지나온 흔적처럼 피로 얼룩진."

그는 혼미해지는 정신을 가다듬기 위해 계속 중얼거렸다.

'너무 과소평가했어.'

베커 박사 일행은 암살자들의 음모를 눈치 채고 백악관에 도움을 요청했다. 곧바로 백악관에서 용병 다섯 명을 보냈다. 그들은 용병의 보호 아래 암살자들을 피해 탈출을 시도했다. 하지만 산맥을 채 넘기도 전에 늑대 무리를 만났다. 늑대 무리에게 용병 모두 속수무책으로 당했다. 한낱 짐승으로 여기며 안일하게 대응했기 때문이다. 시베리아에 사는 늑대들이 최근 들어 잔혹하고 치밀해졌다는 걸 인지하지 못한 대가는 처참했다.

늑대에게 물린 베커 박사의 다리와 옆구리에서 피가 흘러내렸다. 베커 박사는 건물 안으로 들어갔다.

'제발 10분만.'

그는 간절히 기도했지만 1분도 견디기 힘든 상황임을 직감했다. 문득 화물 엘리베이터를 떠올린 베커 박사는 비틀거리며 걸음을 옮겼다. 힘겹게 엘리베이터 버튼을 누르고 문에 기대 주저앉았다. 모습은 보이지 않지만, 그를 향해 뛰어오는 암살자들의 발소리가 점차 커졌다. 엘리베이터가 천천히 내려오더니, 문이 열렸다. 그가 엘리베이터 안으로 쓰러졌다. 그때, 베커 박사를 쫓아오던 암살자 중 한 명이 복도 모퉁이를 돌아 나타났다. 베커 박사와 눈이 마주쳤다. 하지만 총을 발사할 시간이 있었음에도 암살자는 권총을 손에 든 채로 엘리베이터 문이 닫히는 것을 바라보고만 있었다.

169층. 초고속 엘리베이터로 올라갈 땐 1분도 걸리지 않지만, 화물 전용 엘리베이터로 전망대까지 오르려면 꽤 시간이 걸렸다. 베커 박사는 품에서 태블릿 PC를 꺼내 전원을 켰다. 무선통신에 접속해

메일함을 열었다. 예상대로 메일이 모두 지워졌다. 해킹이었다. 그는 스마트폰을 꺼내 메신저로 시베리아에서 탈출해 독일로 떠난 빙하 전문가 빌 박사에게 파일을 보냈다. 파일이 업로드되는 동안 그는 메시지를 작성했다.

'즉시 파일을 다른 장치에 옮길 것. G-GAW 멤버 위험. 백악관도 믿지 말 것.'

전송 완료 메시지가 뜨자 곧바로 빌 박사에게 전화했다. 하지만 신호음이 두 번 울리다 끊겼다. 암살자들이 전파를 차단했으리라. 그래도 다행이다. 빌 박사가 자료를 받았으니.

엘리베이터가 169층에서 멈췄다. 문이 열렸다. 암살자 두 명이 다가와 베커 박사를 부축하듯 일으켰다. 베커 박사를 돔의 중앙에 서 있는 중년 남자 곁으로 데리고 갔다. 투명한 소재로 만든 돔이라 시베리아의 하얀 벌판이 한눈에 보였다. 중년 남자는 뒷짐을 진 채 드넓은 벌판을 응시했다. 양 어깨를 잡고 있던 암살자 두 명이 뒤로 물러나자 베커 박사가 제자리에 풀썩 주저앉았다. 베커 박사가 중년 남자의 뒷모습을 올려다보며 외쳤다.

"당신들은 누구요? 그리고 왜 인류를……."

"우리? 우리는 호모 오비루나 사냥꾼."

베커 박사는 자신도 모르게 피식 웃음이 나왔다. 호모 오비루나라는 유치한 단어 때문이었다. 영어 오비(ovi)는 알을 뜻하고, 라틴어 루나(ruína)는 파괴자다. 콜럼버스가 달걀을 깨트려 탁자 위에 세운 행위는, 오랜 시간 관습에 갇혀 있던 인간의 이성을 일깨워 준 게 아니라, 고귀한 생명체를 잔인하게 죽인 것에 불과하다고 믿는 반 자본주의에 물든 자들이 이른바 호모 오비루나 사냥꾼들이다. 저들의 주장에 따르면 호모 오비루나는 덜 진화한 인류였다. 만 명당 한 명꼴로 태어나 전 세계 곳곳에 약 80만 명이 있으며, 세계 자본과 권력의 대부분을 쥐고 있는 자들이었다.

베커 박사의 웃음소리에 뒷모습만 보이던 중년 남자가 몸을 돌렸다. 그의 입가엔 미소가, 눈에는 살기가 엿보였다. 베커 박사가 으르렁거리듯 말했다.

"호모 오비루나? 그딴 게 어딨어. 다 거짓이야."

"그래. 솔직히 당신 말대로 그딴 게 있는지 없는지 나도 몰라. 하지만 이것 하나는 확실하지. 모두가 진실이라고 믿으면 진실이 된다는 것."

중년 남자가 잠시 말을 멈추고 베커 박사에게 얼굴을 들이대더니, 귀에 대고 속삭였다.

"그리고, 곧 모두가 믿을 사건이 발생할 거야."

태평양에 솟아오를 다섯 개의 은하계를 두고 하는 말이다.

"당신들이 말하는 호모 오비루나들이 가만히 있을까?"

"내일 아침이면 G-GAW 멤버들 모두 천국에서 만날 거야. 그러면 그날까지 비밀은 유지될 테지."

"G-GAW 멤버를, 설마?"

중년 남자의 말을 듣자마자 베커 박사는 자료를 받은 빌 박사도 위험하다는 것을 직감했다. 베커 박사는 있는 힘을 다해 중년 남자 곁으로 기어갔다. 그런 베커 박사를 내려다보던 중년 남자가 품에서 도널드 덕 인형을 꺼냈다.

"애들 장난감으로 지금 뭐 하자는 건가."

남자의 우락부락한 외모와 어울리지 않는 귀여운 인형에 베커 박사는 웃음조차 나오지 않았다. 도널드 덕의 노란 주둥이가 베커 박사의 이마로 향하는가 싶더니, 이마가 따끔했다. 정신이 몽롱해진다. 장난감이 아니었다. 베커 박사의 몸이 투명한 유리 위로 쓰러졌다. 미간에서 흘러내린 피가 유리 바닥을 흥건하게 적셨다. 밖으로 펼쳐진 거대한 오이먀콘 메가시티와 메가시티를 감싸고 있는 하얀 산맥이 꿈틀거린다.

2억 4천만 년 전 솟아난 산맥이 메가시티를 품고 있다. 하나였던 땅이 여섯 개의 대륙으로 갈라지고, 이따금 거대한 혜성이 충돌해 불바다가 되고, 수시로 화산이 분출해 태양을 가리는 걸 모두 목도한 산맥이다.

'산맥이 겪은 수많은 일에 비하면, 이제부터 벌어질 일은 작은 해프닝 정도로 치부되겠지.'

갑자기 머리가 맑아지는가 싶더니 베커 박사의 눈에 투명유리 아래 펼쳐진 기이한 풍경이 들어왔다. 그리고 그는 더 이상 숨을 들이마시지 못했다. 마지막 날숨은 나갔지만, 그의 눈으로 들어온 풍경은 머릿속에 한동안 머물렀다.

'자기 꼬리를 문 사악한 뱀.'

웅장한 프네우마센터를 휘감은 흰 건물은 영원을 상징하는 뫼비우스의 띠가 아닌, 제 꼬리를 뜯어 먹다 죽은 그리스 신화의 괴물 우로보로스였다. 문득 그의 머리에 세간에 떠도는 인류 종말의 예언이 떠올랐다.

'다섯 개 은하계가 태평양에 솟아오르면, 노아의 방주가 뜨리라.'

까무러지는 의식 속, 둥근 나선 은하 다섯 개가 그의 눈앞에 선명하게 떠오르는 듯했다. 은하 한 곳에 천억 개의 별이 있다. 우리 우주에는 이런 은하가 천억 개 있다고 한다. 그렇다면 별은 대체 얼마나 많다는 것인가? 그의 의식은 헤아릴 수 없는 빼곡한 별들의 틈으로 서서히 흩어져갔다.

* * *

쿠바 아바나 말레콘 해변.

남자는 시계를 봤다. 2시 34분. 약속 시각보다 4분이 지났다. 남자는 시선을 들어 줄지어 밀려오는 파도를 바라보며 방파제 위를 천천히 걸었다. 그녀는 늘 조금 늦었다. 이렇게 걷다 보면 예전처럼 그녀가 조용히 나타날 것이다. 바람은 없지만, 방파제에 부서진 파도가 하얗게 솟구쳤다. 멀리서 밀려온 파도가 분명했다. 남자는 먼 바다로 시선을 돌렸다. 수평선이 검은 구름 속으로 사라졌다. 멀리서 스콜이 몰려오고 있다. 곧 한바탕 소나기가 내려 종일 달궈진 도시를 식힐 것이다.

파도처럼 사나운 역사를 간직한 말레콘 해변이다. 초승달 모양의 말레콘 해변 한쪽 끝, 아바나 항구로 이어진 좁은 항로의 언덕 위에는 아직도 포신 하나가 우뚝 선 채 대서양을 향하고 있다. 아메리카의 원주민은 물론 그들의 문명까지 초토화시킨 이들의 탐욕은 아직도 진행 중이다. 그 탐욕 끝에 무엇이 도사리고 있는지 뻔히 알면서도 멈출 수 없는 자들.

'호모 오비루나.'

오래 전, 탐욕의 돛을 단 배들이 대서양을 건너 말레콘 해변에 닿던 순간, 수천만 명의 아메리카 원주민이 죽었다. 수천 년간 공들여 쌓은 문명 또한 흔적도 없이 파괴되었다. 그들이 이룬 문화는 그렇게 전설이 되어 잊혀졌다. 하나의 생명체인 달걀을 거리낌 없이 깨트려 자신의 정당성을 주장했던 콜럼버스. 그리고 그의 의지를 이어받은 후손들은, 아메리카는 물론 지구의 환경까지도 무참히 파괴하기에 이르렀다.

벤츠 두 대가 방파제 아래 멈춰 섰다. 한 대는 푸른색 1980년대 모델, 다른 한 대는 검은색 최신 모델이었다. 쿠바는 자동차 장수 국가다. 차가 최소 50년은 굴러다닌다. 남자는 아바나 시내에서 돌아다니는 낡은 차들을 볼 때마다, 어쩌면 자동차들이 가장 살고 싶어 하는 나라가 쿠바는 아닐까 생각했다. 낡은 푸른색 벤츠에서 그녀가 내리더니 경호원의 부축을 받으며 방파제 위로 올라왔다. 밝은 햇살 아래라 그런지 오늘따라 얼굴 주름이 더 자글자글했고, 예전보다 등도 더 굽어 보였다.

"그래, 그들을 어떻게 할 건가요?"

그녀는 불쑥 본론부터 꺼냈다. 그녀답지 않은 행동이다. 그녀는 평소 상대방이 하고자 하는 말을 꺼내기 전까지 쓸데없는 이야기만 늘어놓을 뿐, 절대 먼저 본론을 꺼내지 않았다.

"막아야지요."

"만약 그들이 진실을 살짝 흘리기라도 한다면."

여자의 목소리가 점차 약해지더니 파도 소리에 묻혔다.

"하나의 사건이 진실로 탈바꿈하기 위해서는 반드시 거쳐야 할 과정이 있습니다."

여자가 걸음을 멈추고 남자의 얼굴을 올려다봤다.

"혁명입니다."

여자의 시선이 길 건너편에 있는 12층 회색 건물로 향했다. 건물 벽면에 그려진 거대한 체 게바라 초상이 먼바다를 바라보고 있었다. 쿠바에서 흔하게 볼 수 있는 벽화였다. 최고의 혁명가 초상 앞이라 그런지, 혁명이란 말이 쉽게 나오지 않았다.

"진실은 그 무엇도 개입할 수 없는 사실을 일컫는 말입니다. 혁명으로 진실을 쟁취한다. 과학적 진실을 혁명으로……."

그녀가 마른기침을 뱉었다.

“진실은 절대자 뒤에 숨어 있고, 과학은 나약하고 초라하고 허점투성이에다가, 욕망으로 점철된 인간의 머리에서 나온 겁니다. 과학적 진실이 본질에서 벗어나 협상 테이블에 올라온 지는 꽤 오래되었지요.”

“맞아. 쯧쯧쯧. 신은 어디로 튈지 모르는 네 살배기 어린이에게 핵폭탄 버튼을 쥐여 준 거나 마찬가지야.”

그녀가 중얼거리며 혀를 찼다. 남자는 품속에서 종이봉투를 꺼내 여자에게 건넸다.

“제거해야 할 명단과 계획입니다.”

그녀가 손을 내밀었다. 바람처럼 조용히 따라오던 경호원이 그녀의 손에 안경을 건넸다. 안경을 쓴 그녀는 한동안 서류를 들여다보더니 바다로 시선을 돌렸다.

“역사는 이들을 어떻게 기록할까요? 실패한 쿠데타? 아니면 갈릴레오 갈릴레이처럼 ‘그래도 지구는 돈다.’라는 명언을 남기고 형장의 이슬로 사라진 위대한 인물들?”

남자는 갈릴레오 갈릴레이가 ‘그래도 지구는 돈다’는 말을 하지 않았다고 말하려다 그만두었다. 나이를 먹을수록, 옳고 그름이 그리 중요치 않다는 걸 깨달았다.

“이번 일이 끝나면 인류 역사는 창세기부터 새로 쓰일 겁니다. 당연히 이들의 흔적도 영원히 사라지겠지요.”

"영원히?"

"네, 영원히."

영원이란 말이 남긴 긴 여운이 사라질 때까지 그들은 아무 말 없이 방파제 위를 걸었다.

"그런다고 시한부 선고 받은 지구가 살아날까요?"

침묵을 깨고 그녀가 물었다. 만나면, 버릇처럼 하는 질문이다. 그도 버릇처럼 대답했다.

"시한부 인생이셨던 회장님을 살리지 않았습니까?"

"나와 같은 방법으로 지구를 살리겠다고? 그 끔찍한 방법으로?"

그녀가 걸음을 멈췄다.

"저들은 어쩌고?"

그녀는 눈을 가늘게 뜨고 방파제 위에서 바다로 다이빙하는 소년들을 바라보았다. 그녀와 딴판인 소년들의 표정은 태양처럼 해맑았다. 답할 수 없는 질문이다. 그녀도 답을 바라고 한 질문은 아니었다. 그녀가 다시 걷기 시작했다.

"그나저나 다섯 개의 은하계는 언제 솟아오르나요?"

"9월 27일입니다."

"5일 남았네요. 5일."

그녀가 허공에 손을 내밀고 검지를 까딱거렸다. 그러자 따라오던 경호원이 밤색 가죽가방을 남자에게 건넸다. 남자는 가방을 열었다. 그리고 미소를 지었다. 가방 안에는 목이 긴 도널드 덕 인형이 있었다. 사용법은 가방 안에 있으니 워싱턴으로 가는 항공기 안에서 보라는 말을 마지막으로 그녀는 남자에게서 등을 돌렸다. 그리고 올라왔던 것처럼 경호원의 부축을 받으며 방파제에서 내려가 다시 푸른색 벤츠에 몸을 싣고는 떠나갔다.

시베리아로,
시베리아로

1

광활한 태평양에서 밀려온 파도가 바위에 하얗게 부서졌다. 절벽을 따라 올라온 상승기류에 마른 풀이 해안도로를 가로질러 굴러간다. 날렵한 검은색 아우디 A10이 속도를 줄이지 않고 급커브를 틀었다. 야트막한 봉우리 뒤로 솟아오른 금문교의 주탑이 희미하게 보였다. 드디어 샌프란시스코다. 반들거리는 차체 표면에 금문교의 붉은 난간이 빠르게 비쳐 지나갔다. 검은색 A10은 마치 정어리 떼를 쫓는 범고래처럼 요리조리 차선을 변경하며 앞차를 추월했다. 금문교를 건너 40분가량 달리다가 완만한 언덕을 올라갔다. 단어 'GREEN'으로 둥근 지구를 감싼, 유치하기 짝이 없는 로고 아래를 통과해 주차장에 멈춰 섰다.

차에서 여자 한 명과 남자 두 명이 내렸다. 남자 두 명 중 한 명은 키가 큰 백인이었고, 한 명은 키가 작은 동양인이었다. 동양인 남자는 등에 가방을 메고 있었고, 여자도 남자와 같은 가방을 오른쪽 어깨에 걸치고 있었는데 여자의 얼굴은 얼핏 봐서는 동양인인지 서양인인지 알기 힘들었다. 얼굴의 절반을 가린 선글라스 탓이었다. 그들은 경비실로 향했다.

"그린컴퍼니에 오신 것을 환영합니다."

회색곰 같이 생긴 경비원이 그들을 맞이했다. 그들은 경비원에게 여권을 건넸다.

"아, 중국에서 오신 분들이시죠? 연락받았습니다. 그리고 죄송하지만 안경 좀."

경비원의 말에 여자는 선글라스를 벗었다. 그녀의 금속 눈알을 보고 여권을 스캔하는 경비원의 손이 미세하게 떨렸다. 자동으로 출입자 명부가 작성되었다.

"금속성 물질을 소지하고 계시면 여기에 맡겨주세요. 안으로는 반입금지……."

경비원은 긴장을 들키지 않으려 최대한 자연스러운 목소리를 냈지만, 침을 삼키다 사레가 들려 더 말을 잇지 못했다.

"없소."

키 작은 남자가 무뚝뚝하게 대답했다. 남자 두 사람이 금속 탐지문을 통과하고, 여자가 통과하려고 하자 경보음이 울렸다. 경비원이 앞을 가로막았다. 여자는 선글라스를 벗더니 은색으로 반질거리는 텅스텐 눈알을 꺼내 경비원에게 맡기고, 다시 금속 탐지문 안으로 들어갔다. 이번에는 경보음이 울리지 않았다. 아기 주먹 크기의 텅스텐 눈알을 받아 든 경비원이 그녀와 눈알을 번갈아 쳐다봤다.

"CRDS 원격지원실은 어디에 있지요?"

"온실가스 측정실은 C동 맨 끝에 있습니다."

기침을 가라앉힌 경비원이 떠듬떠듬 대답했다. 그 말에 키 작은 남자가 한숨을 푹 내쉬더니 볼펜과 메모지를 꺼내 'CRDS 원격지원실'이라고 적어 경비원에게 보여 주었다.

"온실가스 측정실이 아니라, 이곳이요."

"CRDS가 온실가스 측정 장비입니다. 모든 것을 원격으로 관리하는 게 가능한 최첨단 장비지요. CRDS는 Cavity Ring-Down Spectroscopy의 줄임말로 관측원리는……."

"네, 네, 알겠습니다."

키 작은 남자가 경비원의 말을 막더니 C동 쪽으로 걸어갔다. 경비원은 그제야 그녀에게 보안카드를 줬다.

"여권은 나가실 때 이 카드와 교환하시면 됩니다. 원칙상 금속은 반입금지입니다. 이 물건도 나가실 때 드리겠습니다."

여자는 선글라스를 쓴 뒤 키 작은 남자를 따라갔다. 경비원은 한 손에는 여권을, 다른 한 손에는 금속 눈알을 든 채 멀어져 가는 그들을 보며 혼자 중얼거렸다.

"이상하군. 꽤 큰 가방인데 금속 성분이 하나도 없다니."

보안카드를 가져다대자 C동 출입문이 스르륵 열렸다. 외부와는 달리 건물 내부 복도는 좁고, 어두웠다. 그들은 곧바로 걸어가서, 복도 끝 오른쪽에 있는 출입문 앞에 멈췄다.

CRDS 원격지원실

회색 출입문 위에 군청색 글씨가 선명했다. 키 작은 남자가 가방 안에서 도널드 덕 두 개를 꺼내 옆에 있는 여자에게 하나를 건넸다. 문고리를 돌리자 의외로 문은 쉽게 열렸다. 사무실 안에는 총 다섯 명이 있었다. 그때였다. 걸걸한 웃음소리가 실내를 가득 채웠다. 사무실 중앙에 앉아있던 덩치 큰 남자가 입을 크게 벌린 채 웃고 있었다. 무기가 도널드 덕으로 바뀐 뒤 임무를 수행할 때마다 늘 겪는 상황이었다. 그러나 그간 도널드 덕을 보고 웃은 사람 중 살아남은 자는 아무도 없었다.

재빨리 사무실 안 상황을 파악한 여자는 도널드 덕의 안전 레버를 해제했다. 금방이라도 숨넘어갈 듯 웃고 있는 덩치 큰 남자를 향해 방아쇠를 당겼다. 남자의 미간에 구멍이 나는가 싶더니 콧등을 타고 피가 흘러내렸다. 호기심 가득한 눈으로 쳐다보던 다른 사람들이 비명을 질러댔다. 키 작은 남자가 비명을 지르는 사람들의 심장을 향해 도널드 덕을 쐈다. 그들의 가슴옷자락에 물방울이 맺히는가 싶더니 피가 솟구쳤다. 그들과 동행하던 키 큰 남자가 유혈로 낭자한 사무실에서 나가려 하자, 여자가 가로막았다. 키 큰 남자는 털썩 주저앉더니 여자의 신발에 덜 소화된 우유와 베이컨을 게워냈다. 사무실 안은 금세 피비린내와 토사물 냄새로 가득해졌다. 여자는 아무렇지도 않다는 듯 신발에 묻은 토사물을 툭툭 털며 말했다.

"당신이 여기서 그냥 나가면 이 사람들의 죽음이 허무하잖아. 우릴 살인하면서 희열을 느끼는 정신병자로 만들고 싶어? 아마 이 사람들도 천국에서 우리 작전이 성공하길 빌 거야."

살인에 대한 죄책감이나 망설임이라고는 조금도 느껴지지 않는 목소리였다.

"자, 빨리 준비해."

그제야 키 큰 남자가 일어나 사무실을 둘러봤다. 오른쪽 벽을 가득 채운 모니터에 세계지도가 있고, 지도 위에 검은 점 수백 개 찍혀 있었다. 전 세계 지구대기감시(GAW) 관측소 중 CRDS 장비가 설치된 곳들이었다. 여자는 키 큰 남자에게 쪽지를 내밀었다. 전 세계에 흩어져 있는 G-GAW 멤버가 근무하는 관측소 목록이었다.

독일: 알프스산맥 추크슈피체 제1관측소

중국: 왈리구안

일본: 미나미도리시마

미국: 하와이 마우나로아

남아프리카 공화국: 희망봉

미국: 콜로라도 덴버 로키산맥

키 큰 남자는 모니터 속 300여 개의 푸른색 점 중 여섯 개만 골라 붉게 표시했다. 장비 고장을 알리는 붉은 점. 붉은 점이 찍히면 CRDS 관측장비에 원격 접속이 가능해진다. 키 큰 남자는 준비해간 메모리스틱을 컴퓨터에 꽂았다. 파일명 '오이먀콘 프로젝트'를 여섯 관측소에 설치된 CRDS 장비로 보냈다.

"JH는 취향도 이상해. 성능은 좋은데 디자인이 이게 뭐야."

"그래도 얼음 총이라니, 아이디어는 죽이잖아."

키 작은 남자의 말에 선글라스 여자가 빙그레 웃으며 대답했다. 디즈니 만화 속 수다쟁이 오리 도널드 덕의 색상과 형태를 그대로 모방한 무기였다. 다만, 디즈니의 오리와 다른 점은 목이 유난히 길다는 것이다. 작은 물방울을 급속히 얼려 강한 압력으로 발사하는 무기였다. 냉각에는 액화 질소를 사용했기에 금속 탐지기에도 감지되지 않았다.

선글라스로 얼굴 절반을 가린 여자는 몸을 출입문에 기대고 서서 키 큰 남자를 향해 말했다.

"준비됐나?"

여자의 물음에 키 큰 남자는 고개만 끄떡였다.

"16시 정각에 엔터키만 누르면 된다고 했지?"

순간, 키 큰 남자의 눈동자가 흔들렸다. 하지만 이미 늦었다. 여자는 남자를 향해 도널드 덕의 방아쇠를 당겼다. 남자의 뒤통수에 물기가 맺히는가 싶더니 머리에서 용암처럼 뽀글뽀글 피가 솟구쳤다. 16시 정각, 여자는 엔터키를 눌렀다.

'임무 완료.'

여자는 어디론가 문자를 보낸 뒤 키 작은 남자와 함께 경비실을 향해 천천히 걸어갔다. 경비실 안 경비원은 졸고 있었다. 두 사람은 그대로 경비실을 지나쳤다. 정문을 통과하기 직전 여자는 크락션을 길게 누르고, 백미러로 경비실을 보았다. 경비원이 여권과 금속 눈알을 들고 손을 흔들고 있었다. 뭐라 소리 지르는 것 같은데 잘 들리지 않았다. 그녀는 창문으로 고개를 내밀고 소리쳤다.

"아저씨 가지세요."

정문을 빠져나와 모퉁이를 돌자, 무전기를 통해 또 다른 임무가 떨어졌다.

'모든 요원은 즉시 시베리아 오이먀콘으로 집결.'

"쉴 틈을 주지 않는군."

키 작은 남자가 투덜거렸다.

2

그녀는 독일 최고봉 추크슈피체 정상으로 오르는 케이블카에 몸을 실었다. 주말인데도 관광객이 그리 많지 않아 바로 케이블카를 탈 수 있어 다행이었다. 겨울과 여름에는 관광객 때문에 케이블카를 타려면 두어 시간은 기본으로 기다려야 했다. 그녀를 실은 케이블카가 덜컹 소리를 내더니 천천히 움직였다. 10분만 기다리면 정상에 오른다. 그녀는 좁은 케이블카 안을 서성였다. 쉘 박사가 걱정되었다.

추크슈피체에는 GAW(Global Atmospheric Watch, 지구대기감시) 관측소가 두 개 있다. 정상에 있는 제1관측소에서는 온실가스와 에어로졸 등 지구대기관측을 하고, 그녀가 근무하는 제2관측소는 지구대기관측과 함께 지구온난화로 점점 줄어드는 알프스산맥의 만년빙 관측을 병행했다.

UN 소속인 GAW에서는 온실가스, 에어로졸 등 전 지구의 대기 성분을 분석하여 지구의 건강 상태를 점검한다. 이를 위해 전 세계 500여 소의 관측소를 운영하고 있다. 한때는 지구온난화의 원인을 다른 곳에서 찾는 부류도 있었지만, 지금은 인간이 태운 화석 연료 때문이라는 게 정설로 자리 잡았다. 수십 년간 지구촌 곳곳 오지에서 묵묵히 일해 온 GAW 전문가들이 없었다면, 아직도 인류는 지구온난화의 원인을 찾지 못한 채 방황하고 있을 것이다. GAW 전문가들을 다른 말로 '지구 의사'라 한다. 그녀는 스스로 지구 의사라는 것이 이따금 자랑스러웠다.

달콤한 마카롱을 먹고 곧바로 측정한 당수치가 의미 없듯이, 인근에 공장이나 고속도로 등 국지적 오염원이 있는 곳에서 측정한 지구대기감시 값은 의미가 없다. 광범위한 지역의 대푯값을 관측하기 위해 엄격한 관측환경 조건을 지켜야 한다. 무엇보다도, 측정 단위가 큰 건 ppm(parts per million, 100만 분의 1)에서 작은 건 ppt(parts per trillion, 1조 분의 1)로 최첨단 분석 장비와 고도의 기술이 필요하다. 지구대기감시 최고 전문가집단인 G-GAW 멤버는 새로이 구축하는 GAW 관측소 관측환경을 자문해주고, GAW 인턴들에게 분석 기술을 전파하는 등 지구 의사 리더 역할을 했다. 이를 위해 G-GAW 멤버는 주기적으로 시험을 본다. 시험 절차는 단순했다. 임의로 혼합한 같은 농도의 기체를 밀폐용기에 담아 각 관측소로 보내, 같은 시간에 측정 공유하여 장비 상태와 자료 분석 능력을 점검하는 방식이었다. 이번 시험 주관은 미국 하와이 마우나로아 관측소다. 하와이 시각에 맞추다 보니 이곳은 새벽 1시였다.

쉘 박사도 G-GAW 멤버다. 쉘 박사는 시험을 보기 위해 미국 해양대기청(NOAA)에서 보내온 이산화탄소 가스통을 들고 어제저녁 마지막 케이블카로 추크슈피체 정상에 올라갔다. 그녀는 아침에 일어나자마자 쉘 박사에게 전화했다. 그런데, 전화를 받지 않았다. 쉘 박사는 올해 12월이면 정년퇴직이다. 고혈압 때문에 그리 좋아하던 맥주도 끊었다. 젊은 사람도 독일 최고봉 추크슈피체 정상에 오르면 기압 차로 귀가 먹먹해진다.

'같이 올라갔어야 했어.'

케이블카가 까마득한 협곡을 지났다. 정상에 가까워질수록 그녀의 불안은 더 커졌다. 드디어 케이블카가 추크슈피체 정상에 도착했다. 쉘 박사가 근무하는 추크슈피체 지구대기감시 제1관측소는 케이블카 접안시설 건물 2층에 있다. 그녀는 케이블카에서 내려 2층으로 뛰어 올라갔다. 관측소 문을 연 그녀는 멈칫했다. 쉘 박사는 의자에 누운 채 가슴에 담요를 덮고 편안하게 꿈나라를 노닐고 있었기 때문이다. 긴장이 풀리자 쉘 박사가 조금 원망스러웠다. 아직도 청춘인 듯 밤새 영상회의 시스템으로 지구 곳곳 오지에 근무하는 G-GAW 맴버들과 새벽까지 떠들다가 잠들었음이 분명했다.

그녀는 쉘 박사를 향해 걸어가다가 멈췄다. 아침 햇살이 내려앉은 쉘 박사의 얼굴이 너무나 평온해 보였기 때문이었다. 그녀는 살며시 문을 닫고, 계단을 내려와 건물 밖으로 나왔다. 햇살에 반짝이는 '독일 최고봉 추크슈피체 2,963m' 표석이 그녀를 반겼다. 그녀는 서쪽 난간을 잡고 끝없이 펼쳐진 알프스산맥을 보다가, 눈을 감고 숨을 깊이 들이마셨다. 바람이 귀밑으로 흘러들어 정수리로 빠져나간다. 차가운 지구의 손길에 온몸이 움츠러들었다. 머리가 맑아지며 곧바로 지구와 물아일체에 빠진다.

인류는 200년 전 이미 지구와의 공생관계를 청산하고, 오로지 기생하였다. 그 이후 인류라는 기생충에 지구는 점차 나약해지더니, 20여 년 전부터 시름시름 앓다가 6년 전 시한부 선고를 받았다. 그녀는 인간보다 지구를 더 사랑한다. 지구의 품에 안겨 있다가 슬며시 눈을 떴다. 이질적인 물체가 눈에 들어왔다. 추크슈피체에 오를 때마다 보는 물체지만 좀처럼 적응이 안 된다. 대자연의 한복판 황금빛으로 휘황찬란하게 빛나는 십자가. 추크슈피체를 오르다 숨진 산악인들의 영혼을 달래기 위해 세운 십자가라고 하는데, 아마 신이 있다면 저 화려한 십자가를 보고 부끄러워할 게 분명했다. 화려한 십자가의 불편함에 시선을 산 아래로 돌렸다. 65도의 가파른 바위 절벽 아래, 계절에 어울리지 않는 새하얀 스키장 슬로프가 그녀의 시선을 사로잡았다. 급격한 기후변화에 때 이른 폭설이 내렸기 때문이었다. 스키장과 정상 중간쯤 절벽에 지구대기감시 제2관측소가 제비집처럼 달려있다. 새하얀 눈 속에서 칙칙한 회색 건물이 도드라져 보인다. 그녀가 근무하는 곳이다.

어차피 망친 휴일이다. 그녀는 제2관측소에 가서 장비를 점검해 보기로 했다. 정상에서 제2관측소에 가려면 케이블카로 스키장까지 내려갔다가, 그곳에서 관측소와 이어진 또 다른 케이블카를 타야 한다. 하산하려면 이 경로를 역행해 추크슈피체 정상에 다시 올라와야 한다. 그때 쉘 박사를 깨워 같이 내려가기로 하고, 그녀는 스키장으로 향하는 케이블카에 몸을 실었다. 곧바로, 케이블카가 스키장 리조트에 도착했다. 스키장 시설 관리인 베언트가 졸고 있다가 케이블카 접안 소리에 놀라 일어났다.

"꼬마 여전사, 안녕."

그녀는 이제 꼬마가 아니다. 이미 10여 년 전부터 베언트보다 키가 더 컸다. 하지만 아직도 그에겐 꼬마였으며 여전사다. 그녀는 열두 살 때부터 쉘 박사를 따라 추크슈피체 정상에 올라와 이곳에서 살다시피 했다. 베언트도 스키장 시설 관리를 위해 사시사철 이곳을 떠나지 않았다. 그녀는 틈만 나면 베언트 앞에서 그날 익힌 태권도 품새를 보여주었다. 그때부터 베언트는 그녀를 여전사라고 불렀다. 나이로는 할아버지뻘이지만, 베언트는 그녀의 소중한 친구이자, 멘토다. 산사람인 베언트도 그녀 못지않게 지구를 사랑했기 때문에 서로 공감하는 게 많았다. 무엇보다도, 그녀는 자신을 아름답다는 말보다 여전사라고 불러주는 게 몇 백 배는 좋았다.

"참! 조금 전 관측소에 간 거 자네 아니었어?"

졸음이 채 가시지 않은 눈으로 그녀를 맞이하던 베언트의 눈동자가 동그랗게 커졌다.

"관측소라뇨?"

"한 시간쯤 전에 케이블카가 관측소로 가더라고, 그래서 나는 자네가 온 줄 알았지."

그녀는 제2관측소로 가는 케이블카 접안실로 들어갔다. 베언트의 말대로 접안실은 텅 비어 있었다. 누군가가 케이블카를 타고 관측소에 들어간 거였다. 보안카드 없이는 관측소 케이블카를 움직일 수 없다. 관측소 직원 중 한 명이 분명했다. 누굴까. 그녀는 보안카드를 인식 장치에 댔다. 관측소에 있던 케이블카가 스키장을 가로질러 천천히 내려왔다.

"아, 참. 오늘은 주말이잖아. 이 산꼭대기에는 왜 온 거야? 남자 친구 안 만나?"

"오후에 만나기로 했어요."

그녀는 이성에 별 관심이 없었다. 그렇다고 동성을 좋아하는 것도 아니었다. 지구를 좋아했다. 하지만 이를 남들에게 일일이 설명하기 귀찮았다. 그래서 베언트에게 가상의 남자 친구를 만들어 들려주었다. 베언트에게 들려준 그녀의 가상 남자 친구는 자연처럼 부드럽고, 때로는 자연처럼 사나우며, 자연처럼 마음이 드넓었다.

드디어, 빈 케이블카가 도착했다. 케이블카는 스키장 슬로프 상공을 지나 제2관측소로 올라갔다. 케이블카가 제2관측소 접안시설에 멈췄다. 그녀의 사무실로 가기 위해 계단 쪽으로 걸어갔다. 그때였다. 누군가가 비틀거리며 모퉁이를 돌아오더니 그녀를 향해 쓰러졌다. 반사적으로 남자의 몸을 안자 손이 질퍽했다. 피였다. 머릿속이 하얘졌다.

"엘리베이터로."

남자의 숨넘어가는 긴박한 목소리에, 그녀는 남자를 부축하여 엘리베이터로 향했다. 남자가 피 묻은 손으로 엘리베이터 하강 버튼을 눌렀다. 3층에 있던 엘리베이터가 내려오더니, 문이 열렸다. 그녀와 남자는 엘리베이터 안으로 들어갔다. 그녀는 그제야 남자의 얼굴을 똑바로 봤다. 시베리아에 있어야 할 고기후학 전문가 빌 박사다.

"지하 1층으로."

빌 박사가 보안카드를 그녀에게 주면서 간신히 말했다. 그녀는 엘리베이터 패드에 빌 박사가 건네준 보안카드를 대고 지하 1층 버튼을 눌렀다. 급하게 계단을 뛰어 내려오는 발소리가 점차 크게 들렸다. 엘리베이터 문이 닫혔다.

"암살자들이야, 암살자……."

빌 박사가 중얼거리다 고개를 떨궜다. 엘리베이터가 지하 1층에서 멈추자 그녀는 빌 박사를 끌어내렸다. 마침, 엘리베이터 출입문 옆에 접이식 의자가 있었다. 그녀는 엘리베이터 문 사이에 의자를 끼워 놓았다. 엘리베이터의 문이 닫히다가 의자에 걸려 다시 열리기를 반복했다. 그렇게 엘리베이터를 지하 1층에 잡아놓았다.

추크슈피체 지구대기 제2관측소 지하 1층엔 알프스 만년빙 연구실이 있다. 이곳엔 아무나 드나들 수 없다. 만년빙이 쉽게 오염되기 때문이다. 지하 1층으로 들어오는 방법은 두 가지밖에 없다. 엘리베이터를 타거나, 아니면 4층 건물 밖으로 나가서 10여 미터 떨어진 절벽에 있는 동굴을 통해서다. 암반 깊이에 따른 알프스 만년 빙하의 상태를 연구하기 위해 뚫은 동굴이다. 하지만 지금은 눈이 많이 쌓여 빌 박사와 관측소 직원 두서너 명 이외에는 외부에서 동굴 입구를 찾을 수 없다.

그녀는 빌 박사를 부축해 대기 차단막 안쪽으로 들어갔다. 3평 정도 크기의 실험실이 아직 그대로 남아 있었다. 6개월 전 특별 프로젝트 때문에 빌이 시베리아로 떠난 뒤 방치된 곳이었다. 빌은 여전히 정신을 차리지 못하고 있었다. 물이 필요했다. 그녀는 랜턴과 망치를 들고 동굴로 들어가 빙하 조각을 내리치기 시작했다. 기원전 450만 년경에 만들어진 알프스 빙하. 빌이 자신의 생명과도 같이 귀하게 여기던 빙하였지만, 그녀는 망설이지 않았다. 잠시 후 실험실로 돌아온 그녀의 손에 부서진 얼음 조각이 쥐어 있었다. 조금씩 녹아내리는 얼음에서 맑은 물이 똑똑 떨어졌다. 그녀가 빌의 입가로 손을 가져다대자, 빌의 입술이 움직였다.

"엠마."

빌이 천천히 눈을 뜨더니 그녀의 이름을 불렀다. 빌이 그녀에게 가까이 오라고 손짓했다. 그녀는 허리를 숙여 빌의 입가에 귀를 가져다댔다.

"지금부터 내 말 잘 들어."

힘겹게 말을 뱉던 빌 박사의 입에서 피가 흘러 나왔다. 그녀는 잽싸게 빌 박사의 머리를 옆으로 돌렸다. 그대로 놔두면 피가 기도로 흘러들어 위험했다. 빌 박사는 몇 번 기침을 토해내더니 다시 입을 열었다.

"시베리아 오이먀콘에서 모두 탈출해야 해."

"왜요?"

"묻지 마, 듣기만 해. 시간이 없어. 밖에 있는 암살자들을 따돌려. 그리고 이것을 꼭 쉘 박사에게 전해. 곧 다섯 개의 은하계가 태평양에 솟아오르면 대재앙이, 대재앙이, 발생……."

빌이 메모리스틱을 내밀며 힘겹게 말했다. 그녀는 빌의 피가 엉겨 붙은 메모리스틱을 받아 호주머니에 넣었다.

"미안, 미안……."

빌이 숨을 길게 내쉬었다. 그리고 다시는 숨을 들이마시지 못했다.

'다섯 개의 은하계가 태평양에 솟아오르면.'

그녀는 빌의 마지막 말을 되새겼다. 슬픔이 밀려왔지만, 아직은 눈물을 흘릴 때가 아니다. 빨리 외부에 연락해야 한다. 그녀는 스마트폰을 꺼내려 호주머니에 손을 넣었다. 호주머니가 텅 비어 있었다. 조금 전 엘리베이터에서 빌 박사를 부축하다 떨어트린 게 분명했다.

쿠그쿵!

알프스산맥이 무너지는 것 같은 굉음에 그녀는 움찔했다. 다시 '쿵' 하는 소리에 그녀의 간담이 서늘해졌다. 엘리베이터 위로 뛰어내리는 소리가 확실했다. 누군가 승강기 출입문을 파괴한 뒤 엘리베이터 통로로 내려오고 있었다.

그녀는 만년빙 연구를 위해 뚫어놓은 동굴로 빠져나가 관측소 건물로 들어섰다. 그리고 케이블카가 있는 1층으로 내려갔다. 하지만 케이블카 앞에 암살자 한 명이 서 있었다. 눈 쌓인 제2관측소로 출입하는 길은 이 케이블카밖에 없었다.

그녀는 조심조심 암살자에게 다가갔다. 한 명 정도는 제압할 수 있을 것이다. 그때, 건물 외부 2층으로 올라가는 계단 쪽에서 우당탕하는 소리가 들려왔다. 고개를 돌리자, 계단을 내려오던 암살자와 눈이 마주쳤다. 그녀는 그들을 피해 건물 안으로 뛰어 들어갔다. 온갖 스키 장비들 틈으로 창밖 슬로프가 보였다. 문득 스노보드가 떠올랐다. 그녀는 스노보드가 있는 4층으로 뛰어 올라갔다. 그리고 잽싸게 스노보드를 하나 들고 복도 오른쪽 문을 열었다. 4층이지만 절벽에 붙은 건물인 덕분에 바깥은 곧바로 눈이 쌓인 바위 위였다. 그녀는 철퍼덕 주저앉아 스노보드 부츠를 신고 바인딩을 조이기 시작했다. 암살자들이 계단으로 뛰어 올라오는 소리가 들렸다. 심장이 갈비뼈를 뚫고 나올 듯 마구 요동쳤다. 20년간 겨울시즌 내내 스키장에서 시간을 보냈다. 하지만 이곳은 바위투성이인 데다 자연설인 탓에 보드 컨트롤이 쉽지 않다. 머릿속에서는 계속 불가능하다는 소리가 들렸지만, 손은 계속 바인딩을 조이고 있었다. 왼쪽 발에 이어 오른쪽 발을 마저 조이는데 날카로운 바람 소리가 들리는가 싶더니 스노보드에 구멍이 뚫렸다. 총알이 분명한데 총소리가 들리지 않았다. 건물 안쪽으로 고개를 돌리자, 암살자 두 명이 소음기가 장착된 권총을 든 채 달려오고 있었다.

그녀는 바인딩을 조이다 말고 그대로 절벽 아래로 몸을 던졌다. 착지하면서 몸이 휘청했지만, 다행히 넘어지진 않았다. 바위 사이의 눈길을 따라 가파른 경사면을 빠르게 미끄러져 내려가다가 속도를 늦추고자 몸을 왼쪽으로 기울였다. 하지만 서두르다보니 오른쪽 바인딩을 완벽하게 조이지 못해 보드 날을 세울 수 없었다. 가까스로 균형을 잡은 그녀는 온 힘을 왼쪽 발뒤꿈치로 모아 스노보드 날을 눈 속에 깊이 박았다. 날카로운 장검에 베인 단면처럼, 눈 위에 초승

달 모양의 커다란 자국을 남기며 속도가 줄어들었다. 천만다행으로 초가을 햇볕에 눈이 녹아 자연설인 것 치고 컨트롤이 잘 되었다.

그녀는 몸을 숙여 오른쪽 바인딩을 마저 조였다. 그때였다. 금속이 바람을 가르는 소리가 들렸다. 암살자가 관측소 난간에 소총을 거치해 그녀를 겨누고 있었다. 그녀는 경사면 아래쪽을 내려다봤다. 더 가팔랐다. 숨을 곳이 없다. 그렇다면 한 가지 방법밖에 없다. 그녀는 눈에 힘을 주고 경사면 아래로 직활강하기 시작했다. 암살자들이 검은 점처럼 멀어지더니 관측소마저 시야에서 사라졌다. 스노보드는 점차 빠르게 활강했다. 속도를 줄이려면 방향 전환을 해야 하는데, 방향 전환은 둘째 치고, 수시로 빠르게 다가오는 바위를 피하는 것조차 쉽지 않았다. 바람에 날린 얼음 가루 때문에 눈이 따가웠다. 하지만 눈을 감을 수 없었다. 눈을 감는 순간 중심을 잃고, 바위에 부딪혀 온몸이 부서질 것이다. 그렇게 200미터가량 내려오자 서서히 경사가 완만해졌다. 그때 왼쪽 바위틈이 눈에 띄었다. 그녀는 온 힘을 양발의 뒤꿈치로 모아 보드의 날을 눈 속에 깊이 박고 왼쪽으로 방향을 틀었다. 다행히 바인딩이 잘 되어 오른쪽 보드에도 힘이 그대로 전해졌다. 쓰나미가 방파제를 덮쳤을 때처럼 하얀 눈보라를 일으키며 바위 사이로 들어가자, 넓은 눈벌판이 펼쳐졌다. 유턴하면서, 다시 산을 거슬러 올라가던 보드가 천천히 멈췄다. 그녀는 눈 위에 철퍼덕 주저앉았다.

계곡을 따라 올라오는 강풍에 귀가 따가웠다. 그럼에도 심장 뛰는 소리가 선명했다. 흥분을 가라앉혀야 한다고 스스로를 타일렀지만, 심장은 늘 제멋대로였다.

'다섯 개의 은하계. 오이먀콘 탈출'

그녀는 빌 박사가 죽기 전 남긴 말을 되새겨보았다. 아무것도 모른 채 제1관측소에서 잠을 자는 쉘 박사를 빨리 만나야 한다. 그를 만나면 이 모든 의문이 풀릴 것이다.

그녀는 스노보드 바인딩을 풀었다. 무거운 보드 슈즈를 신고 뒤뚱뒤뚱 바위 끝으로 다가가 아래를 내려다보았다. 다리 힘이 빠져 그 자리에 털썩 주저앉았다. 그녀가 서 있는 곳은 지옥문 위였다. 산 아랫마을에서도 선명하게 보이는 검은 절벽. 폭설이 내려도 눈이 쌓이지 않아 검게 보이는 탓에 마을 사람들은 이곳을 지옥문이라 불렀다. 절벽 아래로 뛰어내릴 수도, 그렇다고 다시 올라갈 수도 없었다. 그녀는 눈 위로 벌렁 드러누웠다. 그때 검은 새 한 마리가 그녀 머리 위를 맴돌았다.

'혹시 저 새가 나를 먹잇감으로…….'

검은 새가 빙글빙글 돌면서 내려왔다. 새의 몸집이 점차 커졌다. 알프스산맥에서 볼 수 없었던 검은대머리수리다. 주로 썩은 동물의 사체를 먹고 사는 검은대머리수리는 개활지에서 서식한다. 하지만 기후가 급격히 변하고 주변에 서식하는 동식물도 변화하면서 험준한 산악지대로 서식지를 옮긴 것이다. 사람을 극단적으로 경계하는 검은대머리수리가 그녀를 향해 천천히 하강했다. 털이 없는 괴이한 검은 머리가 선명하게 보일 정도로 가까워졌다. 하지만 피할 곳이 없다. 금방이라도 날개를 접고 그녀를 향해 곤두박질칠 것만 같다.

'퓨우이 포이요오—'

그녀에게 다가오던 검은대머리수리가 이상한 울음소리를 내며 머리 위를 지나 계곡 아래로 사라졌다. 그녀는 천천히 일어나 절벽 아래로 내려간 수리 쪽으로 시선을 옮겼다. 수리는 산 사면의 상승기류를 타고 추크슈피체 트래킹코스를 따라 빠르게 상승하고 있었다. 그때 그녀의 머릿속에 무언가 떠올랐다.

'찾았다.'

그녀는 날씨가 좋은 날 이따금 케이블카 대신 트래킹코스로 추크슈피체 정상을 오르곤 했다. 트래킹코스는 계곡을 따라 형성되어 있었다. 하지만 지금은 바람에 날린 눈이 쌓여 길의 흔적이 보이지 않았다. 눈이 오면 트래킹을 금지하는 이유가 이 때문이다. 깊은 눈 수렁에 빠지면 그대로 죽어 초여름 눈이 다 녹은 다음에야 시체를 찾을 수 있다. 막 겨울잠에서 깬 곰에게 살점을 모두 뜯어 먹힌 상태로.

그녀는 주변 지형을 살피며 트래킹코스를 머릿속으로 그려보았다. '나를 믿어야 해.'

열두 살 때 독일로 입양되어 오던 날, 낯선 땅으로 향하던 항공기 안에서 쉘 박사는 번역기를 통해 "너 자신을 믿으면 앞으로 못 해낼 일이 없다"라는 말을 반복했다. 이후 그녀는 20년 간 독일생활을 이어오면서, 그때 각인된 쉘 박사의 말이 진실이었음을 깨달았다.

그녀는 다시 스노보드 바인딩을 조이고 절벽 아래로 몸을 날렸다. 눈을 감지 않으려고 양미간에 힘을 주었다. 두 눈 똑바로 뜨고 죽음의 수렁에 착지해야만 했기 때문이다. 하지만 어느새 그녀의 눈은 감겨 있었다. 한참 허공을 날아갔다. 착지하는 순간, 잠시 정신을 잃었지만 곧 깨어났다. 충격 때문인지 몸이 잘 움직이지 않았다. 다친 곳이 있나 이곳저곳 살펴보았지만 다행히 크게 다친 곳은 없는 듯했다. 서서히 몸의 감각도 돌아왔다. 고개를 들자 두껍게 덮힌 눈 사이로 스며드는 파르스름한 반투명 빛이 보였다. 살았다. 그녀의 믿음이 또 옳았다. 그녀가 짐작한 대로 넓은 보드 판이 눈을 눌렀고, 날이 따스하여 눈의 밀도가 높아져 그리 깊숙이 들어가지 않았다. 그녀는 눈구덩이를 빠져나왔다. 50여 미터 아래 스키장 슬로프가 보였다.

그녀는 슬로프를 타고 리조트를 향해 활강했다. 빨리 경찰에 신고해야 한다. 빌 박사가 죽었다. 메모리카드 안에 뭔가 큰 비밀이 있다. 그녀가 리조트에 가까이 다가갔을 때, 건물 앞에서 베언트가 양팔을 흔들었다. 빠르게 활강하는 자신을 향해 위험신호를 보내는 것이었다. 하지만, 그녀는 속도를 늦추지 않았다. 베언트는 더 빠르게 손을 휘저었다. 그 순간, 그녀는 보았다. 공포에 질린 베언트의 얼굴과 그 뒤에 서 있는 암살자들을.

엠마는 재빠르게 상체를 왼쪽으로 눕혔다. 너무 급격하게 방향을 전환하다 보니 원심력에 스노보드가 밀리면서 몸이 휘청했다. 본능적으로 손을 뻗었다. 그녀의 손바닥이 눈 위를 스쳤다. 다행히 넘어지지 않았다. 이번에는 반대편으로 몸을 기울였다. 발목에 힘을 주고 보드의 날을 눈 속 깊이 박았다. 속도가 꽤 있었지만 턴을 해도 밀리지 않았다. 그녀는 슬로프를 따라 내려가며 뒤로 고개를 돌렸다. 베언트는 눈 위에 쓰러져 있었다. 베언트 옆에 있던 검은 옷을 입은 남자 두 명이 그녀에게 권총을 겨눴지만, 결국 쏘지 못했다. 너무 빠르게 활강했기 때문이다.

드디어, 스키장 슬로프의 끝에 도착했다. 그녀는 스키장 안전망을 넘어 산 아래를 내려다봤다. 가파른 설면 위에 군데군데 바위들이 솟아있었다. 다시 스노보드를 타고 암반 사이로 조심조심 내려가자, 전나무 숲이 펼쳐졌다. 빽빽한 숲은 바위 절벽보다 더 위험해 보였다. 속도를 늦추며 전나무 숲을 한참 내려오다가 멈췄다. 그 아래에는 눈이 없었기 때문이었다. 눈이 없는 곳에서 스노보드는 널빤지에 불과하다. 서둘러 스노보드를 신발에서 분리했다. 딱딱하고 무거운 보드슈즈를 신고 한참을 뒤뚱뒤뚱 걷다가 발을 헛디뎌 언덕 아래로 굴러 떨어졌다. 겨우 멈춰선 곳은 시멘트 바닥이었다. 마침내 산을 다 내려온 것이다.

그녀는 벌떡 일어나 정면을 보았다. 별장이었다. 마당을 가로질러 빠르게 걸어가 문을 두드렸다. 아무도 없었다. 한여름에만 사용하는 별장이었다. 그래도 전화는 있을 것이다. 창문을 깨려고 화단에 있는 주먹만 한 검은 돌을 집어 들었다. 그때였다. 구급차가 별장 마당으로 들어왔다. 너무나 반가워 구급차를 향해 뛰어갔다. 그녀 바로 옆에서 구급차가 멈췄다. 그런데 그녀의 예상과는 달리 운전석에서 웬 노인이 내렸다.

"빨리 타요."

노인의 외침에 그녀는 멈칫했다. 억양이 너무 이상했다. 행색도 기이했다. 반백의 짧은 머리에, 이마의 주름보다 더 가느다란 눈, 바짝 구부린 허리, 그녀를 향해 뻗은 덜덜 떨리는 손. 무엇보다도 그녀의 시선을 사로잡은 건 노인의 복장이었다. 마치 마른 사슴이 알래스카 회색곰 털가죽을 뒤집어쓴 것처럼 헐렁하게 걸치고 있는 옷은 다름 아닌 피아젠자 아카디아 정장이었다. 예순 살 생일 선물로 그녀가 쉘 박사에게 맞춰준 정장과 같은 디자인이라 금방 알아봤다. 웬만한 자동차 한 대 값과 맞먹는 고가의 정장을 늙고 초라한 노인이 입고 있었다. 노인이 비틀거리며 그녀에게 다가왔다. 허리를 바짝 구부려서 80대 노인인 줄 알았는데, 자세히 보니 60대 후반에서 70대 초반의 동양인 남자였다.

"엠마 박사님이시죠?"

"누구시죠?"

"빨리 타세요. 그렇지 않으면 강제로라도."

그녀는 자신을 도우러 온 사람이 아니라는 걸 직감했다. 엠마는 도망가려고 하다가 주변을 둘러봤다. 자기의 몸조차 제대로 가누지 못하는 중년 남자 혼자 구급차를 몰고 왔다. 20년간 하루도 거르지 않고 태권도를 연마한 그녀였다. 평범한 남자 두 명 정도는 가뿐하게 처리할 수 있을 정도로 실전에서도 증명된 실력을 갖췄다.

"차에서 멀리 떨어지세요."

그녀는 중년 남자에게 경고했다. 순간 중년 남자의 표정이 굳었다. 주름살에 가려져 있던 남자의 눈동자가 드러나 그녀를 째려봤다. 중년 남자의 차갑고 날카로운 표정에 그녀는 움찔했다. 꾸부정하게 허리를 숙인 채, 금방 숨이 넘어갈 것 같으면서도, 물러서지 않을 눈빛. 그녀와 중년 남자와의 거리는 대략 1미터. 수천 번 샌드백을 향해 뒤돌려 차기 했던 그 거리다. 그녀는 왼쪽 허벅지에 힘을 주고 상체를 최대한 굽히면서 오른발로 중년 남자의 머리를 향해 뒤돌려 찼다. 중년 남자는 상체를 숙여 발을 피했다. 그녀는 동작을 이어 중년 남자의 얼굴을 향해 옆차기를 했다. 중년 남자가 한 걸음 물러나자 그녀의 오른발이 허공에 멈췄다. 오른발이 내려와 땅에 닿는 순간, 왼발을 올려 중년 남자의 어깨를 향해 내리찧었다. 남자는 이번에도 종종걸음으로 그녀의 발을 피할 뿐이었다. 그제야 그녀는 무언가 잘못되어 간다는 예감에 휩싸였다. 중년 남자는 마치 그녀의 행동을 미리 알고 있는 것처럼, 가쁜 숨을 내쉬고 몸을 힘겹게 움직이면서도 그녀의 공격을 모두 피해냈다.

중년 남자의 엉성한 자세에 방심했던 그녀는 정신을 가다듬은 뒤, 최후의 일격을 가하기로 마음먹었다. 힘껏 뛰어올라 두 발로 가위차기를 펼쳤다. 예상대로 중년 남자가 오른쪽으로 몸을 피했다. 그녀는 마지막 일격을 가하려고 온몸의 힘을 팔꿈치에 모아, 상체를 돌리면서 중년 남자의 얼굴을 팔꿈치로 가격했다. 그런데 이게 웬일인가? 남자의 얼굴을 겨냥했던 그녀의 팔꿈치가 어느새 그의 손바닥에 막혀 있었다. 순식간에 남자가 그녀의 팔을 비틀었다. 그녀의 손이 등 뒤로 꺾이면서 자연스럽게 그녀는 무릎을 꿇었다.

"한 치의…… 흐트러짐 없는 발레, 컥컥, 잘 봤어요. 그런데 아쉽게도, 컥컥, 나는 당신의 발레 파트너를 하기 위해 여기까지 온 게 아닙니다."

중년 남자가 기침 섞인 말을 뱉다가 잠시 숨을 고르고 외쳤다.

"알갔나?"

갑자기 남자가 한국어로 외쳤다. 남자의 말에 엠마의 몸이 굳었다. 20년 만에 듣는 한국어에 떠올리지 말아야 할, 어린 시절의 기억들이 쓰나미처럼 몰려왔다. 그녀는 기억을 떨쳐내기 위해 머리를 세차게 흔들었다. 하지만 기억은 더욱 선명해졌다. 어린 시절의 기억이 떠오르자 분노가 치밀었다. 엠마는 중년 남자의 팔뚝을 있는 힘껏 물었다. 팔에 박힌 엠마의 이빨 틈으로 핏방울이 맺혔다. 비릿한 쇳내. 그 순간 중년 남자의 반대쪽 팔이 엠마의 목을 휘감았다. 사람 힘이라고는 믿어지지 않을 정도로 강력했다. 정신이 혼미해졌다. 그래도 턱의 힘을 빼지 않았다. 도리어 이를 더 꽉 깨물었다. 그렇게 얼마간, 남자의 팔뚝 살을 파고들던 엠마는 그 감각을 마지막으로 정신을 잃었다.

3

'러빈트, 러빈트…….'

제이콥 존스는 애꿎은 엄지손톱을 물어뜯으며 사무실 안을 서성거렸다. 텅 빈 사무실이다. 이럴 때 동료라도 있으면 러빈트를 깨끗이 포기할 텐데, 하필 시스템 점검 차 모두 시베리아로 떠나는 바람에 혼자였다.

그녀와 연락이 끊긴 지 36시간이 흘렀다. 혹시 무슨 사고라도 났나? 연락이 안 되는 게 아니라 일부러 피하는 걸까? 왜? 제이콥은 그녀 생각으로 입술이 바싹 타들어 갔다. 그녀를 마지막으로 본 것은 엊그제였다. 헤어지는 게 아쉬워 거리를 거닐고 있었다. 그즈음 그녀가 말을 꺼냈다.

"키스하고 싶어."

그 말을 듣자마자 성당 앞에서 그녀와 키스했다. 그리고 그녀는 밝게 웃으며 사라졌다. 그게 마지막 모습이다. 그녀가 시야에서 사라질 때까지 멍하니 서 있었다. 그 자리에서 쓰러지지 않은 것만으로도 다행이었다. 스물아홉 나이에 첫 키스였다.

노트북과 프라모델만 있으면 몇 년을 골방에 혼자 처박혀 있어도 심심함을 모르던 그였다. 현실 세계보다 가상 세계가 그에겐 훨씬 익숙했다. 인터넷이라는 무궁무진한 가상 공간 탐험에 시간 가는 줄을 몰랐다. 그랬던 그가 처음으로 여자를 만났다. 짧은 만남이었지만.

그녀가 없는 시간은 이제 상상하기조차 힘들다.

연락 두절 시간이 길어질수록 그는 스스로 빈껍데기가 되는 기분이었다. 그녀가 가지고 간 그의 영혼만이라도 돌려받고 싶었다. 그녀를 만난 엊그제는 천국에 있는 듯했는데, 그녀가 사라진 지금은 지옥 같다.

'러빈트(loveint).'

이 단어를 떠올린 게 잘못이었다. 그러나 머릿속에서 지우려고 하면 할수록 단어는 더 선명해졌다. 하다하다 이젠 그의 머릿속에 한자리를 떡하니 자리 잡고 나갈 기미조차 보이지 않는 단어, '러빈트'.

'왜 하필이면 지금 이런…….'

그는 책상을 이마로 찧었다.

'그것만은 절대 안 돼.'

이성으로 거부할수록 그녀에 대한 그의 욕망은 더 부풀어 올랐다. 끝내, 욕망은 같잖은 이성을 구겨서 쓰레기통에 내던졌다.

'설마 죽이지는 않겠지? 내가 지금 이렇게 있다가는 바닷물에 빠져 죽을 지경인데.'

그는 의자에 앉았다. 검은 모니터에 얼굴이 비쳤다. 몰골이 말이 아니었다. 본능 앞에 처참하게 무너진 초라한 이성. 마우스를 움직이자 모니터에 회색 아이콘 세 개가 나타났다. 아이콘의 디자인은 간결했다.

ELINT / COMINT / HUMINT

엘린트(ELINT: electronic intelligence)는 지상에 설치된 군사 및 기상 레이더와 지구의 저궤도부터 정지궤도까지 모든 위성 정보를 볼 수 있고, 코민트(COMINT: communication intelligence)는 구글 등 전 세계 인터넷 플랫폼의 밑바닥까지 샅샅이 훑는다. 그리고 휴민트(HUMINT: human intelligence)는 전 세계 수십억 명의 개인 이메일, SNS 등을 언제든지 열어볼 수 있다.

제이콥은 휴민트를 클릭했다. 15개의 키워드 입력란이 나타났다. 떨리는 손으로 그녀의 이름, 출신학교 등을 입력하고 잠시 머뭇거렸다. 머릿속에서는 버튼을 누르지 말라고 이성이 악다구니 썼지만, 그의 궁금증에 달아오른 손가락은 이미 마우스 포인트를 '휴민트' 아이콘 위에 위치시켰다. 그는 눈을 질끈 감고 검색 버튼을 눌렀다.

곧바로 그녀의 사진과 함께 그녀가 사용하는 메신저, 그녀가 가입한 SNS, 각종 이메일 계정이 최근 사용 순서대로 모니터 화면을 가득 채웠다. 그는 가장 최근에 사용한 메신저 내용을 열었다. 그녀가 45분 전에 친구와 주고받은 내용이었다.

"만났어?"

"백돼지야."

이모티콘 수십 개가 입을 크게 벌리고 웃었다.

"덩치는 돼지 같은 게 얼굴은 새하얗고, 얼치기야."

"또 시작이구나. 너 지금 올해만 해도 10명 넘지?"

"그런가? 나의 고상한 취미를 가지고 너무 나무라지 마."

"이번엔 누구?"

"인터넷 중독자야. 지금 안달이 나서 제정신이 아니야. 계속 전화에다가 문자가 날아와."

"재미있냐?"

"오랜만에 제대로 걸렸어. 넘 짜릿해."

"그렇게 짜릿하면 좀 더 만나봐?"

"싫어. 난 돼지 키우기 싫거든."

"미친년."

사랑이 증오로 변하는 것은 순식간이었다. 증오에서 일어난 분노도 잠시, 그녀의 생각으로 가득했던 머리가 다시 이성을 찾았다. 대서양의 파도보다 더 높은 후회가 밀려왔지만, 이미 늦었다.

이곳 근무자들도 사람이다. 당연히 이들도 사랑을 하고, 당연히 이별도 했다. 애인에게 일방적 이별 통보를 받고 괴로워하다가 궁금증을 참지 못하고 끝내는 휴민트로 애인의 신상을 검색하여 징계받는 직원이 일 년에 두세 명 발생했기 때문에 love와 intelligence를 합성한 러빈트(loveint)라는 별칭이 생겼다. 터무니없는 짓으로 인생을 망치는 그들을 보고 한심하다고 여겼는데, 자신이 그 주인공이 되고 말았다.

그는 정신을 가다듬고 앞으로의 일을 떠올려봤다. 업무와 관련 없는 개인의 신상을 검색했다. 지금쯤이면 보안팀에서 알아챘을 것이다. 특별한 일이 없으면 보안팀이 조사를 마치고, 팀장과 국장에게 정식 보고가 된다. 징계위원회가 개최될 것이고, 운이 좋으면 3개월 감봉이지만, 대부분 3년간 오지(奧地)로 발령받았다. 그의 업무 특성상 오지는 정상적인 사람들이 지낼 수 있는 그런 곳이 아니다. 오지로 발령받으면 차라리 일을 그만둘까? 하지만 그는 이곳에서 일하는 게 아직 너무 좋다.

"제기랄."

그는 그녀에 대한 분노보다 자신의 나약함에 화가 났다. 점심을 먹은 지 한 시간도 안 되었는데, 허기가 몰려왔다. 어질어질했다. 그는 엊그제 봉인한 책상 서랍을 다시 열고 누텔라 초콜릿 잼과 비스킷을 꺼냈다. 초콜릿 잼을 듬뿍 묻혀 비스킷을 먹었다. 3분의 2 이상 차 있던 잼이 금세 바닥을 드러냈다. 그제야 어지러움이 사라지고, 축 늘어진 뱃살이 보였다. 또 후회가 밀려왔다. 봄에 정기 건강검진에서 고도비만 판정을 받았었다. 키 192센티미터, 몸무게 145킬로그램, 1년 새 8킬로그램이 늘었다. 그는 누텔라 중독이었다. 건강검진 때 의사는 그에게 심각한 표정으로 살을 빼야 한다고, 그러지 않으면 급사할 수 있다고 말했다. 그는 의사의 말을 듣고 누텔라 잼을 끊어봤지만, 온몸의 세포들이 쿠데타를 일으키며 난리를 피우는 바람에 실패했다. 대신 3분의 1로 양을 줄였다. 그러다가 그녀를 만나면서 누텔라 잼을 책상 서랍에 넣어 봉인해 버린 것이다. 그녀는 아름다웠다. 놓치고 싶지 않았다. 의사의 경고에도 끊지 못하던 누텔라 잼을 그녀를 만나고 끊었다.

그는 텅 빈 잼 통을 쓰레기통에 버리고 밖으로 나왔다. 곧 이곳을 떠날 수도 있다고 생각하니, 모든 풍경이 새삼스럽게 보였다. 두꺼운 구름이 낮게 깔렸다. 절벽 아래로 펼쳐진 대서양이 좁게 보였다. 금방이라도 비가 쏟아질 듯했다. 드넓은 대서양과 마치 대서양을 가두기라도 하듯이 우뚝한 절벽 위에 그의 근무처가 있다. 육지의 끝이며, 바다의 시작이다. 바다가 높은 파도를 일으켜 절벽을 때리면, 육지는 구름을 만들어 비를 쏟아 부었다. 대양과 대륙의 최전선이며, 자연의 최대 전쟁터다.

검독수리가 날개를 활짝 펴고 절벽을 따라 올라온 상승 풍에 몸을 맡긴 채 하늘에 정지해 있다. 최근 눈에 자주 띄는 검독수리다. 강한 해풍에 낮게 자란 해안가 풀숲에서 무엇인가를 찾고 있는 듯했다. 멀리 바닷가에는 여가를 즐기러 온 사람들이 몇몇 보였다. 초가을이라 바다에 들어가는 사람은 없지만, 가족 단위로 놀러 온 아이들이 해변을 뛰어다녔다. 여름철이면 높은 파도에 서핑을 즐기는 젊은이들과 피서객들로 좁은 해안을 가득 메운다. 하지만 그들 중 이 해변의 진짜 모습을 아는 이는 드물다.

가장 먼저 눈에 띄는 건 우뚝한 절벽을 따라 나란히 있는 접시 모양의 위성 안테나다. 첩보위성의 이동 경로를 따라 조금씩 움직이는 안테나도 있고, 이곳에서 수집한 정보를 미국 NSA(미국 국가안보국)와

CIA(미국 중앙정보국)로 보내는 초단파 안테나는 먼바다를 향한 채 고정되어 있으며, 맨 끝에는 지구 대기를 떠도는 모든 전자기파를 감지하는 지름 55미터의 슈퍼 노즈 안테나가 하늘을 향한 채 입을 쩍 벌리고 있다. 바닷속에는 유럽과 미국을 연결하는 아폴로 노스, 애틀랜틱 크로싱-2 등 대서양을 횡단하는 광케이블이 이곳을 지난다. 한마디로, 전 세계 모든 정보가 이곳으로 집결된다. 남극의 연구원이 애인에게 보내는 이메일도 위성을 통해 이곳에 임시 저장되고, 티베트의 어린 승려가 미국 대통령에게 보내는 이메일도 일본 동부에서 미국 서부까지 연결된 태평양 해저 광케이블을 통해 이곳에 저장된다. 이를 위해 지구상에서 가장 큰 서버는 물론, '프리즘'이라는 감시 시스템이 이곳에 있다. 전 세계 통신을 감청하는 감시망으로 잘 알려진 에셜론은, 프리즘의 아주 옛날 시스템이다. 이곳이 바로 영국 남부 콘월 지역에 있는 GCHQ(Government Communications Headquarter, 영국정보통신본부)다.

4

그녀는 드넓은 백사장을 뛰어가다가 바위가 삐죽삐죽 튀어나온 곳에 멈춰 섰다. 드디어 그녀의 놀이터에 도착했다. 그녀는 쪼그리고 앉아 납작한 돌을 뒤집었다. 돌 아래 숨어있던 조그마한 게들이 화들짝 놀라 흩어진다. 게들이 흩어지는 모습을 한동안 지켜보다가 돌을 원래 있던 자리에 놓고, 옆에 있는 더 큰 돌을 뒤집었다. 게들이 바글거렸다. 누군가 그녀의 옆으로 다가왔다. 해를 등지고 있어 얼굴은 보이지 않았지만, 그녀는 그가 누군지 금방 알아챘다. 그 악마였다. 도망치려 했지만, 몸이 움직이지 않았다. 그 순간 깨달았다. 자신이 꿈을 꾸고 있다는 것을 말이다. 눈가에 빛이 아른거렸다. 슬며시 눈을 떴다. 커튼 사이로 스며든 햇살이 그녀의 얼굴에 닿았다. 손 그늘을 만들어 햇살을 가리고 주변을 둘러봤다. 벽에 걸려 있는 긴 뿔 사슴의 머리가 눈에 들어왔다. 사슴 머리 옆으로 놓인 벽시계로 시선을 옮겼다. 그녀는 깜짝 놀라 상체를 일으켰다. 시계가 고장난 게 아니라면, 그녀는 최소 일곱 시간은 잠들어 있었다.

"이제야 일어났군요."

목소리를 향해 고개를 돌렸다. 그녀를 단숨에 제압했던 중년 남자였다. 그녀는 자신의 몸 상태를 확인했다. 결박 따위는 하지 않아 몸이 자유로웠다. 그녀는 상체를 일으켜 경계 태세를 갖췄다.

"보여줄 게 있어요. 이리 따라오세요."

하지만 그런 그녀와는 다르게 중년 남자는 여유로웠다. 그는 어색하기 짝이 없던 정장 대신 흰 환자복을 입고 있었다. 이마의 주름 오른쪽에서 왼쪽으로 가로지르는 상처를 보지 못했다면 다른 사람으로 착각할 정도로 중년 남자는 허리를 구부리지도, 종종걸음을 걷지도, 손을 떨지도 않았다. 그녀는 경계를 늦추지 않은 채 주변을 두리번거리며 남자를 따라갔다. 남자는 거실 소파에 앉더니 TV를 켰다.

TV에서 익숙한 목소리가 흘러나왔다. 오늘따라 무표정한 얼굴에 삐딱하게 앉아 소식을 전하는 베른하트 아나운서의 얼굴이 푸석해 보였다. 이집트 피라미드에 10센티미터의 눈이 쌓였다는 멘트와 함께, 하늘에서 하얀 피라미드를 빙그르르 돌면서 촬영한 영상이 화면을 가득 채웠다.

"세계를 덮친 기후변화 때문에……."

중년 남자는 소파에 앉아 TV에서 눈을 떼지 않았다. 그녀는 눈 쌓인 피라미드엔 관심이 없었다. 이제는 사하라 사막에 눈이 내려도 별다른 뉴스거리가 아니다. 대신 그녀는 중년 남자를 유심히 살피고 있었다. 그때 그녀의 이름이 TV에서 흘러나왔다.

'살해 용의자 엠마.'

그녀의 얼굴이 TV 화면을 가득 채웠다. 곧이어 아나운서 입에서 충격적인 말이 흘러나왔다.

"오늘 오전, 추크슈피체산에서 발생한 끔찍한 살인사건을 조사 중인 경찰은 유력한 용의자로 엠마 마론을 지목하고, 그녀를 추적하고 있다고 밝혔습니다. 엠마 마론은 독일 기상기후연구소(IMK-IFU) 대기화학 분석실 소속의 연구원으로서 화면에서 보시는 바와 같이, 어깨까지 내려오는 길고 검은 머리에 키는 170센티미터, 몸무게는 60킬로그램, 나이는 32세로 각종 동양 무술 유단자입니다. 더불어 이번이 첫 범행이 아닌 것으로 밝혀져 파문이 일고 있습니다."

엠마는 중년 남자가 들고 있던 리모컨을 빼앗아 제1 공영방송

ARD로 채널을 돌렸다.

"마크 쉘 박사를 비롯해 총 세 명을 살해하고 도주 중인 엠마 마론은 아직 바이에른 지역을 빠져나가지 못한 것으로 경찰 당국은 파악하고 있습니다. 범행 동기에 대해서는 아직 정확히 밝혀진 바가 없지만……."

그녀는 자리에 털썩 주저앉았다. 그리고 그제야 깨달았다. 얼굴에 햇살이 비치는데 그렇게 평온하게 누워있을 수는 없었다. 그때, 누군가 현관문을 밀고 들어왔다. 어깨가 떡 벌어진 30대 중반의 남자였다. 그가 다급한 목소리로 말했다.

"암살자들입니다."

그 말을 들은 중년 남자는 그녀의 손을 붙잡고 뒷문으로 쏜살같이 빠져나갔다. 대기 중이던 SUV에 오르자 곧바로 출발했다. 산길을 달리는 차가 심하게 흔들렸다. 비포장도로를 한참 달리던 SUV는 어느새 평탄한 포장도로로 진입했다.

"이젠 안심하셔도 됩니다. 암살자들이 타고 있는 차량은 세단이라 쉽게 쫓아오지 못할 겁니다."

젊은 남자가 중년 남자를 안심시켰다. SUV는 계속 꼬불꼬불한 산길을 올라갔다.

"우리는 당신을 도우러 왔습니다."

중년 남자의 말에 엠마는 믿지 못하겠다는 듯 손으로 자신을 가리켜보였다. 중년 남자가 고개를 끄떡였다.

"그럼, 지금 당장 경찰서로 가요. 제가 무죄라는 걸 밝히고, 쉘 박사님……."

"당신을 고작 경찰서로 데려가기 위해 저희가 고용된 건 아닙니다."

중년 남자가 미간을 찡그리며 말했다.

"산 정상에서 무슨 일이 일어났는지 알잖아요? 그들이 지금 내 목숨을 노리고 있어요. 빨리 경찰서로 가야 해요."

중년 남자는 그녀를 잠시 쳐다보다가 누군가와 전화 통화를 했다.

"뭔가 착오가 있는 것 같습니다."

"……."

"타깃의 최종 목적지가 경찰서입니다."

"……."

"네, 알겠습니다."

중년 남자는 통화를 끊고 침묵했다. 무엇인가를 기다리는 눈치다. 전화벨이 울렸다. 중년 남자는 전화를 받아 몇 마디 듣더니 그녀에게 전화기를 건네주었다.

"엠마 박사님?"

중년 남자와 달리 전형적인 미국 남부 텍사스 억양의 영어를 구사하는 남자다.

"네."

그녀는 짧게 대답했다.

"지금부터 제 말 잘 들으세요. 저희는 당신이 빌과 쉘 박사님을 살해하지 않았다는 것을 알고 있어요. 빌과 쉘 박사님이 무언가를 발견했고, 그것의 정체를 숨기는 자들에게 살해되었습니다. 저희는 당신의 도움이 절실……."

그녀는 슬며시 휴대전화의 종료 버튼을 누르고 110에 전화했다. 신호음 두 번 만에 경찰이 전화를 받았다. 그녀는 큰 소리로 외쳤다.

"살인자 엠마가 저를 죽이려 해요. 회색 SUV……."

중년 남자가 휴대전화를 낚아챘다.

"1.5킬로미터 앞에 보안 카메라가, 11킬로미터 지점에 경찰서가 있습니다."

운전하던 남자가 빠르게 말했다.

"샛길은 없나?"

"외길입니다."

"차 세워."

중년 남자가 엠마의 손목을 잡고 차에서 내리면서 휴대전화를 차 시트에 던져두었다.

"계속 가."

자동차는 두 사람의 시야에서 빠르게 멀어졌다.

그녀는 중년 남자의 손에 이끌려 숲속으로 들어갔다. 조금 전까지만 해도 멀쩡하던 중년 남자는 숲속으로 들어오자마자 전나무에 몸을 기대어 허리를 숙였다. 그리고 처음 봤을 때처럼 얼굴을 찡그렸다. 남자의 고통스러워하는 표정과 환자복에 새겨진 귀여운 곰돌이

와는 어울리지 않았다.

"당신은 지금 소중한 무언가를 찾지 못하고 있어요. 10분 후면 누군가 우리를 데리러 올 겁니다. 그때까지 당신이 해야 할 일을 잘 생각해봐요."

중년 남자는 허리에 손을 대고 고통스러운 듯이 미간을 찌푸리며 말했다. 그녀는 어찌할 바를 몰라 하늘을 보았다. 얼굴에 햇살 가득 머금고 있던 쉘 박사가 떠올랐다. 잠시 숨을 고른 중년 남자가 주머니에서 휴대전화 크기의 낯선 전자기기 하나를 꺼내더니 누군가와 통화했다.

"이메일이요? 네, 알겠습니다."

중년 남자는 통화를 끝내자 품에서 태블릿 PC를 꺼내 그녀에게 건네주었다.

"당신 이메일 계정에 접속해 봐요."

그녀의 이메일함에 세 개의 새 메일이 있었다. 두 번째 메일의 제목을 보자마자 누가 보냈는지 금방 알아봤다.

'스노우나라야.'

쉘 박사가 보낸 메일이다. '스노우나라야'라는 단어는 쉘 박사가 시베리아 오이먀콘 지구대기감시 관측소를 세우고 돌아와서 붙인 관측소 별칭이다. 그녀와 G-GAW 멤버만 알고 있는 용어다. 그녀는 메일을 열었다.

엠마에게

베커와 빌 박사가 우려했던 괴물은 실제로 존재한다.

네가 이 메일을 볼 때쯤이면 G-GAW 멤버 모두 무사하지 못할 것이다.

너에게 부탁한다. 먼저 빌 박사를 찾아가라.

빌과 같이 스노우나라야로 가서 가이아의 숨결을 분석해라.

그 데이터가 아무리 터무니없어도, 그 데이터가 가리키는 것을 믿고 따라야 한다.

그러면 괴물의 실체가 보일 것이다.

괴물이라니? 웬만해선 그녀에게 자극적인 말을 하지 않던 쉘 박사였다. 뭔가 중대한 사건이 발생했음을 직감했다. 하지만 빌 박사는 이미 죽고 없지 않은가. 그녀는 주머니에서 빌이 준 메모리카드를 태블릿에 꽂았다. 메모리카드에 있는 파일은 객체지향 통계프로그램으로 작성된 것이라 태블릿에서는 열리지 않았다.

"스노우나라야? 눈 지옥?"

옆에서 지켜보던 중년 남자가 그녀에게 물었다. 나라야는 불교에서 쓰는 용어로 지옥을 뜻한다. 이 중년 남자도 그것을 알고 있었다.

"시베리아 오이먀콘 지구대기감시관측소의 별칭입니다. 시베리아 동부에 위치한 오이먀콘은 인간 거주지 중 가장 추운 곳이죠. 빌 박사님은 제게 그곳에서 탈출하라고 하고, 쉘 박사님은 그곳으로 가라고 합니다. 어떻게 해야 할지 혼란스럽네요."

그녀의 대답을 들은 중년 남자가 희미한 미소를 지었다.

"두 사람이 한 말의 순서를 바꿔 봐요. 그게 아마 당신이 해야 할 일이 아닐까요. 그곳에 가서 누군가를 탈출시키는 것."

생뚱맞게 시베리아라니? 엠마는 고민할 시간이 필요했다.

"그럼 두 가지만 부탁드릴게요. 어떠한 일이 있어도 제 몸에 손대지 마세요. 그리고 앞으로는 내 앞에서 절대 한국어 쓰지 마세요."

중년 남자는 고개를 끄덕였다. 대신, 중년 남자도 그녀에게 부탁했다.

"나랑 있는 동안 절대 그 발레 같은 이상한 짓 하지 말아요. 지금부터 만나는 자들은 단순 동네 양아치가 아닙니다. 그들을 상대로 그 짓 하다가는 곧바로 죽어요."

중년 남자는 주머니에서 데일밴드를 한 장 꺼내더니 그녀 앞에 쪼그려 앉았다. 그제야 그녀는 자신이 맨발로 돌아다니고 있었음을 깨달았다. 그녀의 발등에 피가 몽글몽글 맺혀있었다. 그녀는 그의 손길을 피해 발 한쪽을 뒤로 뺐다. 중년 남자가 그녀의 발등에 밴드를 붙이려다 천천히 일어났다.

"아, 미안, 깜빡했네요."

중년 남자가 그녀에게 밴드를 내밀었다. 그녀는 발등 상처에 밴드를 붙였다.

"발 사이즈가 245인가요?"

중년 남자는 제법 눈썰미가 있었다. 그녀는 고개를 끄떡였다. 남자는 누군가에게 전화하더니 여성용 운동화 한 켤레를 부탁했다.

얼마 뒤, 차 한 대가 도착했다. 검은색 BMW. 차 안에는 초록색 나이키 운동화가 있었다. 그녀는 신발을 신었다. 색상은 마음에 들지 않았지만, 가볍게 착 달라붙는 느낌이 좋았다. 차를 가지고 온 운전자는 숲속에 남고 손을 떠는 중년 남자가 운전석에 앉았다. 중년 남자는 신속하게 환자가운을 벗고 검은색 점퍼를 입더니, 호주머니에서 두 개의 약통을 꺼냈다. 그녀는 약통에 붙은 라벨을 슬쩍 훔쳐보았다. 레보도파와 근육이완제다.

"당신이 인정하든 말든 지금부터 우리는 파트너가 되었습니다. 정확하고 신속한 소통을 위해 지금부터 존칭과 격식은 생략한다."

중년 남자의 말투는 점차 사무적으로 변했다.

"파트너끼리는 기본적인 정보는 공유해야 해. 특히 질병에 관해서는 반드시 파트너가 알아야 하지."

남자는 호주머니에서 레보도파와 근육이완제 약통을 꺼내 그녀에게 보여 주었다.

"레보도파는 뇌의 도파민을 보충해 주는 약이야. 나의 이 어눌한 행동과 말은 도파민이 부족해서 나타나는 현상이지. 이런 증세의 사람들을 흔히 파킨슨병에 걸렸다고 해. 하지만, 레보도파는 이제 내성이 생겨 먹으나 마나야. 지금 내가 움직일 수 있는 건 근육이완제 때문이지. 나에게는 생명과도 같은 약이야. 점차 내성이 생겨 이제는 효과가 네 시간밖에 나타나지 않지만……."

차가 급회전했고 남자는 잠시 말을 멈췄다. 차가 산등성이를 넘어갈 즈음 그가 다시 입을 열었다.

"나는 블랙워터라는 용병 회사 직원이야. 사람 죽이는 게 내 주된 업무지. 총이 죄를 못 느끼듯이 나 또한 사람을 죽이는 것에 죄를 느끼지 않아."

그녀는 더는 남자의 말을 듣고 싶지 않았다.

"어디로 가는 건가요?"

"시베리아."

"저는 갈 수 없……."

시베리아라는 말에 그녀는 단호하게 거부하려고 했지만, 너무 떨려 목소리가 목구멍을 빠져나오다가 걸렸다. 그녀는 목을 가다듬고 다시 말했다.

"빌 박사님은 죽었습니다. 저 혼자 가 봤자 소용없습니다."

"빌 박사로부터 받은 데이터가 있잖아. 그게 빌 박사나 마찬가지야. 당신은 지금 중요한 사건의 중심에 있어. 그리고 내 의뢰인은 중대한 사건이 발생했을 때만 나를 찾지."

"당신 의뢰인이 미국 대통령이라도 되나요?"

중년 남자가 고개를 끄떡였다. 미국 대통령이라니? 분위기와 어울리지 않는 농담이라는 생각에 그녀는 한숨을 푹 내쉬었다.

“시베리아는 어떻게 가려고요?”

“이젠 순순히 따르는 건가? 어차피 해야 할 일이면, 즐겁게 하자고. 경로는 간단해. 당신은 유명인이 되었으니 독일 공항은 이용할 수 없어. 그래서 알프스산맥 너머 육로로 이탈리아 밀라노 공항까지 이동한 뒤 베이징으로 갈 거야. 베이징에서 다시 몽골 울란바토르 공항까지 가면, 시베리아 오이먀콘으로 가는 전용기가 기다리고 있어.”

“여권도 없어요. 그리고 짐도 없이 빈손인데,”

“여권은 있어도 사용 못 해. 그리고 메모리카드만 있으면 되는 것 아닌가?”

“우리 둘이 가는 건가요?”

“당신이 문제만 일으키지 않았다면 파트너와 같이 가는 건데, 당분간 둘이 움직여야 해.”

그녀가 긴급 전화를 거는 바람에, 파트너가 미끼가 되어 어디론가 사라졌다. 파트너라 부르던 젊은 남자는 무사할까. 물어보려다가 그만두었다. 이들은 전문가였다. 차가 꼬불꼬불한 산길을 올라갔다. 졸음이 밀려왔다. 그녀는 눈을 감았다.

누군가가 차 문을 두드리는 소리에 그녀는 눈을 떴다. 차창 밖에 단발의 여자가 서 있었다.

“건투를 빌어요, KG1.”

여자는 종이가방을 건네주고, 살짝 미소를 짓더니 사라졌다. 그녀는 그제야 이 동양인 중년 남성의 작전명이 KG1이라는 것을 깨달았다. 주변을 둘러봤다. 밀라노 국제공항 주차장이었다. 종이 가방 안에 그녀의 여권과 항공권, 그리고 몽골 비자가 들어있었다. 여권에 적힌 그녀의 이름은 '밀라'였다.

공항에 대기 중인 항공기를 보자 문득 열두 살 때의 기억이 떠올랐다. 그녀는 그때 처음 비행기를 타봤다. 한국에서 독일 뮌헨 공항까지 가는 동안에 계속 해가 떠 있었다. 7시간의 시차 탓에 31시간의 아주 긴 하루를 보낸 날이었다. 그때의 항로를 역행하여 동으로 날아가야 한다고 생각하니 자연스레 쉘 박사를 처음 만났을 때가 머릿속에 떠올랐다.

"여기 이 아저씨랑 독일에 가서 살래?"

줄곧 쉘 박사와 동행한 한국인 아저씨가 통역해주었다. 쉘 박사의 제안에 그녀는 간절한 눈빛으로 격하게 고개를 끄떡였다. 쉘 박사는 GAW 관측환경 자문위원이다. 한반도 서쪽 바다 한가운데에 있는 조그마한 섬에 GAW 관측소가 생겨 쉘 박사가 그곳의 관측 환경을 자문해주기 위해 온 것이었다. 쉘 박사가 독일로 돌아가던 날, 엠마도 그 비행기에 올라타게 되었다.

"할머니, 나 없을 때 엄마 돌아오면 어떡해?"

"안 온다. 저놈이 있는 한 니 엄마는 절대 안 온다. 와도 내가 내쫓을 거다."

햇살이 마루의 구석까지 스며들었는데도 뒷방에서 잠을 자는 남자를 가리키며 할머니가 말했다. 솔직히 그녀에게 엄마는 그리움의 대상이 아니었다. 그녀의 엄마는 그녀가 갓난아기 때 집을 나가 엄마의 손길조차 기억하지 못했기 때문이었다.

이번에는 과호흡증후군을 처음 겪었을 때의 기억이 떠올랐다. 쉘 박사를 따라 독일에 가기 4개월 전이었다. 낮잠을 자고 있는데 누군가가 그녀의 몸을 눌렀다. 깜짝 놀라 눈을 떴다. 남자가 그녀의 옷을 찢고 자두보다 작은 가슴을 솥뚜껑만 한 손으로 움켜쥐었다. 그녀는 거친 숨을 몰아쉬면서 비명을 질렀다. 갑자기 정신이 혼미해졌다. 그때 남자가 소리를 못 지르게 그녀의 입을 막았다. 흐릿해지던 정신이 맑아졌다. 만약에 그때 남자가 그녀의 입을 막지 않았다면, 혈액 속 이산화탄소 고갈로 살아날 수 없었을 거라는 사실은 나중에야 알게 되었다. 아무튼, 외출했다가 돌아온 할머니가 뛰어 들어와서 손에 들고 있던 맥주병으로 남자의 머리를 내려쳤다. 병이 깨졌다. 충격을 받은 남자가 비틀거리며 뒷걸음쳤다. 할머니는 그녀의 손을 잡고 뛰쳐나가 자기 방으로 들어갔다. 할머니 방의 문이 닫히는 짧은 순간, 그녀는 끔찍한 모습을 보았다. 얼굴이 피범벅 된 남자의 눈과 마주쳤을 때, 그가 한쪽 입술을 올리며 미소 지었던 거였다. 그녀는 순간 느꼈다. 저자는 영원히 죽지 않는 악마라는 걸 말이다.

그녀는 그 이후부터 긴장하면 호흡이 빨라지고, 혈액 속 이산화탄소가 급격하게 줄어들어 생명에 위험을 주는 과호흡증후군을 앓았다. 과호흡증후군 발작이 일어나면 가장 좋은 응급조치는 자신이 내뱉은 숨을 다시 들이마시는 것이다. 그래서 그녀는 항상 비상용 마스크를 가지고 다닌다.

그녀의 예상대로 그날 피를 흘렸던 악마는 죽지 않았다. 그 악마가 4개월간 입원했다가 퇴원하고 3일째 되던 날, 그녀는 쉘 박사와 함께 그 섬을 떠난 거였다. 그 악마가 할머니의 아들이며, 그녀의 의붓아버지였다.

5

제이콥은 출근하자마자 어젯밤에 조립하다가 만 샤이훌루드 프라모델을 책상 위에 올려놓았다. 길이 400미터, 지름 40미터의 거대한 뱀장어 같이 생긴 괴물 샤이훌루드의 말미잘처럼 활짝 벌린 입 안에는 2,851개의 수정질 이빨이 빼곡하다. 샤이훌루드는 수염고래처럼 여과섭식(filter feeding) 방법으로 먹이를 섭취하기에 엄밀히 말해서 이빨이 아니라 굵은 털이라고 해야 옳을 것이다. 그러나 샤이훌루드의 활짝 벌린 입에 촘촘히 박힌 것이 털이라? 풀 뜯어 먹는 호랑이처럼 영 어울리지 않는다.

동양의 불교 성직자 중 일부는 오랜 수련을 통해 한 가지 생각에 집중하는 능력을 얻어 끝내는 고통도 근심도 욕심도 사라진 해탈의 경지에 이른다고 하는데, 제이콥도 프라모델을 조립할 때 이따금 해

탈 비슷한 걸 경험하곤 한다. 웅크리고 앉아 프라모델을 조립하고 있으면 자신의 존재를 잠시 잊고 우주 만물과 합일된 것 같은 상태에 빠지면서 모든 근심이 사라진다. 덩치는 살찐 북극곰처럼 커다란 게 꼼짝하지 않고 앉아 좁쌀 같은 부품을 만지작거리는 모습을 남이 보면 한심하다고 여기겠지만, 그는 이런 시선에 이젠 도통했다. 남의 시선이 신경 쓰이면 프라모델 덕후의 자질이 없다.

작년 봄이었다. 이젠 전설이 된 영화 '듄'이 재개봉하면서 한정판 샤이훌루드 프라모델 2021개를 전 세계에 풀었다. 영국에는 175개가 배정되었다. 그는 샤이훌루드 프라모델을 구매하고자 휴가를 내고 런던으로 갔다. 공식 판매점 앞에서 여덟 시간을 기다린 끝에 간신히 하나를 손에 넣었다. 그는 포장지를 뜯지도 않고, 귀한 보물처럼 1년 8개월 동안 선반 위에 고이 모셔 두었다. 그러다가 그녀에게 처참하게 짓밟힌 자신의 마음을 달래고자 어젯밤 비장한 마음으로 포장을 뜯었다. 샤이훌루두를 보는 순간 머릿속에 가득했던 그녀의 모습이 점차 흐릿해졌다. 샤이훌루드를 조립하느라 세 시간 남짓 밖에 잠을 자지 못했지만, 이마저도 단잠이었다.

하지만 검은색 프리즘 시스템 모니터를 보자 다시 그녀가 떠올랐다. 증오는 곧 창피함으로 바뀌었다. 고작 네 번 만난 여자 때문에 러빈트를 했다는 게 창피했다. 곧 GCHQ에 소문이 파다해질 것이다. 근무 시작까지 남은 시간은 42분. 잡생각을 몰아내는 데는 프라모델 조립이 제격이다. 제이콥은 안경을 벗고 확대경을 꼈다. 핀셋으로 작은 이빨을 집어 샤이훌루드의 입 안 깊숙이 밀어 넣었다. 좁쌀만 한 이빨이 제자리에 끼워졌다. 역시 아침에는 집중이 잘 된다. 그때였다. TS-112의 화면이 황색으로 반짝였다. 제이콥은 TS-112를 집어 들었다. 팀장의 호출이었다. 최근 제이콥이 설계한 최신 보안 알고리즘으로 업그레이드하고, 배터리도 바꾸면서 기기가 묵직해진 감이 있었다. TS-112 주 사용자는 현장 요원들이었다. 그들은 오지에서 짧게는 수 시간, 길게는 며칠 동안 작전을 수행했다. 짧은 작전 시에는 문제가 없었지만, 하루가 넘어가는 작전은 항상 TS-112 배터리가 문제였다. 그러다가 이번에 위성을 통한 마이크로파 충전 방식을 도입하여 배터리를 반영구적으로 사용하는 게 가능해졌다. 마이크로파 충전은 오래전부터 연구되던 기술이었다. 하지만 대기 중에 흩어져 있는 전자파의 방해 문제로 인해 상용화되지 못하다가, 최근 전자파를 컨트롤하는 기술이 개발된 덕에 상용화될 수 있었다. 그러나 동시에 장비가 무거워졌다. 현장에서는 업그레이드 된 TS-112가 너무 무겁다는 불만이 이따금 들려왔다. 하지만 보안이 완벽하고, 배터리 문제가 해결되어 당분간은 주요 작전에서 요긴하게 쓰일 것이다. 적어도 화이트 해커가 보안을 뚫을 때까지는 말이다.

GCHQ 화이트 해커 팀원은 모두 네 명이다. 이들의 주 임무는 외부에서 GCHQ 보안 시스템을 뚫는 것이다. 제이콥은 희망 부서 조사를 할 때마다 화이트 해커팀을 1순위로 선택했다. 때마침, 화이트 해커 팀원 한 명이 곧 정년퇴임이다. 그런데 지금 러빈트 사건을 일으키다니.

그는 미리 작성한 경위서를 가지런히 접어 안주머니에 넣고 사무실에서 나왔다. 통로에 흰 LED 빛이 들어왔다. GCHQ에서는 자신의 근무지와 일부 공유 공간을 제외하고는 모두 출입 금지였다. 그 또한 대부분의 GCHQ 직원과 마찬가지로 같은 건물에서 근무는 하되 다른 사무실에서 무슨 작업을 하는지 몰랐다. 직원 별로 출입 가능 구역이 정해져 있으며, 그 구역을 이탈하면 외부 침입자로 인식해 감금당하기 때문이다.

그는 불빛을 따라갔다. 팀장실 문 앞에 서서 옷매무새를 점검했다. 그는 청바지에 흰색 후드티를 걸쳤다. 나름 깔끔하게 보이는 패션이라고 판단하여 아침에 챙겨 입은 것이다. 마른기침으로 목을 가다듬고, 노크했다. 곧바로 들어오라는 팀장의 목소리에 문을 열고 안으로 들어가다가 멈칫했다. 팀장실에 낯선 남자가 앉아있었기 때문이었다. 나이는 50대 중반에 몸은 호리호리하고 눈꼬리가 아래로 쳐져서 그런지 슬퍼 보였다. 그와 눈이 마주치자마자 알 수 있었다. 정보를 다루는 눈빛이 아니라는 걸 말이다. 그가 머뭇거리자 중년 남자가 그를 한 번 쳐다보더니 일어났다. 죽은 나뭇가지처럼 삐쩍 마른 몸에 키는 2미터가량 되었다.

"GCHQ 아시아 담당자, 제이콥입니다."

팀장이 제이콥을 그 남자에게 소개했다.

"미국 백악관 과학자문위원으로 계신 데이비슨 박사님이시네."

데이비슨 박사가 손을 내밀었다. 그는 박사의 손을 잡았다. 안경 안으로 보이는 갈색 눈동자가 동그랗다. 안경 렌즈에 굴절되어 눈동자가 톡 튀어나와 슬퍼 보였던 거였다. 100여 년 전 배경 영화에서 이따금 봤던 디자인의 안경이었다.

"잘 부탁드립니다."

'잘 부탁드리다니? 뭐를?' 하는 표정으로 그는 팀장을 쳐다봤다.

"P-TF팀 신설 명령이 떨어졌네."

팀장이 싱긋 미소 지으며 말했다. 저 미소의 의미는 설마?

"국장님께 잘 말씀드렸어."

"감사합니다."

제이콥은 돼지주둥이 같은 팀장의 입술에 뽀뽀라도 해주고 싶었다.

"나에게 고마워하지 말고, 적절한 타이밍에 찾아오신 박사님께 감사해야지."

팀장이 데이비슨 박사를 쳐다보며 말했다. 다시 보니 마른 나뭇가지 같던 데이비슨 박사가 고고하고 지적인 귀인처럼 보였으며, 슬픔이 달린 눈꼬리에 행운이 가득했다. 당장이라도 품에 안고 싶을 만큼 귀여웠다.

제이콥은 들뜬 마음을 가라앉히고 상황을 정리해보았다. GCHQ에서 흔한 게 P-TF팀 신설이다. 솔직히 평상시에는 놀다가 주요 사건이 터져 P-TF팀이 신설되면 그제야 일하는 기분이 들었다. 러빈트 사건을 무마할 정도로 그가 꼭 필요한 P-TF팀 신설이라면 오이먀콘 프로젝트와 관련된 일이 확실했다. GCHQ 오이먀콘 프로젝트 실무 담당자는 제이콥을 비롯해 4명인데, 7일 전에 3명이 시베리아 오이먀콘으로 떠났다. 오이먀콘 프리즘 시스템 구축이 완료되어 시험가동을 해야 했기 때문이다. 오이먀콘 프리즘은 이곳의 프리즘보다 보안등급이 높다. 버전도 25로 상향되었다.

"멤버는요?"

"자네와 데이비슨 박사님, 그리고 SCK일세."

제이콥은 SCK라는 말을 듣자마자 마른침을 꿀꺽 삼켰다. 데이비슨 박사를 쳐다봤다. 다행히, 데이비슨 박사의 시선이 팀장을 향해 있었다. 제이콥은 자신의 속마음을 들키기 전에 얼른 생각나는 대로 말했다.

"SCK요?"

"CIA 소속 조그마한 부서입니다."

그의 질문에 데이비슨 박사가 대답했다.

"그분은 언제 오시나요?"

"안 올 거야. 대신, TS-112로 정보를 주고받기로 했네."

"누구죠?"

"에릭 국장입니다."

이번에는 놀란 표정을 데이비슨 박사에게 고스란히 들키고 말았다. 제이콥에게 에릭 국장은 영웅이다. 그뿐만 아니라 정보 분야에서 일하는 사람들 모두 에릭 국장을 존경했다. 그러나 그 누구도 공식

석상에서는 에릭 국장을 입에 담지 않았다. 에릭 국장의 존재는 극비에 부쳐져야 했다.

“호들갑 떨지 말고, 데이비슨 박사님 모시고 P-TF실로 가게.”

팀장의 말에 제이콥은 데이비슨 박사와 함께 팀장실에서 나왔다. 왼쪽 복도에 LED가 켜졌다. 불빛을 따라가던 제이콥이 자신의 사무실 앞에서 걸음을 멈췄다.

“잠시만요.”

제이콥은 사무실로 들어가 프라모델 박스를 들고나왔다. 근무 시간엔 조립할 수 없다. 더군다나 P-TF실에서의 근무다. 다만, 그는 샤이훌루드를 보는 것만으로도 힘이 났다.

“와— 모래벌레.”

데이비슨 박사의 얼굴이 활짝 펴졌다. 샤이훌루드를 보고 징그러워하면 어쩌나 걱정했는데 다행이다.

“프라모델 좋아하세요?”

“프라모델은 그닥. 하지만 ‘듄’ 마니아입니다. 이번에 2021년 판 재개봉했지요.”

“맞아요. 재개봉 기념으로 나온 한정판입니다.”

제이콥은 데이비슨 박사와 정반대였다. 샤이훌루드는 멋지지만, 영화는 지루하고 어려웠다.

제이콥은 D구역에서 P구역으로 건너가는 통로를 지나가다 멈췄다. 창밖 헬기장에 있는 오스프리가 그의 시선을 사로잡았기 때문이었다. 사진으로만 보다가 실물은 처음이었다.

"박사님이 타고 오신 건가요? 워싱턴에서?"

데이비슨 박사가 고개를 끄떡였다.

"과부 제조기 오스프리를 타고 여기까지?"

프로펠러 엔진의 방향을 바꿔 수직 이착륙이 가능한 오스프리는 활주로가 필요 없어 미국 해군과 육군에서 아주 유용하게 쓰였다. 하지만 과부 제조기라는 별명이 붙을 정도로 사고가 잦은 모델이었다. 제트엔진과 프로펠러 엔진을 동시에 사용하다 보니 고장이 잦았기 때문이다.

"새로운 모델입니다. 저놈은 과부 제조기라는 불명예를 벗어버렸지요."

오스프리를 바라보며 잠시 멈춰 섰던 제이콥은 다시 걷기 시작했다. 그들은 P-TF실로 들어갔다. 새로 리모델링했으며, 모니터 크기도 커졌다. 제조사 로고가 새겨진 거대한 곡면 모니터가 정면 벽 3분의 2를 채웠고, 프리즘 시스템과 연결된 듀얼 모니터가 그 아래 책상 위에 있었다. 제이콥의 임무는 데이비슨 박사가 필요로 하는 정보를 찾아, 정면 모니터에 띄워 주는 일이다. 중앙에는 조그마한 원탁이, 왼쪽과 오른쪽 벽면에는 책상이 하나씩 있었다.

미국 정보기관의 일급 기밀 정보가 이곳으로 옮겨진 건 5년 전이다. 미국은 다민족 국가인 덕분에 평화 시기에는 여러 민족의 우수 인력이 모여들어 강대국이 되었지만, 기후 위기라는 절체절명의 위기가 닥치자 극렬한 민족주의자들이 기승을 부리며 공동체에 균열이 생기기 시작했다. 당연히, 다민족이 근무하는 미국 정보기관의 보안은 허술할 수밖에 없었다. 영국 남쪽 바닷가 촌구석에 있는 GCHQ로 미국의 중요 정보 시스템을 옮긴 이유였다.

6

항공기가 안전고도에 오르자 안전벨트 표시등이 꺼졌다. 수십 개의 낚싯바늘로 꿰어 등의 근육을 잡아당기는 듯한 통증에 KG1은 자리에서 일어났다. 엠마는 곤히 자고 있었다. 그는 통로로 나와 굳어가는 근육을 풀고자 골반을 돌리고 허리를 비틀었다. 깨어있는 일부 승객들이 그를 힐끔힐끔 쳐다봤다. 다시 자리에 앉아 근육이완제를 삼키고 태블릿을 TS-112에 연결했다. 보안과 기능이 향상됨에 따라 점점 무거워지는 TS-112다. 엠마의 신상정보가 태블릿 화면에 떴다.

이름: 엠마 마론(32세)
소속: 독일 기상기후연구소(추크슈피체 지구대기감시 관측소 근무)
가족 사항: 12세에 한국에서 독일로 이민(쉘 박사가 입양)
최종 학력: 뮌헨대학교 물리과학대 박사
특이 사항: 태권도(동양무술) 6단. 20××년 4월 23일 20대 남

성 폭행(남성 세 명과 시비 붙는 과정에서 남성 한 명의 왼쪽 눈 실명. 재판과정에서 정당방위 인정 최종 무죄 판결). 과호흡증후군.

그녀의 신상명세서를 보고 있자니 앞으로 험난한 작전이 될 것이란 암울한 생각이 들었다. 시키는 대로 차분하게 있을 성격이 아니었고, 그렇다고 하여 암살자들을 상대할 정도의 실력을 갖춘 것도 아니다. 최악의 파트너다. 그때 TS-112가 바르르 울렸다. 음성 수신 버튼을 눌렀다.

"자네 지금 어디야?"

백악관 에릭 국장의 목소리가 TS-112에서 흘러나왔다.

"시베리아로 가고 있습니다."

"본부장 이놈이 감히 내 허락도 없이."

"제가 선택했습니다."

"강아지 앞에 뼈다귀랑 오렌지 던져놓고, 뭐 먹을래, 선택하라는 말이랑 뭐가 다른가. 본부장 정말 치사한 사람이야. 아무튼 당장 독일로 돌아가. 자넨 치료가 필요한 환자니까."

"저는 미국 정부 소속이 아닙니다. 블랙워터 소속 용병입니다. 국장님 명령에 따를 의무 없습니다."

"그래? 그럼, 추크슈피체에는 왜 간 거지?"

에릭 국장의 호통에 그는 잠시 침묵했다.

파킨슨병은 불치병이다. 발병 후 5년이 지나면 치료제인 레보도파에 내성이 생기고, 끝내는 온몸의 근육이 쪼그라들어 사망하는 지독한 질병이다. 하지만 그는 6년을 근근이 버텼다. 독일에서 개발한 신약 근육이완제 덕분이었다. 그는 에릭 국장의 소개로 파킨슨 환자를 위한 신약 개발 임상실험에 참여하고 있었다. 3개월간 근육이완제를 복용하고, 정밀진단을 받는다. 이번에도 3개월 동안 근육이완제를 먹었고 2박 3일간 제약 연구소에서 온갖 실험과 정밀진단을 받았다. 그러다 이틀째 되는 어제 오전, 에릭 국장에게 급한 연락이 왔다. 마침 근육이완제를 투입하지 않으면 환자의 신체가 어떤 반응을 보이는지 알아보는 실험예정일이었다. 그는 침대에 누워 진통제를 맞아가며 근육이 쪼그라드는 고통을 견디고 있었다. 그는 40년 넘게 에릭 국장과 알고 지냈다. 그런데 어제처럼 당황한 목소리는 처음이었다. 에릭 국장 앞에서는 미국 대통령도, 나아가 하느님도 눈치를 본다고 용병들 사이에서 우스갯소리가 떠돌곤 했다. 그런 에릭 국장이 긴장하다니, 그의 마음도 긴박해졌다.

그는 근육이 쪼그라들어 허리도 제대로 펴지 못한 채로 연구소 실험실을 빠져나왔다. 곰돌이가 프린팅 된 환자복을 입고 있던 그는 우선 탈의실에 들어갔다. 마침 개인 사물함 안에 누군가의 정장이 걸려 있었다. 그 정장을 걸쳤다. 담요를 뒤집어쓴 것마냥 옷이 너무 컸다. 어쩔 수 없었다. 밖으로 나오자 마침 주차장에 구급차가 보였다. 그는 구급차를 몰고 추크슈피체로 향하는 사이, 이 임무를 하달 받았다. 프랑스에 있는 블랙워터 용병이 도착할 때까지, 누명을 쓰고 쫓기는 한 여자를 보호하는 임무였다.

"후—."

국장의 한숨 소리가 들렸다. 그러고 보니 국장도 그처럼 늙었다. 그보다도 두 살 더 많다.

"약은?"

KG1은 주머니에서 약통을 꺼냈다. 밀라노 공항에서 요원에게 받은 레보도파 30알, 근육이완제 150알이 들어있는 약통이었다. 레보도파는 이제 소용없어졌지만 버릇처럼 지니고 다녔다.

"충분합니다."

"오이먀콘 프로젝트가 의심스러워."

기후 위기 속, 오이먀콘은 인류의 희망으로 급부상했다. 지구가 따뜻해지면 시베리아는 옥토로 변한다. 더군다나 UN에서 추진 중인 사업이었다. 뭐가 의심스럽다는 걸까.

"지레 짐작일 수도 있지만."

침묵이 길어지자 국장이 한숨을 내쉬었다.

"우리가 또 한 번 인류를 구하는 건가요? 그렇다면 인류를 구한 게 일곱 번째인가, 여덟 번째인가."

"아홉 번 아냐?"

농담 반 진담 반인 그의 말에 국장도 농담 반 진담 반을 섞어 응수했다.

“영국 노스 콘웰로 데이비슨 박사를 보냈어. 자네를 도울 거야. 죽더라도 객사하지 말고, 자네 침대에서 죽게나. 알았지?”

“명령입니까?”

“내 부하도 아닌데, 내가 어떻게 명령해. 내가 할 수 있는 건 오직 내 생명의 은인인 자네를 위해 하느님께 기도하는 것밖에 없네.”

KG1 또한 국장이 자신의 목숨을 구해준 걸 말하려다가 그만두었다.

“국장님 불가지론자였잖아요?”

“이젠 늙었잖아. 자네도 늙었고.”

우리 우주에서는 두 번은 없다. 삶도 죽음도 마찬가지. 누구나 처음 살아보는 인생이고 누구나 처음 죽어보는 인생이다. 경험이 없기에 언제나 낯설고, 버겁다. 아무도 가르쳐주지 않은 죽음. 인간은 그런 죽음을 향해 나아가는 존재다. 그 길은 신만이 알 것이었다. 하지만 KG1은 신을 믿지 않았다. 에릭 국장처럼 곧 믿게 될지도 모르지만, 그래도 지금은 아니었다.

등의 근육이 다시 오그라든다. 괜한 망상에 에너지만 소모했다. 몸을 풀고자 자리에서 일어나려는데, 잠시 후 베이징 공항에 도착한다는 안내방송이 나왔다. KG1은 다시 자리에 앉아 안전벨트를 착용했다.

베이징 서우두 국제공항에서 이륙한 여객기가 몽골 울란바토르

칭기즈칸 국제공항에 착륙했다. 엠마는 여객기에서 내려 하얗고 긴 복도를 따라 걷다가 입국자를 향한 격한 환영 문구를 발견했다. 복도 끝에 '몽골에 온 것을 환영합니다'라는 큰 글씨와 함께 칭기즈칸 그림이 걸려있었다. 전 세계를 호령하던 그때 모습 그대로, 마치 자신이 점령한 변방의 사신(使臣)을 내려다보는 자세로 칭기즈칸은 위풍당당하게 앉아있었다.

엠마는 입국 심사를 마치고 곧바로 공항 터미널에서 나왔다. 그녀는 KG1을 따라 150여 미터 떨어진 곳에 있는 창고로 들어가 경비행기에 올라탔다. 비행기 안은 미니버스보다 더 좁았다. 중앙엔 탁자가 있었고, 앞뒤로 네 개씩 여덟 개의 의자에, 검은 제복을 입은 남자 여섯 명이 앉아있었다.

경비행기는 곧바로 이륙했다. 프로펠러가 굉음을 뿜었다. 대화가 불가능할 정도였다. 100년은 더 된 구형 경비행기 같았다. KG1은 왼손으로 탁자 위 헤드폰을 가리켰다. 그녀는 머리칼을 넘기고 헤드폰을 착용했다. 일순간 소음이 잦아들더니 KG1의 목소리가 선명하게 들렸다.

"메모리스틱 자료 확인해 봐."

KG1의 말에 그녀는 빌 박사가 준 메모리스틱을 노트북에 꽂았다. 파일 하나가 들어있었다. 9월 16일에 최종 수정한 파일이었다. 파일을 클릭했다.

'시베리아 영구동토층 YDM 메탄 농도분석'.

제목을 보자마자 YDM이 뭘까 하는 의문이 들었다. 처음 보는 영문자였다. 본문에 단서가 있을 것이다. 그녀는 천천히 문서를 읽어 내려갔다. 시베리아의 메탄 분석 자료였다. 분석 기간은 작년 6월부터 올해 8월까지 총 14개월이었다. 분석 자료를 읽어 내려갈수록 YDM에 대한 의문은 점차 사라졌다. 거대한 음모가 도사리고 있다는 생각이 들었기 때문이었다.

시베리아 동부 야쿠티아 지역에 33조 세제곱미터라는 엄청난 양의 천연가스가 매장되어 있다. 하지만 이를 발굴하고 긴 가스관을 설치하기 위해서는 천문학적인 비용이 필요하다. 우크라이나와 전쟁 이후 급격하게 무너진 러시아 지도부는 핵무기에 의지한 채 겨우 정권만 유지하고 있을 뿐, 이빨은 물론 발톱까지 다 빠진 상태였다. 결국 러시아는 시베리아 천연가스 개발에 중국 자본을 끌어들였다. 그런데 빌과 베커 박사를 비롯한 G-GAW 멤버가 이 프로젝트에 찬물을 끼얹은 것이다. 그녀는 KG1에게 이 사실을 알렸다.

"이 자료에 의하면 시베리아 메탄 농도가 3만에서 4만 ppm(100만분의 일) 사이의 분포를 보입니다. 메탄은 5만 ppm에서 발화하거든요. 이 사실을 숨기려는 자들의 소행이 확실해요."

"글쎄, 아무리 그래도 중국이 그렇게 허술할까? 전문가들이 진작 검토했겠지."

"거대 자본이 투입되었기 때문에, 오히려 과학적 진실이 묻힐 소지가 다분해요. 기후 위기 때처럼요."

엠마의 말에 KG1이 한숨을 내쉬었다. 명확한 과학적 진실을 지배 권력층이 무참하게 짓밟고 인류를 시한부 상태로 몰아넣었던 그 어이없는 사건을 KG1도 알고 있다.

"오이먀콘 프로젝트와의 연관성은?"

"오이먀콘 프로젝트? 그게 뭔데요?"

"기후 전문가가 오이먀콘 프로젝트를 몰라? 시베리아가 인류의 희망이라고 떠들면서 UN이 추진 중인 프로젝트 말이야."

그녀는 그제야 오이먀콘 프로젝트를 떠올렸다. 전문가들 사이에서 콧방귀도 뀌지 않는 어처구니없는 사업. 기후 위기에서 벗어나고자 인류는 수많은 대책을 세우고 실행에 옮겼다. 그러나 결과적으로 모두 실패였다. 그러한 실패 이후, 각국 정책 결정자들은 기후전문가들의 의견을 무시하기 시작했다. 오이먀콘 프로젝트는 권력자와 자본가, 그리고 이들의 입맛에 맞게 자료를 분석해주는 일부 전문가들이 손을 맞잡고 추진 중인 사업이었다. 기후는 그 누구도 예측할 수 없는 방향으로 접어든지 오래였다. 그럼에도 불구하고 지구가 따뜻해지면 가장 추운 시베리아가 가장 살기 좋은 곳으로 변한다고? 이는 일차원적인 생각이다. 엠마는 자기도 모르게 피식 웃음이 새어나왔다. 그나마 다행인건 겉으로는 UN이 추진하는 거처럼 보이지만, 실은 UN도 두 발 다 뺀 상태라는 것이다.

"천연가스가 확실합니다."

KG1은 그녀의 말이 의심쩍은지 고개를 갸우뚱하더니, 노트북을 자기 앞으로 끌어당겼다. KG1은 한동안 노트북 화면을 골똘히 쳐다봤다.

"YDM? 이니셜 같은데, 무슨 뜻이지?"

"저도 아직 모르겠어요. 하지만 당신의 고용인이 대기화학 분석가인 저를 지목한 것도 그렇고, 고기후학자인 빌과 베커 박사가 연루된 걸 보면, 천연가스와 관련된 것이 확실해요."

KG1이 스마트폰처럼 생긴 장비를 꺼내더니, 메모리스틱을 꽂았다.

"잠깐만요."

G-GAW 멤버들의 목숨과도 같은 자료였다. 함부로 공개할 수 없었다.

"걱정하지 마. 비록 모양은 투박해도, 아무도 뚫을 수 없는 보안 체계를 탑재했으니까."

"누구랑 연락을 주고받는 건가요?"

"같은 팀이라는 것만 알아 둬. 이번 작전이 끝날 때까지 계속 우리를 지원할 거야."

"어떻게요?"

"아프리카 콩고 정글의 개미 이동 경로까지 알 수 있는 자들이야. 지구상에서 일어나는 일은 모두 알고 있어."

"그럼, 그들에게 YDM이 무슨 뜻인지 물어보세요."

다시 KG1이 어색한 미소를 지었다. 수천 년간 한 번도 웃지 않아 얼굴 근육이 퇴화한 것만 같은 표정은 근육이 굳어가는 파킨슨병의 전형적인 증상이었다. 자판을 두드리는 KG1의 왼손이 조금씩 흔들렸다.

경비행기가 오른쪽으로 방향을 틀더니 점차 하강했다. 아직 9월인데도 기울어진 창밖으로 보이는 대평원이 새하얗다. 불과 7년 전만 해도 9월의 시베리아는 드넓은 푸른 초원이었는데. 해가 갈수록 초원이 점차 줄어들더니, 재작년부터는 9월에도 눈이 내렸다. 이제 전 세계 기후가 제멋대로다.

"곧 착륙합니다. 오랫동안 방치되었던 활주로라 기체가 많이 흔들릴 겁니다. 손잡이를 단단히 잡으세요."

조종사의 안내에 엠마는 양손으로 손잡이를 움켜쥐었다. 경비행기가 비포장도로를 질주하는 자동차처럼 흔들렸다. 드디어 기체가 멈췄다. 요란한 착륙에 정신이 멍했다. 차 두 대가 경비행기 옆으로 다가왔다. 승합차와 SUV다. 얼굴이 동그랗고 어깨가 떡 벌어진 동양인 남자가 SUV 운전석에서 내려 그녀에게 다가왔다. 키는 그리 크지 않으며 얼굴과 몸이 오동통하여 어린아이처럼 순박해 보였다.

울란바토르에서부터 동행한 용병 여섯 명이 부지런히 승합차에 짐을 실었다. 히스패닉계 용병 한 명과 KG1, 그리고 엠마는 SUV에, 나머지 용병 다섯 명은 승합차에 올라탔다. 엠마와 동승하게 된 히스패닉계 용병은 키는 작지만, 몸은 돌덩이처럼 다부졌다. KG1은 그를 KG8이라고 불렀다.

순박하게 생긴 남자가 다시 차에 올라 SUV를 운전했다. 이곳 원주민인 듯했다. 부끄러움인지 아니면 원래 원주민은 다 그렇게 생겼는지 알 수 없었지만, 볼이 발그스름했다.

"시베리아 오이먀콘에 오신 걸 환영합니다. 저는 루스탐 아지모프입니다. 그냥 루스탐이라고 부르면 됩니다. 여기서 3킬로미터 정도 가면 여러분이 거처할 곳이 있습니다."

시베리아 설경에 정신을 놓고 있던 엠마는 남자의 말에 깜짝 놀랐다. 오이먀콘 지구대기감시 관측소 장비 고장이나 자료에 문제가 생기면 이따금 전화나 메신저로 연락하던 관측소 위탁관리자였기 때문이다.

"루스탐 씨? 저 엠마 마론이에요. 반가워요."

"아, 엠마 박사님! 이렇게 직접 뵈니 반가워요. 정말로 목소리만큼이나 아름다우시네요."

루스탐은 유창하지는 않지만, 상대가 알아듣기 쉽게 또박또박 영어로 말했다.

"착륙할 때 고생하셨지요? 스탈린 시대에 오이먀콘의 금광개발을 위해 만든 활주로입니다. 금광이 폐쇄되자 비행장도 그냥 내버려둬서 이 모양 이 꼴이 되었어요. 그래도 3년 전까지만 해도 이따금 관광객이나 기후 연구자들이 사용하곤 했는데, 오이먀콘 공항과 고속도로가 생기는 바람에 이젠 이렇게 방치되었습니다."

"고속도로요?"

황량한 시베리아에 고속도로라니? 엠마의 질문에 루스탐이 어딘가를 가리켰다. 광활한 눈벌판에 그어진 검은 선이 지평선 너머까지 이어져 있었다.

"왕복 8차선입니다. 오이먀콘 도시와 이어진 고속도로죠. 저런 고속도로가 두 개 더 있어요."

기후변화 대응을 위해 오이먀콘에 추진하는 프로젝트 때문에 건설한 고속도로였다.

"오이먀콘에 도시가 있다고요?"

"오이먀콘 분지를 가득 채운 거대 도시가 건설되었습니다."

"그럼, 원래 오이먀콘 사람들은요?"

"모두 떠났습니다. 일부는 무스카야산 남쪽에 자리 잡았고, 일부는 순록과 함께 툰드라로 들어갔고, 일부는 야쿠츠크로 떠났습니다."

"500여 명 모두요?"

"네, 지금 오이먀콘 분지에는 야쿠트족이 한 사람도 없습니다. 분지 내에 빈틈없이 건물이 들어섰거든요. 나쁜 사람들입니다. 시베리아 정령의 사자(使者)들이 가만히 놔두지 않을 겁니다."

"정령의 사자들이요?"

엠마가 놀라 물었다.

"오이먀콘은 시베리아 정령의 터전이었지요. 인간들이 신성한 땅 오이먀콘을 차지하자, 시베리아에 흩어져 있던 정령의 사자들이 모두 이곳으로 모여들었습니다. 흔히 정령의 사자를 늑대라고 하지요."

엠마는 그제야 안심했다. 늑대를 두고 하는 말이었다. 괜히 긴장했다.

"인간에게서 복수를 배운 시베리아 늑대들입니다. 오이먀콘 늑대들이 더 지능적이고 악랄해졌습니다."

루스탐이 힘주어 말했다. 하지만 아무리 늑대가 복수를 한다고 해도 늑대는 늑대일 뿐이다. 그녀는 오른쪽 설산을 바라봤다. 드넓은 눈벌판 끝에 거대한 산이 우뚝했다.

"무스카야산입니다."

루스탐이 그녀를 힐끔힐끔 보면서 말했다. 무스카야 산기슭에 지구대기감시관측소가 있다. 그렇다면 저 산 너머가 극한 땅 오이먀콘이다. 오이먀콘 분지의 면적은 600제곱킬로미터 정도로 150만 명이 거주하는 뮌헨 면적의 두 배 가량이다.

"쉘 박사님 잘 계시죠?"

루스탐이 불쑥 물었다. 그녀는 어떻게 대답해야 할지 잠시 머뭇거렸다.

"네, 저보고 급하게 이곳에 가보라고 해서 이렇게 왔어요."

"저도 어제 급하게 귀한 손님이 오실 거니깐 잘 안내하라는 메일을 받았어요. 귀한 손님이 엠마 박사인 줄 몰랐네요. 아마 쉘 박사님이 저를 놀라게 하려고 비밀로 했나 봅니다."

"쉘 박사님과는 어떠한 사이세요?"

"저에게 세상을 보여주신 분입니다."

쉘 박사는 UN 소속 GAW(지구대기감시) 관측환경 자문위원이다. GAW 업무 특성상 남미의 끝 푼타아레나스, 아프리카 희망봉 등 전 세계 오지 곳곳에 지구대기감시 관측소가 들어섰고, 쉘 박사는 관측 환경 자문과 점검을 하러 홀로 세계 곳곳을 돌아다녔다. 오지에서 총명하지만 돈이 없어 배우지 못하는 청년들에게 쉘 박사는 배움의 기회를 베풀었다. 그렇게 그가 대학에 보낸 젊은이가 열두 명이다. 그녀는 이 사실조차 베커 박사에게서 들었다. 혹시나 아픈 과거를 떠올려 괴로워할까 봐, 쉘 박사는 그녀에게 이 사실을 말하지 않았던 거였다. 루스탐도 그 중 한 명이었다.

루스탐은 쉘 박사와의 인연을 들려주었다. 루스탐과 쉘 박사가 처음 만난 건 9년 전이었다. 러시아 경제가 급속하게 무너지면서 시베리아 지구대기감시 관측업무도 소홀해졌고, 끝내는 장비를 제때 점검하지 않아 관측자료를 쓰지 못하는 지경까지 이르렀다. 드넓은 시베리아다. 그냥 놔두면 지구대기감시에 거대한 공백이 생긴다. UN이 개입할 수밖에 없었다. UN은 기존 관측소보다, 더 관측환경이 좋은 곳에 관측소 신설을 결정하고, 지구대기감시 관측환경 전문가인 쉘 박사에게 최적의 위치 찾는 걸 의뢰했다. UN의 지원을 받아 쉘 박사는 시베리아를 대표할 수 있는 지구대기감시관측소 장소를 물색하러 다니다가 오이먀콘까지 오게 되었다. 마른 산타클로스처럼 수염이 얼굴의 절반을 가린 채였다. 그때 처음 루스탐과 쉘 박사가 만났다. 오이먀콘에 막 화력발전소가 지어지면서 집집마다 전기가 들어가기 시작하던 시기라, 마을에 전기 기술자가 필요했다. 그때 루스탐은 러시아 극동부 중심도시인 야쿠츠크에서 고등교육을 마치고, 고향으로 돌아와 전기시설을 봐주는 일을 하고 있었다.

오이먀콘은 지구대기감시 관측환경에 최적이었다. 쉘 박사는 곧바로 UN에 이 사실을 통보했다. 수송기가 조립식 건물과 검·교정을 마친 관측장비를 싣고 왔다. 전기 배선만 연결하면 관측소가 완성되었다. 당시 쉘 박사는 전기 배선을 끌어오기 위해 루스탐의 도움이 필요했고, 그렇게 둘의 인연은 시작되었다.

관측소가 완성되고 장비 시험 운영 기간, 여유가 생긴 쉘 박사는 육식만 하며 지내는 오이먀콘 주민들의 장수비결이 궁금했다. 오이먀콘 주민들처럼 육식만 고집하는 에스키모들은 평균수명이 40세 전후인데 반해 오이먀콘 주민들은 평균수명이 84세였다. 이들이 선진 의료혜택을 받으면 평균수명이 100세를 훌쩍 넘기고도 남을 것이었다. 쉘 박사는 관측소의 장비들이 안정적으로 작동되는 것을 확인하고, 떠나기 이틀 전 루스탐에게 제안했다. "이곳 기후와 생활상을 분석하면 장수에 대한 아주 재미있는 결과가 나올 것 같은데, 내가 지원해줄 테니, 네가 한번 연구해보지 않겠니?"라고 말이다.

"저는 쉘 박사님의 제안을 받아들이고 동물생태학 전문가가 있는 한국의 대학교로 유학을 떠났지요."

한국이란 단어에 그녀의 가슴이 뛰었다. 엠마는 잠시 눈을 감고 코로 숨을 깊숙이 들이마셨다. 사납게 뛰던 가슴이 안정되었다.

오이먀콘은 기후학자들에게는 성지나 마찬가지였다. 1926년 1월 어느 날 오이먀콘의 기온은 영하 71.2도를 기록했다. 인간이 사는 곳 중 가장 낮은 기온. 한겨울에 물을 뿌리면 물이 땅에 떨어지기도 전에 얼음으로 바뀌는 곳이다. 그런데 이런 곳에 사는 사람들이 장수한다니. 이야기를 듣던 엠마 역시 오이먀콘 주민들의 장수비결이 궁금해졌다.

"그래서 장수 이유를 밝혀냈나요?"

"박사님도 알다시피 지구에서 가장 추운 곳입니다. 주로 고기와 우유만 먹지요."

"육식만 하면 건강에 나쁘다는 것은 상식인데요."

"몸을 이루는 세포는 아직도 빙하기 때 굶주림의 고통을 기억하고 있기에, 신진대사에 쓰고 남은 에너지를 굶을 때 쓰려고 몸에 비축하지요. 이렇게 비축한 에너지를 써야 하는데, 계속 비축만 하니 문제가 생긴 겁니다. 곡식을 창고에 오래 놔두면 썩듯이요. 하지만 이곳은 아직 빙하기고, 이곳에서 살아가려면 많은 에너지가 필요합니다. 진실은 이미 모두가 알고 있습니다. 그런데, 진실을 외면한 채 엉뚱한 곳에서 해결책을 찾으려다보니 이 모양 이 꼴이 된 거죠."

루스탐의 말에 엠마는 가슴이 뜨끔했다. 언제부턴가 영양부족으로 죽는 사람보다, 영양 과잉으로 죽는 사람이 훨씬 많아졌다.

"그럼 쉘 박사님의 과제는 영원히 제출하지 못 하겠네요?"

"지금 말씀드린 게 제가 제출할 내용의 요지입니다. 문명 속 인간들도 모두 정답은 알고 있습니다. 실천하지 않았을 뿐이지요. 다만 한 가지, 이렇게 제출하면 쉘 박사님이 화를 내시지는 않을까 걱정됩니다. 엠마 박사님 생각은 어떻습니까?"

드디어 차가 오두막 앞에 멈췄다.

"아마 쉘 박사님께 그렇게 적은 레포트를 제출해도 화를 내지는 않았을 겁니다."

"않았을 거라니요?"

"쉘 박사님은 돌아가셨습니다."

"언제요?"

"어제요."

"어제 메일을 받았는데요?"

"갑자기 돌아가셨습니다."

루스탐은 잠시 멍한 눈동자로 그녀를 쳐다봤다. 그녀는 텅 빈 그의 눈길을 피했다. 루스탐은 운전대에 얼굴을 박고 넓은 어깨를 들썩이며 흐느꼈다. 그의 모습을 보자 엠마의 가슴 안쪽에서 무언가 뜨거운 것이 목구멍으로 넘어오려 했다. 그의 슬픔이 그녀에게 뻗쳐오고 있었다.

7

제이콥이 P-TF실 의자에 앉자마자 데이비슨 박사가 서류 봉투를 탁자 위에 올려놓았다. 제이콥은 봉투 안 문서를 꺼내보았다. '오이먀콘 프로젝트'라는 문서 제목과 함께 문서의 표지 상단 오른쪽에 일반보안 5등급 마크가 찍혀 있었다. 일반보안 5등급이면 정부에서 공식적으로 발표만 하지 않았을 뿐, 인터넷으로 조금만 검색하면 누구나 알아낼 수 있는 정도의 보안등급이다. 미국 백악관에서 비행기를 타고 고작 이걸 보여주려고 오지는 않았을 것이다. 제이콥은 천천히 보고서를 훑었다. 보고서의 맨 마지막 장에 수십 명의 명단이 있었다. 이건 새로운 내용이었다. 오이먀콘 프로젝트와 관련해 최근 프리즘에 자주 등장하는 쿨리 명단이었다.

"첫 번째 임무는 쿨리의 위치를 찾는 일입니다."

중국 화교 네트워크인 쿨리는 족히 수백 년은 되었다. 바닷물이 닿는 곳, 연기가 나는 곳, 한 그루의 야자나무 밑에는 세 명의 화교가 있다는 속담이 있을 정도로 쿨리는 전 세계에 퍼져 있었다. 홍콩과 마카오 등 일부 지역 단체의 재력이 수면 위로 떠오르기는 했지만, 오프라인에 존재하는 그들에 비하면 빙산의 일각에 불과했다.

"쿨리는 지구촌 어디에나 있습니다. 그런데 그 위치를 찾다니요?"

"더 정확히 말하면, 그들의 우두머리를 찾는 겁니다."

"우두머리요?"

"이들을 아우르는 우두머리가 있습니다."

마음만 먹으면 누워서 개인의 일거수일투족을 들여다 볼 수 있는 프리즘이다. 쿨리의 우두머리 찾는 일도 불가능하진 않을 터.

"그리고 두 번째 임무는……."

데이비슨 박사는 말을 삼켰다. 박사는 프리즘 시스템과 연결된 모니터 앞에 앉더니 키보드 지문 인식 시스템을 가리켰다. 보안을 풀어 달라는 손짓이다. 제이콥은 검지를 지문 인식 액정에 가져다댔다. 검색창이 나타났다. 박사는 프리즘 시스템을 능숙하게 다뤘다. 곧바로, 한 여자의 사진이 모니터에 펼쳐졌다. 제이콥은 화면 속 여인을 보자마자 자신도 모르게 '아름답다'는 말이 튀어나왔다. 길고 검은 머리카락, 갸름한 얼굴, 무엇보다 외꺼풀에 덥힌 검은 눈동자가 너무나 맑았다.

"이 사람을 도와주는 게 우리의 또 다른 임무입니다."

"실존 인물인가요?"

데이비슨이 고개를 갸우뚱하면서 제이콥을 뚫어지게 쳐다봤다. 제이콥은 데이비슨의 시선을 피했다.

"엠마 박사입니다. 지금 목숨이 위험합니다."

"그럼 빨리 구해요."

"너무 멀리 있습니다."

"어딘데요?"

"저 붉은 점이 엠마 박사의 위치입니다."

제이콥은 지도 위 붉은 점을 확대했다. 시베리아 동부 오이먀콘 인근이었다. 마침 주피터 첩보위성이 오이먀콘 상공을 지나고 있었다. 첩보위성의 카메라를 그쪽으로 돌렸다. 새하얀 벌판 한가운데에 있는 오두막 주변이었다. 시베리아도 기후변화의 여파를 비껴갈 수는 없었다. 기온이 따뜻해지면서 영구동토층이 점차 얇아졌다. 그러다가 무슨 변덕인지 3, 4년 전부터 시베리아 영구동토층 위로 여름에도 눈이 내리기 시작했다. 아무튼, 인류의 미래이며 파라다이스로 변할 너무나 평화로운 시베리아 오이먀콘 인근에 있는 그녀의 목숨이 왜 위험하다는 걸까?

8

"진시황이 이놈을 발견했다면 어떻게 했을까?"

널랜드 박사는 흉물스러운 생명체를 보며 중얼거렸다. 서서히 다가오는 죽음 앞에서 쩔쩔매던 황제의 모습이 떠올랐기 때문이다. 예나 지금이나 영원히 죽지 않는 생명체는 없다고들 한다. 하지만 그의 눈앞에 있는 생명체는 하루에 34밀리그램의 포도당, 135밀리그램의 합성 아미노산, 37그램의 송아지 혈청을 주면 영원히 죽지 않는다. 원래 이놈의 평균수명은 14일인데, 38년 동안 살아있다. 수명의 약 1,000배를 산 것이다. 인간으로 치면 10만 년을 산 것이다. 지금까지 살아온 세월만 해도 이놈에게는 영원을 얻은 것이나 마찬가지다. 포도당과 합성아미노산, 송아지 혈청을 충분히 공급하면 영원히 살아남아 지구를 덮고 우주까지 먹어 치우겠지. 널랜드 박사는 이 생명체를 키우며 깨달았다. 죽음이 생보다 훨씬 더 숭고하다는 것을.

20××년 9월 25일

그는 시험관 태그에 날짜를 적었다. 태그 맨 위에는 이놈의 이력이 적혀 있었다.

생년월일: 모름

분양일: 20××년 11월 6일

분양 장소: 엠디 앤더슨 종양내과 연구실 2동 13호실

부피: 8.371㎤

무게: 44.83g

출생지: 베스

분류: 악성종양

이름: 베스

인간 베스는 34세에 유방암으로 죽었다. 이놈도 베스가 죽자마자 죽을 운명이었는데 널랜드 박사가 살렸다. 그는 이놈이 궁금했다. 그는 이놈을 특수 절연 용기에 키우며 연구했다. 자기들끼리만 주고받는 미세한 전류를 포착하기 위해서는 절연은 필수였다. 하지만 모든 물질에는 약한 전류가 흘러 완벽한 절연상태를 유지하는 건 쉽지 않았다. 많은 시행착오 끝에 가까스로 최적의 환경을 구축했다. 어쩔 수 없이 절연 용기의 부피가 점점 커져 더는 옮겨 다닐 수 없는 처지

가 되고 말았지만.

“여기서 모든 걸 끝내야 해.”

그는 중얼거리며 모니터를 바라봤다. 무작위로 찍힌 파란 선과 점이 모니터를 가득 메웠다. 이놈들끼리 알 수 없는 정보를 주고받는 중이다.

“박사님.”

인기척에 뒤를 돌아봤다. 더글러스가 팔짱을 끼고 그를 내려다보고 있었다. 아마 노크를 했을 건데, 또 못 들은 모양이다. 이놈에 온통 신경을 집중할 때 종종 겪는 일이었다. 그래도 다행인 건, 이곳이 백악관이고 이렇게 함부로 그의 연구실에 드나들 수 있는 사람은 미국 대통령인 더글러스밖에 없다는 점이다.

“이놈들은 어미를 잡아먹은 극악무도한 놈들인가요? 아니면 하루 앞을 내다보지 못하는 가련한 생명체인가요?”

“극악무도하지도 가련하지도 않아. 그냥 살아 있을 뿐이야.”

“하긴 모든 생명체가 죽지 않는 능력을 지녔다면 이놈처럼 자연스럽게 영생을 선택하겠지요. 그게 본능이니.”

“영생이 모든 생명체의 본능이라고? 과연 자네처럼 모든 생명체가 영생을 바랄까?”

“저 잔디 속에 사는 수많은 곤충도 하루라도 더 살려고 발버둥 치잖아요.”

더글러스가 백악관 안뜰 잔디밭을 가리키며 말했다.

"죽음은 생명체가 수십억 년 진화의 과정에서 터득한 아주 중요한 수단이야. 죽음이 있기에 탄생이 있고, 탄생하는 과정에서 조금씩 진화하여 이렇게 다양한 생명체가 다양한 방법으로 살아가지. 당연히 생명체의 본능은 영생이 아니라 죽음이야."

"그럼 저는 지구의 평범한 생명체가 아닌가 보네요?"

"맞아, 자네가 평범했다면 어떻게 미국 대통령이 되었겠나. 그리고 인간이 평범한 생명체라면 지구를 이 모양 이 꼴로 만들지는 않았겠지."

드디어, 더글러스에게 이 생명체의 진실을 알려줄 때가 되었다, 그는 특수 절연 용기 앞에서 더글러스에게 손짓했다. 그리고 흐릿한 수족관 속에 흑적색 달걀노른자 모양의 물질을 그에게 보여주었다.

"일반 세포는 염색체 말단을 묶고 있는 텔로미어가 점차 짧아져 끝내는 염색체가 풀리면서 죽는데, 이놈은 텔로미어가 짧아지지 않는 유전자를 가지고 있지. 적당한 환경만 갖추면 영원히 죽지 않고 복제 성장 확장해 숙주인 인간을 파괴하지. 진시황이 그의 소원대로 죽지 않고 지금까지 살았다면 과연 어떻게 되었을까?"

"진시황만 남은 채 인류는 진작에 사라졌겠지요."

"인류뿐만 아니라 모든 생명체가 멸종했을 거야."

"그러고 보면, 이놈도 인간처럼 하느님의 실패작이네요."

"맞아. 그래서 써니처럼 이놈과 친해질수록 치명적인 매력에 빠지지."

써니는 백악관의 귀염둥이 강아지다. 28개월 된 새까만 암컷. 포르투갈 워터도그 품종으로 성격이 활발하고 수영을 잘한다. 써니는 늑대의 후손이다. 하지만 늑대의 흔적이라곤 어디에서도 찾아볼 수 없다. 써니는 누구나 좋아한다. 그래서 널랜드는 써니를 싫어했다. 사자에 호의적인 사슴처럼, 누구에게나 호의적인 생명체는 진화 과정에서 멸종했기 때문이다.

"그럼 낸시도 영원히 저렇게."

더글러스가 말을 하다가 고개를 들어 천장을 쳐다봤다.

"아니, 곧 끝날 거야. 전에도 말했듯이, 내가 암세포를 끝까지 추적하여 죽이는 신물질을 완성했어. 낸시의 몸속에서 무위도식하는 저놈들의 생도 얼마 남지 않았지."

"그럼, 암과의 오랜 전쟁은 인간의 승리로 끝나는 건가요?"

더글러스가 피식 웃었다. 분명 비웃음이다. 부아가 치밀었지만, 저리 어리숙해 보여도 미국 대통령이다. 더글러스가 자신을 믿게 하기 위해서는 반드시 이번 실험이 성공해야 한다. 이번 실험이 실패하면 모든 게 수포가 된다. 널랜드는 다시 더글러스를 쳐다봤다.

"자네 요즘 부쩍 예민해졌어. 고민거리라도 있나?"

"지구촌에 일어나는 일이 다 제 고민이지요."

"그러다간 낸시보다 자네가 먼저 요단강 건널 수도 있어."

더글러스는 자신을 위해 해주는 조언인지 아니면 정치인에 대한 조롱인지 알 수 없다는 표정을 잠시 짓는가 싶더니, 곧바로 억지 미소를 띠었다.

“박사님의 조언이니 명심하고 조심하겠습니다. 그럼.”

더글러스가 뒤돌아 출입문 쪽으로 걸어가다가 멈추더니 웃기 시작했다. 오랜만에 듣는 더글러스의 진짜 웃음.

“도널드 덕의 다리가 왜 이리 짧죠?”

더글러스가 책상 위에 있던 도널드 덕을 집어 들더니 요리조리 살피며 해맑게 웃었다. 다리가 짧은 게 아니다. 목이 길어 다리가 짧게 보일 뿐이다. 멀쩡한 눈을 가졌음에도 사물의 본질을 보지 못하는 미국 대통령이다.

“원래 오리 다리는 짧아. 목이 길어서 다리가 짧게 보일 뿐이야.”

그때였다. 더글러스가 도널드 덕의 얼굴을 그의 눈앞에 겨냥하듯 들어올렸다. 자칫 잘못하면 얼음 총알이 발사된다. 닐랜드 박사의 등줄기가 서늘해지면서, 목덜미 솜털이 쭈뼛 섰다.

“박사님 안색이?”

더글러스가 도널드 덕을 책상 위에 내려놓고 그에게 다가왔다.

“괜찮네. 갑자기 어지러워서 그만. 늙으면 흔하게 나타나는 현상이야.”

닐랜드는 아무 말이나 주절거리면서 정신을 가다듬었다. 더글러스가 고개를 오른쪽으로 기울인 채 그를 쳐다봤다. 마치, 외계 생명체와 처음으로 대면하는 표정이다. 그러거나 말거나 닐랜드는 의자에 털썩 주저앉았다. 다리에 힘이 빠져 더는 서 있을 수 없었다.

"그럼 저는 미팅이 있어서."

더글러스가 출입문 쪽으로 걸어갔다. 더글러스에게 허점을 보였다. 그냥 보내면 안 된다. 저들은 작은 틈만 보여도 집요하게 물고 늘어져, 끝내는 모든 것을 파괴하는 데 탁월한 능력을 지닌 자들이다. 암세포처럼 말이다. 이쯤에서 적당한 자극이 필요했다.

"시베리아 오이먀콘에 괴물이라도 나타났나?"

갑작스러운 널랜드의 말에 더글러스는 실험실 문을 나가려다 말고 돌아봤다. 더글러스의 얼굴이 점차 붉어졌다. 분노인지 아니면 놀라움인지 알 수 없는 표정이다. 문고리를 잡은 미국 대통령의 손이 가늘게 떨렸다. 널랜드는 직감했다. 당분간 자신에게 함부로 못 할 거라는 걸 말이다.

'오이먀콘 괴물이라니?'

더글러스는 오벌오피스 소파에 털썩 주저앉으며 중얼거렸다. 반년 전부터 아내 낸시의 죽음을 연장한 대가를 혹독하게 치를 거라는 불안이 이따금 밀려왔다. 불안은 점차 부풀어 오르더니, 끝내는 그의 심신을 무겁게 짓눌렀다.

5년 전 볼티모어 존스 홉킨스 종양센터에서 낸시의 배를 열었다가 그냥 닫았다. 담당의사는 워싱턴으로 다시 돌아가라고 했다. 더글러스는 무슨 말인지 금방 알아들었다. 낸시는 방금 사형 선고를 받은 것이나 다름없었다. 하지만 낸시는 뭐가 뭔지 모르겠다는 어리

둥절한 표정으로 남편과 의사를 번갈아 쳐다봤다. 백악관에 돌아와서도 낸시는 한동안 자신의 운명을 받아들이지 않았다. 그러다가 병원에서 퇴원하고 보름쯤 지난 어느 날 아침에 낸시가 대뜸 말했다.

"여보, 널랜드 박사님을 만나고 싶어. 나 살고 싶어."

그때 더글러스는 널랜드라는 이름을 처음 들었다. 그는 널랜드 박사에 대해 알아봤다. 획기적인 암 치료 기술로 급부상한 ACD(Antibody-Drug Conjugates, 항체-약물 접합체) 분야의 전문가로 명성이 자자했다. 12년 동안 엠디 앤더슨 암센터에서 근무하다가 갑자기 중국으로 넘어가 그곳에서 20여 년 동안 머물며 대체의학을 배웠다. 그리고 ACD 기술에 중국 대체의학을 접목했다. 그의 치료를 기다리는 암 환자가 수천 명이나 되었다. 더글러스는 곧바로 널랜드 박사에게 연락했다. 박사는 기다렸다는 듯이 백악관으로 들어왔다. 널랜드 박사는 처음부터 그에게 고압적이었다. 더글러스는 그런 널랜드 박사가 불편하고 싫었지만, 낸시의 마지막일지도 모르는 소원을 거절할 수 없었다. 널랜드 박사는 백악관의 주치의가 되었다.

널랜드 박사는 백악관에 들어오자마자 낸시의 진료 내용을 꼼꼼히 살피더니 진통제를 일절 사용하지 못하게 했다. 낸시의 비명이 이따금 웨스트윙 오벌오피스까지 들렸다. 전 백악관 주치의는 다량의 마약을 투입해도 진정될까 말까 하는 고통이라고 했다. 하지만 더글러스도 어쩔 수 없었다. 낸시가 간절히 원했기 때문이었다.

45일째 되는 날, 낸시의 비명이 사라졌다. 하지만 낸시의 몸은 삐쩍 마르고, 푸르스름한 납빛으로 변했다. 시체나 다름없었다. 금방이라도 마지막 날숨을 내쉬고 영원히 사라질 듯했다. 그러나 그의 예상과는 달리 낸시는 근근이 약 한 달 정도 버티더니 천천히 몸에 혈색이 돌기 시작했다. 살도 조금씩 붙었다. 그렇게 살아난 낸시는 암세포와 함께 5년째 살고 있다. 침대에 누워있는 낸시는 항상 무기력했다. 처음에는 살아있다는 것만으로도 고마웠는데 낸시의 무기력이 길어지자 그에게도 그녀의 무기력이 전염되는 듯해서 그녀의 방에 가는 걸 꺼리게 되었다.

이곳은 미국의 심장부 백악관이다. 그리고, 엊그제 블랙워터에 심어놓은 그의 정보원으로부터 연락을 받았다. 닐랜드가 쿠바에 다녀왔다는 사실을. 아마존 야노마미 부족의 아기가 태아나는 것까지 모두 꿰뚫고 있는 에릭 국장조차 모르게 심혈을 기울여 심어놓은 정보원이었다.

'오이먀콘 괴물이라니?'

그는 다시 중얼거렸다. 시베리아 오이먀콘에 분명 자신이 알지 못하는 뭔가가 꿈틀거리고 있다. 더글러스는 오이먀콘 프로젝트에 쿨리를 끌어들인 것을 후회했다. 하지만 그때는 그도 어쩔 수 없었다.

"SCK 국장님 오셨습니다."

인터폰에서 흘러나온 말에 가슴이 두근거렸다. 왜 하필 지금일까? 더글러스는 SCK 국장을 만나기 싫었다. 하지만 적당한 변명이 선뜻 떠오르지 않았다.

"잠시만요."

더글러스는 신경안정제를 삼키고 눈을 감았다. 약효는 금방 나타났다. 크게 심호흡한 뒤 나직이 말했다.

"들어오시오."

문이 열리는 소리에 더글러스는 출입문 쪽을 바라봤다. 출입문이 활짝 열렸는데도 밖이 보이지 않았다. 에릭 국장이 커다란 몸으로 출입문 앞을 막고 서 있었다. 에릭 국장이 그를 노려보았다.

"G-GAW 멤버 전원이 살해됐습니다. 어찌 된 일입니까?"

거구의 에릭 국장이 그에게 성큼성큼 다가오더니 따지듯 물었다. 이럴 때는 영락없이 불곰 같다. 더글러스의 심장이 다시 두근거렸다. 지금 에릭 국장을 상대해봤자 그의 속내만 더 드러낼 뿐이다. 더글러스는 창밖으로 시선을 돌렸다. 침묵이 흘렀다. 에릭 국장의 거친 숨소리가 점차 잦아들었다.

"자, 앉아요."

더글러스는 소파를 가리키며 차분하게 말했다. 갈매기 날개처럼 위로 솟구쳤던 에릭 국장의 눈썹이 일자로 펴졌다. 에릭 국장은 소파에 앉더니 평소와 마찬가지로 블루 스트라이프 무늬의 손수건을 꺼내 얼굴을 닦았다. 가만히 앉아있어도 땀을 삐질삐질 흘리는 국장은 항상 블루 스트라이프 무늬의 손수건을 가지고 다닌다. 그의 투박한 외모와는 달리 손수건은 항상 깨끗하고 산뜻했다.

"안타깝습니다. 그런데 어떻게 그들을 동시에 살해했을까요?"

G-GAW 멤버들은 지구촌 오지에 흩어져 있다. 태평양 한가운데 무인도, 알프스와 히말라야산맥의 드높은 봉우리 정상, 그리고 아프리카 최남단 케이프타운, 로키산맥 중턱 등에서 지구의 건강 상태를 진단하는 지구 의사들이다. 이들은 시베리아 오이먀콘에서 알 수 없는 무시무시한 무언가가 깨어날 수 있다고 하면서 그 정체를 좇던 중이었다.

"동시에 살해했다고요? 그걸 어떻게 아셨죠?"

에릭 국장이 손수건을 호주머니에 넣더니 그를 노려봤다. 에릭 국장의 날카로운 눈빛이 더글러스의 눈을 통해 후두엽까지 파고들었다. 불곰의 덩치에 늑대의 눈을 가진 에릭 국장이었다.

"국장이 지금 말했잖아요."

더글러스는 에릭 국장의 기세에 눌리지 않으려고 큰소리를 쳤다. 하지만 에릭 국장은 표정 하나 변하지 않은 채 그를 계속 쏘아봤다. 결국 더글러스가 의자에서 일어섰다. 둘 사이의 긴장감이 조금 누그러졌다. 더글러스는 오늘도 기 싸움에서 에릭 국장에게 패배했다.

"빌 박사가 추크슈피체 지구대기감시 관측소에서 사망했습니다."

에릭 국장은 패배자에 대한 예우를 갖춰 부드럽게 말했다. 상대의 심장을 조였다 풀었다 하면서 애간장을 태우는 데 일가견이 있는 작자다. 차라리 막무가내로 나오면 미국 대통령에 대한 예의를 갖추라고 강하게 말할 텐데 항상 선을 넘지는 않는다.

"시베리아에서 행방불명되었던 그 빌 박사요?"

에릭 국장이 고개를 끄덕였다.

"빌 박사가 살아있었다고요? 왜 도움을 요청하지 않았지요?"

에릭 국장은 G-GAW 멤버들의 일거수일투족을 감시하며 그들을 돕고 있었다. G-GAW 멤버인 빌과 베커 박사는 시베리아 오이먀콘 영구동토층을 연구하고 있었다. 이들의 위협을 감지하고 쿠릴열도에서 작전 중이던 블랙워터 용병을 보냈다. 하지만 그들과 함께 오이먀콘에서 탈출 중 어이없게도 시베리아 늑대 무리에 당하고 말았다. 그 와중에 베커 박사는 오이먀콘으로 돌아가 암살자들에게 살해당했고, 빌 박사는 드넓은 시베리아 눈벌판에서 실종되었다. 더글러스는 그 소식을 듣고 한동안 멍하니 있었다. 천하의 블랙워터 용병이 늑대에게 당하다니? 그것도 한 명이 아닌 팀원 전원이?

"백악관도 믿을 수 없었겠지요."

"하긴, 세상이 하도 어수선하니. 그런데 목숨 걸고 시베리아에서 도망친 빌 박사가 왜 추크슈피체에 올랐지요?"

"쉘 박사에게 무언가 전달하려 했습니다."

"그럼, 그 오이먀콘 괴물의 정체는 다시 미궁 속으로 사라지는 건가요?"

"빌 박사가 죽기 전에 엠마 마론 박사를 만난 것 같습니다."

"엠마 마론? 그자는 또 누구요."

에릭은 대답 대신에 더글러스 앞에 엠마의 신상명세서를 펼쳤다. 더글러스는 신상명세서를 훑어봤다. 지금 일어나고 있는 사건의 중심에 있기에는 어울리지 않는 인물이었다. 32세의 여자였고, 국적은 독일인데 동양인에다가 과호흡증후군을 앓고 있었다.

"이 젊은 친구도 G-GAW 멤버인가요?"

"아닙니다. 그런데 빌 박사가 죽을 때 엠마 박사와 같이 있었던 것으로 밝혀졌습니다."

에릭은 빌 박사가 엠마 박사에게 중요한 비밀 자료를 넘겨주었을 것이라 여겼다.

"그런데 엠마 박사에게 문제가 생겼습니다."

에릭은 태블릿 PC를 그의 앞에 놓았다. 동영상을 재생했다. 독일 제1공영방송에서 추크슈피체 사건이 실시간으로 방송되고 있었다.

"살인 용의자? 어떻게 된 것이요?"

"빌 박사는 추크슈피체산 중턱에 있는 관측소에서 사망했습니다. 빌 박사가 케이블카를 타고 간 지 한 시간 후에, 엠마 박사가 케이블카에 오르는 장면이 CCTV에 선명히 찍혔습니다. 관측소는 바위산 중턱에 있고, 눈까지 내려 케이블카가 아니면 접근할 수 없는 곳입니다. 때문에 그녀가 범인으로 지목받았나 봅니다."

"일반 사람들은 갈 수 없는 곳? 그렇다면 혹시 쿨리 용병이?"

"정황상 그렇습니다. 각하도 아시다시피 그들은 마음만 먹으면 당장 마리아나 해구 밑바닥에도 갈 수 있는 사람들입니다."

"그렇다면 그들이 엠마 박사도 그냥 놔두지 않을 텐데요?"

"그래서, 독일에서 작전 중이던 블랙워터 용병을 보냈습니다. 엠마 박사와 함께 곧 시베리아로 출발할 겁니다. 그리고 영국 노스 콘웰로 데이비슨 박사를 보냈습니다. 그가 이 친구를 도울 겁니다. 각하도 아시다시피 데이비슨 박사는 G-GAW 멤버들의 일거수일투족을 감시하고 있으며, 또 그 분야 전문가이기도 합니다."

매번 그랬듯이 이번에도 에릭 국장의 계획대로 진행되었다. 더글러스는 미국 대통령인 자신이 에릭 국장의 허수아비가 된 것만 같아 화가 났지만, 어쩔 수 없었다. 더글러스는 뒤늦게 깨달았다. 왜 과거 미국의 대통령이 대로 한복판에서 총에 맞아 죽었는지. 미국 대통령이 뭐가 아쉬워서 불법 도청을 하다가 발각되어 스스로 대통령직에서 물러나야 했는지. 그리고 왜 역대 수많은 대통령의 사생활이 백악관 외부로 알려져 온갖 개망신을 당하고 탄핵 위기까지 몰려 개고생을 했는지를 말이다. 대통령이 미국 최고 권력자라면 절대 일어날 수 없는 일이었다. 결국 미국의 진정한 '최고 권력자'는 따로 존재했던 것이다.

더글러스도 에릭 국장을 만나기 전에는 권력은 냉철하고 이성적이며 비인간성을 가지고 있다고 여겼다. 역사 속 권력자는 물론, 그가 알고 있는 모든 권력자가 그랬기 때문이었다. 하지만, 에릭 국장을 알고부터는 최고의 권력은 냉철도 이성도 비인간성도 아닌, 인류애였다는 걸 깨달았다. 2천 년 전에 죽은 예수가 아직도 인류를 지배하는 최고 권력자인 것처럼, 인간은 알게 모르게 자신을 아끼는 자에게 자신의 권력을 주었다. 무엇보다도 예수가 권력에 관심 없었듯이, 에릭 또한 권력에 관심 없었다. 그러면 그럴수록, 예수에게 머리를 조아리듯이, 에릭 국장을 아는 사람들은 그의 앞에서 한없이 작아졌다.

에릭 국장은 백악관 웨스트윙 지하 8층에서 48년 동안 근무했다. 48년 전에도 불곰의 체구에 늑대의 눈을 지니고 있었으며, 머리도 벗겨졌었다. 다만, 그때와 다른 건 하얗게 변한 머리카락뿐이다. 불룩한 배와 굵은 목도 예전 그대로다. 누구나 에릭 국장의 정체를 알게 되면 '여섯 명의 미국 대통령을 쥐락펴락한 저 사람의 정체가 뭐야?'라는 생각과 함께 두려움과 호기심이 생긴다. 그러다가 1년쯤 지나면 호기심이 말끔히 해결된다. 인류가 하나의 생명체라면 에릭 국장처럼 행동하지 않을까 할 정도로 그는 인류를 자신처럼 끔찍이 사랑했다. 당연히 중요 사건이나 정책 결정 시 미국 대통령에게 에릭 국장은 항상 최선의 방법을 제시했다. 물론 미국의 이익을 우선시하여 그의 방안을 따르지 않는 경우도 많지만, 최소한 무엇이 인류의 보편적 상식인지는 알 수 있었다. 미국 대통령이 인류 보편적 상식을 인지한다는 건 대단히 중요하다. 시대를 관통하는 보편 상식을 벗어난 행동이나 언행을 하면, 곧바로 대중은 그에게 등을 보이고, 끝내는 그가 누리는 권력이 휴지 조각처럼 변하기 때문이다.

"에릭 국장, 당신은 대체 정체가 뭐요?"

더글러스가 백악관에 들어와서 1년 4개월이 지난 어느 날, 동중국해의 조그마한 무인도 하나를 기점으로 중국과 일본이 무력 충돌 직전까지 갔던 사건이 발생했을 때였다. 에릭 국장은 중국과 일본 모두에게 합리적인 해결책을 제시했고, 덕분에 양국 간의 긴장은 해소되었다. 그 사건 이후로 더글러스는 국제적 위상이 한층 높아졌다.

"질문이 좀 늦으셨네요. 역대 대통령께서는 취임 후 6개월 이후쯤 하셨는데요."

"아, 그래요. 그럼, 그때 답한 내용을 저도 한번 들어봅시다."

"각하도 아시다시피 백악관에는 많은 사람이 근무합니다. 백악관 내에서 평생을 보내는 사람들도 많지요. 저도 그 중 한 사람입니다. 쉽게 말해, 저는 정보 시중을 드는 버틀러입니다. 음식 시중을 드는 버틀러에게 백악관 주방 사정을 상세히 물어볼 필요는 없듯이, SCK에 대해서도 마찬가지라고 생각하시면 됩니다. 맛있게 드시고, 올바르게 판단하고, 편하게 쉬시면 됩니다. 나머지는 버틀러에게 맡기세요. 백악관의 실제 주인은 버틀러들입니다. 그 점을 잊으시면 안 됩니다. 각하는 때가 되면 떠나지만, 우리는 남아있거든요. SCK는 링컨 대통령이 남북전쟁 준비 당시 적의 정보 수집을 위해 만든 조직입니다. 200년 넘게 백악관을 지켜온 조직이지요."

더글러스는 SCK라는 국가 조직이 있다는 것을 백악관에 들어와 처음 알았다. 그렇다고 SCK의 실체를 모두 알고 있는 것도 아니었다. SCK 국장 에릭은 권력에는 관심이 없었다. 만약 그가 권력에 조금이라도 관심을 보이는 순간, 자신이 모시던 대통령이 백악관을 떠나는 날 그 역시 이곳을 나가야 한다는 걸 누구보다도 잘 알고 있었기 때문이다. 그는 권력을 초월하여, 가장 큰 권력을 소유한 자이다. 예전의 대통령이 그랬듯이, 더글러스도 에릭 국장에게 함부로 하지 못하는 이유다. 하지만, 더글러스가 예전의 대통령과 다르듯이, 언제까지 국장의 손바닥에서 놀아나지 않을 것이다. 더글러스는 에릭 국장을 견제하고자 자신의 최측근을 블랙워터 본부장으로 보냈다.

시베리아의 정령들

1

눈을 감으나 뜨나 변함없이 짙은 어둠 속. 아무것도 보이지 않았지만 어둠 속 100여 명의 사람들이 내뿜는 긴장감이 느껴진다. 실험실 바깥으로 이 녀석을 꺼내긴 처음이었다. 잘 다스리면 모두의 안정적인 미래를 보장받겠지만, 만에 하나 잘못된다면 이 거대한 인공섬은 흔적도 없이 소멸할 것이다. 드디어 라이너 박사의 카운트다운이 시작되었다.

10, 9, 8, 7…….

발생할 수 있는 모든 변수를 입력하여 슈퍼컴퓨터로 수천 번의 모의실험을 완료했다. 시험가동이 실패할 확률은 1,000만 분의 1이다. 하지만 여기 있는 전문가들은 모두 천만이란 숫자보다 1이라는 숫자가 더 크게 가슴 속에 자리 잡고 있을 것이다. 인류는 항상 이런 두려움을 딛고 새로운 세계로 들어섰다. 두려움을 이겨내지 못했다면 인류는 아직도 아프리카 대륙 어딘가에서 표범의 이빨을 두려워하며 하루하루를 보내고 있었겠지.

……3, 2, 1. 점화!

동공으로 강력한 빛이 들어왔다. 머릿속이 하얘졌다. 절대 눈을 뜨면 안 된다는 것을 잘 알고 있으면서도, 그는 두 눈 똑바로 뜨고 괴물이 깨어나는 걸 응시하고 있었다. 보고 싶었다. 최초의 빛을 말이다.

"성공이다. 완벽해."

70대 노인인 라이너 박사가 어린아이처럼 들뜬 목소리로 외쳤다.

"우리가 해냈어. 태양을 만들어냈다고. 저 찬란한 빛을 보라고."

토카막(tokamak) 전문가인 헬 박사가 감격에 겨워 흐느꼈다. 헬 박사는 태양 내부보다 7배 뜨거운 1억 도의 플라스마를 강력한 자기장으로 가두는 도넛 모양의 토카막 제작 책임을 맡았다. 핵융합을 일으키는 것은 그리 어렵지 않다. 다만 이 엄청난 에너지를 어떻게 통제하느냐가 인공태양의 핵심기술이었다. 그러니 이번 프로젝트를 진행하면서 스트레스를 가장 많이 받은 사람도 헬 박사였다.

"오 박사, 왜 그래? 설마 자네 자식 얼굴을 봤나? 그랬군, 보고 싶었겠지. 그게 설령 악마의 형상을 하고 있더라도 말이야. 여러분, 여기 자식 사랑에 눈이 먼 오 박사를 보세요."

라이너 박사의 말이 끝나기가 무섭게 왁자지껄한 웃음소리가 주변을 휘감았다. 하지만 오 박사는 그들을 볼 수 없었다. 눈으로 들어온 강력한 빛이 머릿속에서 완전히 사라지지 않았기 때문이다. 오 박사는 쪼그리고 앉아 머릿속에 가득한 빛 알갱이들이 사라질 때까지 기다렸다. 머릿속에 바글거리던 빛들이 천천히 사그라들면서 점차 주변의 윤곽이 드러났다.

오 박사는 시계를 보았다. 21시 45분인데, 대낮처럼 환하다. 새까맣던 거대한 인공섬이 삽시간에 싱그러운 햇살로 가득찼다. 인공섬의 공식 명칭은 스와이타오위엔이다. 스와이타오위엔(世外桃源)은 중국어로, 무릉도원이란 뜻이다. 폐기 처분한 니미츠급 항공모함 여섯 대를 연결하여 만들었다. 뒤에 세 대, 중간에 두 대, 앞에 한 대의 항공모함을 이어 붙인 인공섬의 길이는 1킬로미터, 폭은 가장 넓은 곳이 300미터 가량이다. 이곳에 8층 높이의 건물을 올렸다. 특수 합성섬유로 만든 대기 차단막을 씌우고 중앙에 인공태양을 달았다. 태양빛이 섬의 구석구석에 닿을 수 있도록 중간에 반사판도 설치해두었다. 스와이타오위엔을 감싸고 있는 반투명의 대기 차단막은 핵폭탄에도 견딜 정도로 견고했다. 차단막은 평상시 열려있었고 인공태양을 띄울 때만 닫혔다. 또 층층이 수경재배 시설을 들여놓아 곡식을 비롯한 각종 과일과 채소를 자급자족할 수 있었다. 스와이타오위엔은 최대 2만 명까지 생활 가능한 푸른 생태계를 재현해둔 지상낙원이었다. 지금 당장은 시설 관리를 위해 투입된 요원 300여 명과 보안인원 일부만 들어와 있지만, 곧 이곳에 거주할 2만 명이 들어올 것이다.

"오 박사, 저기 보게."

라이너 박사가 하늘을 가리키며 외쳤다. 하늘을 뒤덮었던 어둠을 인공태양이 밀쳐내자 맑고 새파란 하늘이 드러났다. 인공태양이 만든 가상의 하늘이지만, 카리브해의 자연 하늘보다 더 맑고 높았다. 하늘 중앙에 신비하게 수놓은 영문 글자가 눈에 띄었다. 점차 새하얀 글씨가 솜사탕처럼 부풀어 올랐다. 그제야 오 박사는 하늘에 쓴 글귀가 눈에 들어왔다. 이윽고 두려움이 밀려왔다.

Happy birthday Dr. O!

그가 세상에 태어나서 처음 기억하는 건 두려움이었다. 아홉 살 때까지 엄마가 없는 곳은 사악한 괴물들이 바글거리는 지옥과 같았다. 집 밖으로 나가면, 초등학교 입학할 때까지 엄마의 치맛자락을 놓아본 적이 없다. 그는 아직도 모른다. 왜 갓난아기 때부터 세상만사가 두려웠는지를 말이다. 아무튼, 인간도 짐승이며, 짐승은 두려워하는 상대를 골라 공격하는 습성이 있다. 당연히 친구들은 두려움에 움츠린 그를 상대로 사냥 연습을 했다. 괴롭힘은 꾸준하고 집요했지만, 그 누구도 그를 도와주지 않았다.

중학교에 들어가면서부터 그를 괴롭히는 친구들과 방관하는 선생님을 증오하기 시작했다. 아직도 그때를 생각하면 어디선가 역겨운 지린내가 난다. 오래 묵은 오줌에서 나는 역겨운 냄새다. 그 이후부터 오랜 세월 차곡차곡 쌓아온 증오는 영롱하고 단단했다. 끝내는 증오의 자식인 괴물이 탄생했다. 그는 두렵고 혼란스러웠다. 그렇게 원하던 걸 얻었는데, 이 혼란스러움은 뭘까?

2

임종우 이사는 잠자리에서 일어나자마자 물부터 마셨다. 목이 텁텁했다. 창밖을 보았다. 서울타워의 풍경이 마치 흙탕물에 빠진 것처럼 누렇게 흐려졌다. 벌써 12일째 극성을 부리는 미세먼지다. 여느 때와 마찬가지로 임 이사는 전동 버튼을 눌러 침대를 45도 세우고, 노트북을 열었다. 두 개의 이메일이 와 있었다. 하나는 백화점 신상품 입점 안내 메일이었고, 나머지 하나는 제우스 인포메이션 센터에서 온 메일이었다. 그는 센터에서 온 메일을 클릭했다. 오늘도 첨부파일 하나뿐이었다. 파일을 클릭하고 지문 인식 시스템에 검지를 가져다댔다. 파일이 열렸다.

정보지의 맨 위에 다섯 개의 둥근 나선 은하 이미지가 있고, 그 아래 적힌 문장이 그의 시선을 사로잡았다. '다섯 개의 은하계가 태평양에서 솟아오르면, 노아의 방주가 뜨리라.'

아침마다 천 번도 넘게 본 이미지와 문장이지만, 볼 때마다 가슴이 설레었다. 그는 정보지를 꼼꼼히 읽어 내려갔다. 비록 한 장짜리 짧은 문서지만, 이 정보지에 그의 남은 생과 7년 전에 태어난 늦둥이

딸의 미래가 달려있기 때문이었다. 며칠 내로 상상도 못 할 사건이 발생한다.

난세에 영웅이 난다고 하지만 그는 영웅이 되기보다는 살아있는 동안 그냥 행복하게 살다 늙어 죽는 게 꿈이었다. 그는 자신의 소박한 꿈을 이루고자 모든 재산을 털어 시베리아 오이먀콘에 투자했다. 그리고 이제 모든 준비가 끝났다. 15일 전, 그는 가족들과 함께 새롭게 살아갈 터전인 오이먀콘 메가시티 아파트에 견학을 다녀왔다. 아직은 춥고 썰렁했지만 조만간 멋진 신세계로 변모할 곳이었다.

삶을 되돌아봤을 때, 그가 가장 잘한 선택은 5년 전 제우스 인포메이션 센터와 인연을 맺은 일이었다. 대학 2학년 때 과제로 내준 모의 주식 투자에서 20배의 수익을 올렸다. 그는 그때 깨달았다. 돈의 흐름을 예측하는 데 남다른 능력을 가지고 있다는 걸 말이다. 그렇게 그는 졸업 후 펀드매니저가 되었다. 펀드매니저로 9년쯤 근무했을 때였다. 아래에서 신입들이 치고 올라왔고, 위로는 상사들의 압박을 견뎌야 했다. 일에 대한 흥미도 떨어졌다. 딸만 없었다면 진즉에 사표를 집어 던지고 식당에서 접시나 닦았을 정도였다. 출근길이 하루하루 소 도살장 끌려가는 심정이었다. 그런 시기에 대학 선배인 여상민 사장에게 술자리에서 제우스 인포메이션을 소개받았다.

"미래를 예측해 정보를 제공해 주는 곳이 있는데 말이야."

내일 일어날 사건을 미리 안다는 건 빅뱅 이후 계속 확장하는 우주가 다시 수축하여 한 점으로 모여들지 않는 한 불가능하다는 걸 알고 있었지만, 선배가 그에게 헛소리나 하는 사람이 아니라는 것만은 확실했다. 선배를 이해하기보다 그냥 믿어 보기로 했다. 아파트를 좁은 평수로 옮기고, 차액으로 제우스 인포메이션 센터 회원에 가입했다.

제우스 인포메이션 센터에서 제공하는 정보는 명확했다. 내일 어느 회사의 주식이 얼마나 내리고, 어느 회사의 주식이 얼마나 오르며, 또는 어느 회사가 부도가 날 거라는 걸 명징하게 알려 주었다. 처음에는 믿지 않았다. 그러다가 한 달쯤 지나자 그는 어느새 센터에서 보내주는 정보대로 투자하고 있었다. 다음날이면 어김없이 정보지 예측대로 되었기 때문이었다. 당연히 그는 승승장구했다. 어느 날 제우스 인포메이션 동아시아 회원 모임 자리에서 반쯤 취한 여상민 선배에게 물어봤다. 어떻게 미래를 이리 정확히 알 수 있는지 말이다.

"한 명을 죽이면 살인자지만, 수십만 명을 죽이면 전쟁 영웅이 되듯이, 한 명이 주가를 조작하면 범죄지만, 수십만 명이 주가를 조작하면 합법적인 경제 활동이지."

전 세계에 흩어져 있는 제우스 인포메이션 센터 회원이 80만 명이다. 이들은 노동으로 자본을 축적한 게 아니라, 자본이 자본을 낳게 하여 부자가 된 사람들이었다. 한 몸처럼 움직이면서 주가를 조작하는 건, 식은 죽 먹기보다 쉬웠다. 그도 여상민 사장처럼 지인들에게 센터를 소개해주었다, 하지만 신도 아닌데 어떻게 미래를 예측하느냐고 하면서 그의 말을 믿지 않았다. 너무나 안타까웠다. 그래서 여상민 사장에게 다시 물어봤다. 그러자 이런 답이 돌아왔다.

"누구는 피아노를 잘 치고, 누구는 그림에 특출나며, 누구는 달리기를, 누구는 글쓰기를 잘하듯이, 자본과 권력에 특별한 능력을 보이는 사람들이 있지. 그게, 자네와 나, 그리고 제우스 인포메이션 센터 회원들이야. 그러니 남들에게 너무 강요하지 마. 음악에 소질 있는 사람에게 붓을 쥐여 주는 거나 마찬가지니까."

임 이사는 그제야 알았다. 자신이 자본의 흐름에 남들보다 민감하다는 걸 말이다.

"아빠, 식사하세요."

민정이가 방문을 빼꼼 열고 고개를 내밀었다. 풍성한 곱슬머리를 붉은색 나비 핀으로 꼽아 올려 이마가 시원하게 드러났다. 요즘 유난히 머리에 신경을 쓰는 일곱 살 딸이다. 제 손바닥보다 큰 붉은 나비 핀을 다른 아이가 했다면, 촌스럽게 보였을 것이다. 하지만 그의 눈에는 세상 그 무엇보다도 아름다웠다. 딸의 미래를 위해서라도 반드시 시베리아 오이먀콘으로 가야 한다. 임 이사는 노트북을 닫고, 구수한 커피 향을 따라 식탁으로 갔다.

"거기 꼭 가야만 해?"

아내의 잔소리가 또 시작되었다. 매일 듣는 잔소리지만 좀처럼 적응이 안 된다.

"엄마, 난 가고 싶어."

"아빠와 엄마가 이야기할 땐 끼어들지 말랬지."

아내는 딸을 혼냈다. 민정이는 뾰로통한 얼굴로 샐러드를 뒤적거렸다.

"더는 당신하고 이 문제로 언쟁하기 싫어. 따라오든지 말든지 당신 맘대로 해. 대신 민정이는 내가 데리고 갈 거야."

아내는 머리를 숙였다. 긴 머리가 그녀의 얼굴을 가렸다. 아내의 어깨가 들썩거렸다.

"이해할 수가 없어. 왜 뜬금없이 시베리아로 간다는 거야?"

"나만 믿어. 이번 주 목요일에 시베리아 견학 일정 잡혀 있는 거 알지? 민정이와 함께 꼭 가봐. 직접 보면 당신 마음도 달라질 거야."

"엄마, 그럼 우리 목요일에 시베리아 가는 거야?"

민정이는 포크를 식탁에 내려놓고 일어나 팔짝팔짝 뛰더니, 의자를 싱크대 쪽으로 밀었다. 아침 식사가 끝나면 딸이 매일 하는 행동이다. 싱크대 위 선반에 있는 사탕을 꺼내기 위해서다. 민정이는 워낙 단것을 좋아해서 충치가 심하다. 그래서 사탕을 하루 한 개로 제한했다. 딸이 그리 좋아하는 사탕을 하루에 한 개밖에 줄 수 없다는 것이 안쓰러웠지만 아내는 단호했다. 무거운 의자를 힘겹게 미는 민정이의 표정엔 행복이 듬뿍 묻어났다. 달콤한 사탕을 입에 물고 있을 때보다 더 행복한 표정이다. 문득, 어려서 소풍날보다 소풍 가기 전날이 더 들뜨고 행복했던 기억이 떠올랐다.

"으앙!"

임 이사는 갑자기 들려온 소리에 숟가락을 내려놓고 뒤를 돌아봤다. 민정이가 빈 사탕 통을 거꾸로 들고 서럽게 울고 있었다. 사탕이 바닥난 것이다. 250알이 들어있는 핀란드에서 수입한 사탕이다. '엄마가 죽어도 저리 서럽게 울지는 않을 거야'라고 그는 속으로 생각했다. 사탕 통에 손만 넣으면 250일 동안 사탕이 나왔다. 그런데 오늘은 사탕이 없다. 민정이에게는 청천벽력 같은 사건이다. 하지만 인생을 살다 보면 수없이 겪어야 하는 상황이다.

그는 딸을 번쩍 들어 올려 볼에 뽀뽀해주었다. 민정이는 그의 얼굴을 밀치며 울음을 멈추지 않았다. 그는 그 모습조차 귀여웠다. 민정이가 좋은 남자를 만나 아들딸 낳고 행복하게 살다가 한평생 다하고 편안히 죽을 수 있는 유일한 공간은 시베리아 오이먀콘뿐이었다.

3

에릭 국장은 카무트에 저지방 우유를 넣어 먹었다. 아내가 죽은 이후로 아침 먹는 게 싫었다. 하지만 아침을 굶으면 종일 어지러웠다. 그래서 그는 의무감으로 카무트를 먹기 시작했다. 카무트의 맛을 모른 채 우적우적 씹어 삼켰다. 그는 한때 대식가이며 미식가였다. 그런데 카무트라니? 아내가 살아 있을 때는 상상도 하지 못했다. 일에 대한 의욕도 부쩍 줄어들었다. 이 지하실을 떠나 조용히 지내고 싶었다. 하지만 그가 책임져야 할 일들이 아직 남아있어서 선뜻 떠나지 못했다. 어쩌면 죽을 때까지 이 축축한 지하공간을 떠나지 못할 수도.

그는 아내가 죽은 이후로 집에 가지 않았다. 사무실에 딸린 좁은 침실에서 잤다. 백악관 지하의 밤은 장비 소리로 소란스러웠지만, 집의 적막보다 이 소리가 좋았다.

그는 PDB(President's Daily Brief: 대통령 일일보고)에 참석하고자 엘리베이터에 몸을 실었다. 오벌오피스에는 이미 PDB 멤버 모두 자리에 앉아있었다. 원래 PDB 멤버는 대통령, 부통령, 비서실장, 국가정보국장, CIA 국장이었다. 그러다가 오이먀콘 프로젝트가 시작되면서 그도 PDB에 참석했다. 에릭 국장은 모니터 속 PDB 파일을 열었다. 미국 17개 정보기관에서 수집한 주요 국제정세와 안보 위협 사안들이 빼곡했다. 아침에 보았던 뉴스는 물론 시베리아 오이먀콘 프로젝트, 그리고 러시아 경제위기에 관한 내용이 주를 이루었다.

국가정보국에서 PDB 자료를 작성한다. 당연히 CIA에서 입수한 모든 정보도 국가정보국에서 취합한다. 하지만 국가정보국장은 그보다 더 정보에 어둡다. 국가정보국장은 정치인이나 마찬가지다. 쉽게 말해 국장으로 근무하는 기간이 대통령보다 더 짧다. 당연히 모든 정보를 보고 받아도 정보의 속내까지 속속들이 파악하기에는 한계가 있다. 대통령이 들어왔다.

"인도 상황은 어떤가요?"

대통령은 자리에 앉자마자 국가정보국장에게 물었다.

"느리지만 꾸준합니다."

"오이먀콘 프로젝트 패권을 빼앗기면 미국은 러시아 꼴 납니다."

대통령이 잠긴 목소리로 힘주어 말했다. 미국은 모든 정보자원을 중국 감시에 집중시켰다. 당연히, 인도의 음모를 늦게 알아챘다.

선진 79개국은 기후 위기에 공동 대응 방안을 마련했다. 만약에 우려하던 사건—다섯 개의 은하계가 태평양에 솟아오르는—이 발생하면 시베리아 오이먀콘에 하나의 정부를 세우고, 안정화될 때까지 미국 대통령이 이를 통치하기로 한 방안이었다. 민주주의 안착을 위해서는 반드시 거쳐야 하는 과정이 있다. 바로 정치경제의 안정이다. 불안정한 사회에서의 민주주의 체제는 더 혼란만 키울 뿐이다. 오이먀콘 체제가 안정화될 때까지 미국 주도의 치안을 유지하기로 합의했던 이유였다. 그런데 인도가 오이먀콘 민주주의 체제를 주장했고, 이를 러시아와 브라질도 동의한 상태다. 중동과 아프리카 국가들도 점차 이에 동조하는 분위기다. 다행히 중국은 조용했다. 중국은 미국도 싫어하지만, 국경을 인접한 인도는 더 싫어했다.

"은하계가 태평양에 솟아오른다는 게 가능할까요?"

눈치 없는 부통령의 말에 대통령이 한숨을 푹 쉬면서 고개를 숙였다. 여전히 분위기 파악 못 하는 부통령이다.

"인공구름 프로젝트는 진작에 중단되었습니다. 언론사에서도 이미 눈치 챘습니다. 지금 당장 백악관에서 중단 사실을 공식적으로 발표해야 합니다."

CIA 국장의 예상했던 발언이 튀어나왔다. 하루가 다르게 대통령에게 날 세운 발언을 쏟아내는 국장이다.

"인공구름 프로젝트가 실패했다고 제 입으로 말하라고요? 그게 어떤 의미인지 아시잖아요. 인류 종말 선언이나 마찬가지입니다."

"그래도 진실을 알려야 합니다."

"진실이요? 진실이 뭔데요? 대체 진실이 있기나 한 건가요?"

대통령의 외침에, 딴 생각에 잠겨 있던 부통령이 눈을 동그랗게 뜨더니 주변을 두리번거렸다. 큰소리를 낸 게 미안한지 대통령의 목소리는 다시 나직해졌다.

"인간이란 하루 앞도 예상 못하는 불확실성투성이라는 걸 뼈저리게 경험했잖습니까. 당연히 인류 종말 선언은 그 누구도 할 수 없습니다."

가슴속 깊이 간직했던 말을 꺼내놓고 대통령은 지그시 눈을 감았다. 대통령의 말에 에릭은 12년 전 이곳에서 있었던 일이 떠올랐다. 아주 어처구니없는 일로 인류 생존의 마지막 기회를 스스로 발로 차버린 회의였다. 지금의 대통령도 백악관 정책특보 자격으로 그 회의에 참석했었다.

유인원이 허리를 펴고 똑바로 걷기 시작하기 이전인 400만 년 전부터 지구 대기 이산화탄소 농도는 400ppm을 밑돌았다. 그러다가 인간이 지구상의 최대 포식자 위치에 오른 산업혁명 이후 이산화탄소 농도는 꾸준히 증가했다. 기후변화 전문 그룹인 IPCC(Intergovernmental Panel on Climate Change)는 이산화탄소 농도가 450ppm을 넘기면 지구의 자정능력 상실로 인류가 아무리 노력해도 온난화를 막을 수 없다고 경고했다. 195개국 수천 명의 전문가로 구성된 UN 산하 조직인 IPCC는 인류를 위협하는 기후변화의 경각심을 알린 공로로 노벨평화상을 수상했다. IPCC의 경고에 이산화탄소를 줄이고자 전 지구적 탄소 규제정책을 쏟아냈지만, 실행에 옮기지 못하고 미적거렸다. 탄소를 줄인다는 건 화석 연료를 근간으로 하는 인류 문명을 후퇴시키는 거나 마찬가지였기 때문이었다. 그러다가, 12년 전 갑자기 바닷물 속에서 이산화탄소가 대량 배출되어 450ppm을 넘기고 말았다. 이산화탄소 농도가 450ppm이 넘자, 기다렸다는 듯이 각종 언론에서 IPCC 보고서를 인용하여 곧 수십억이 사망한다느니, 인류는 곧 멸종될 거라느니 하는 아포칼립스적인 기사가 쏟아졌다.

이에 대응하고자 백악관은 과학기술정책 자문회의를 열었다. 다양한 분야의 의견을 들으려고, IPCC 회원이 아닌 다른 분야 전문가들도 초대했다. 회의를 시작하자마자, 새하얀 얼굴에 새하얀 이빨과 새하얀 머리를 뒤로 빗어 넘긴 남자가 일어나더니 외모와 어울리는 차분한 말투로 입을 열었다.

"현재 인류는 기후재앙 만성 공포에 시달리고 있습니다. 지금 각종 언론이 근거자료로 활용하는 IPCC 보고서 그 어디에도 450ppm이 넘으면 수십억 명이 사망한다는 내용은 없습니다. 말해 보시오. 제 말이 틀렸습니까?"

새하얀 남자의 질문에 12명의 IPCC 전문가는 시선을 피했다. IPCC 전문가들의 예상치 못한 반응에 회의에 참석한 대통령을 비롯한 정치인들은 의아한 표정으로 남자를 쳐다봤다.

"대기 중 이산화탄소 농도가 450ppm을 넘기면 수십억 명이 사망할 거라는 내용을 IPCC 보고서에서 분명히 봤습니다. 제가 본건 가짜인가요?"

CIA 국장이 확신에 찬 어조로 물었다.

"아주 좋은 질문입니다. 국장님이 보신 것은 보고서 원본이 아닙니다. 각 분야 전문가가 정책 결정에 쉽게 활용할 수 있도록 요약본을 따로 만든 겁니다. 그 과정에서, 발생 가능한 모든 상황을 요약본에 게재하고, 그 중에 최악의 상황을 골라 언론에서 떠들어댔던 겁니다. 그것도 온갖 추측을 부풀려서 말입니다. 저들은 지금 인류를 기후 공포 속으로 몰아넣고 있습니다."

새하얀 남자는 잠시 말을 멈추고 IPCC 보고서 원문을 정면 스크린에 띄웠다.

"보세요. 기온이 상승하면 식량이 늘어나 개발도상국의 굶주림이 해결될 수 있다는 내용은 있어도 수십억 명이 사망한다는 내용은 없습니다. 이 문구를 기자들 멋대로 해석하여 수십억 명 사망이라는 유령이 탄생하게 된 거지요."

그가 가리킨 문구는 '450ppm 넘기면 인류가 통제할 수 없는 상황에 직면함'이었다. 그때, 데이비슨 박사가 벌떡 일어났다.

"지금 후버 박사가 말한 건 하나의 가능성에 불과합니다. 지금으로서 확신할 수 있는 건 아무것도 없습니다. 아무것도 확신할 수 없다는 건 수십억이 아니라 80억 인류 멸종도 가능하다는 의미입니다. 미리 대비해도 손해 될 게 없습니다."

에릭 국장은 그제야 새하얀 남자가 후버 박사라는 걸 알았다. 후버 박사는 오존층 전문가였다.

"길거리를 걸어가다가 인공위성 잔해에 맞아 죽을 수도 있는데, 왜 그 가능성에 대해서는 대비하지 않지요? 그리고 손해 될 게 없다고요? 이 보고서 때문에 개발도상국 10억의 극빈자 목숨이 위험에 처해 있는데도 손해가 없다고요?"

선진국은 화석 연료를 사용하여 부자가 되었다. 선진국에서는 기아 사망자보다 영양 과잉 사망자가 더 많았다. 하지만 개발도상국에서는 굶주리는 사람들이 더 늘어나는 추세였다. 개발도상국의 화석 연료 사용 규제는 전형적인 사다리 걷어차기라는 게 후버 박사의 논리였다.

"작금의 기득권자들이 퍼트린 기후 공포가 어떻게 지구를 병들게 하는지 생생하게 보여주는 곳이 있습니다. 바로, 유라시아대륙 동쪽 끝에 붙어 있는 한반도입니다. 조그마한 반도가 북한과 남한 두 진영으로 나뉘었지요. 경제력 규모는 남한이 훨씬 앞서지만, 환경오염배출량은 북한이 월등히 많습니다. 가난한 북한에서 아직도 화석연료를 펑펑 쓰고 있기 때문이지요. 온실가스는 국경선의 의미가 없습니다. 진정으로 환경을 지키고 싶다면, 사다리를 걷어차지 말고, 그들의 발전을 도와야 합니다."

후버 박사는 작정한 듯 IPCC 보고서 중에 이슈화된 내용 하나하나를 언급하며 반론을 쏟아냈다. 신앙에 현혹되어 인류사의 가장 참혹한 중세 시대를 맞이했듯이, 언론과 기득권자들은 중세의 신과 소통하는 성직자들을 흉내 내며 인류를 기후 공포 속으로 몰아넣는다고 후버 박사는 맹비난했다.

"당신이 그러고도 과학자야? 가능성이 있잖아, 가능성이."

끝내는 화를 참지 못하고 데이비슨 박사가 소리 질렀다. 그 당시만 해도 에릭은 데이비슨 박사가 힘주어 말하던 '가능성'이란 의미를 알지 못했다. 에릭뿐만 아니라 그 회의에 참여한 정치인 모두 가능성에는 관심이 없었고, 후버 박사 앞에서 쩔쩔매는 IPCC 전문가들에게만 집중했다. 그 사건 이후로 데이비슨 박사는 백악관에서 반강제적으로 쫓겨났다. 그리고 후버 박사의 주장대로 백악관은 기후변화에 아무런 대책을 마련하지 않았다. 미국이 무관심해지자 다른 나라들도 굳이 자국에 손해를 입힐 탄소 규제정책을 강화하지 않았다. 전 세계 곳곳에서 환경단체를 중심으로 대대적인 집회가 열렸고 언론은 지구 종말 기사를 쏟아냈지만, 이미 대중은 그 누구도 심각하게 받아들이지 않았다. 예견된 듯 후버 박사가 IPCC 의장이 되었다. 그가 의장이 되자 IPCC는 성층권 오존층 파괴 문제에 집중했다.

그러다가 6년 전 돌이킬 수 없는 사건이 발생했다. 맨해튼, 뭄바이, 자카르타, 홍콩, 호치민이 수중 도시가 되었고, 급증한 자연재해와 굶주림으로 한 해에 5억 8,000만 명이 사망했다. 그제야 온갖 해결책을 찾으려고 사방팔방 노력했지만, 이미 기후 전문가들은 정치인들에게 등을 돌린 상태였다. 무엇보다도, 그때는 이미 인간의 힘으로는 되돌릴 수 없는 지점인 티핑포인트를 통과한 뒤였다. 한마디로 인류의 시한부 선고를 내린 사건이었다. 인간은 자신들이 만든 괴물에게 먹힐 그날을 기다리는 것 이외에는 아무것도 할 수 없었다.

그제야 인류는 기후변화의 심각성을 뼈저리게 느꼈다. UN을 중심으로 선진 79개국은 인류의 지속 생존 가능 전략의 일환으로 오이먀콘 프로젝트를 추진했다. 지구온난화로 시베리아 영구동토층이 녹아 곡창지대로 변하고, 지구상에서 가장 추운 곳인 오이먀콘 분지는 점차 인간이 거주하기에 최적인 기후가 될 것으로 일부 전문가가 예측했고, 그 예측은 비전문가도 쉽게 이해할 수 있기 때문이었다. '해양 이산화탄소 대방출' 사건으로 정부 주도의 기후 위기 대응 정책 신뢰도는 떨어질 대로 떨어진 상태였다. 어쩔 수 없이 오이먀콘 프로젝트를 암암리에 추진했다. 국비를 투자하려면 의회의 승인을 얻어야 했고, 의회의 승인 과정에서 국민에게 모든 걸 알려야 했기 때문이었다. 예산이 절대적으로 부족했다. 이러지도 저러지도 못하고 난감해하던 차에 화교 집단인 쿨리가 달콤한 제안을 해왔다. 6조 달러라는 천문학적인 예산을 오이먀콘 프로젝트에 투자한다는 것이다. 자신들이 2조 달러를 투자하고, 제우스 인포메이션 센터를 통해 투자 유치를 받아 4조의 재원을 더 마련한다는 계획이었다.

쿨리가 오이먀콘 프로젝트에 참여하면서 내세운 조건은 두 가지였다. 하나는 제우스 인포메이션 센터 회원 80만 명과 동행 인원 세 명씩, 총 320만 명의 우선 거주권을 확보하는 것이었고, 또 다른 하나는 투자한 자금을 회수하기 위한 오이먀콘 프로젝트 토목사업과 모든 상권에 대한 권리였다. 언제 죽을지 모르는 절체절명의 상황에서 토목사업과 장사로 돈 벌 궁리만 하는 쿨리였다. 그따위 권한은 그 누가 가져도 상관없었다. 하지만 제우스 인포메이션 센터 회원만을 위한 오이먀콘 프로젝트는 절대 받아들일 수 없는 조건이었다. 당연히 처음에는 반대했다. 그러다가 쿨리에서 제공한 제우스 인포메이션 회원의 정체를 알고 나서 선진 79개국 정부는 이 제안을 기꺼이 받아들였다. 이미 각 나라의 권력자와 자본가 대부분이 제우스 인포메이션 센터 회원이었던 거였다. 회원은 아니지만 거물급 권력자와 자본가, 그리고 메가시티에 꼭 필요한 의사, 기술자 등 20만 명을 추가하는 조건으로 협상이 완료되었다. 이렇게 해서 340만 명의 오이먀콘 이주자가 확정되었다.

"더 이상 의견 없으면, 오늘 PBD를 끝내겠습니다."

오벌오피스 오른쪽 귀퉁이 워싱턴 초상화 아래에 앉아 12년 전 기억을 떠올리던 에릭 국장은 대통령의 말에 정신을 차리고 주변을 둘러봤다. 모두 자리에서 일어나 밖으로 나가는 중이었다.

"그래, 쿨리의 동향에 별다른 것이라도 있소?"

"카리브해에 인공태양을 띄웠습니다."

"이 급박한 시기에 인공태양이라니, 하하하, 뭐 하자는 건지."

대통령의 웃음은 공허했다. 알면 알수록 상상을 초월하는 일들로 인해 의문점이 눈덩이처럼 커지는 쿨리다.

"그리고 인공구름 프로젝트팀 모두 카리브해로 향했습니다."

"왜요?"

대통령의 왼쪽 눈꼬리가 바르르 떨렸다.

"파악 중입니다."

"인공섬에다가 인공태양, 인공구름이라니? 인공 지구를 만드는 건가?"

대통령이 중얼거렸다.

4

엠마 일행을 태운 SUV가 오두막 앞에 멈췄다. 먼저 도착한 용병들이 승합차에 있던 짐을 오두막 안으로 옮기고 있었다. 끝없이 펼쳐진 하얀 눈벌판 한가운데 납작 엎드려 있는 오두막이다. 엠마는 차에서 내려 주변을 둘러보다가 루스탐을 따라 오두막 안으로 들어갔다. 오두막 안으로 들어가기 위해서는 세 개의 문을 통과해야만 했다. 두꺼운 나무판자를 세로로 겹쳐서 만든 가장 바깥문을 통과하면 중간에는 두툼한 스펀지를 덧댄 문이 있고, 그리고 맨 안쪽은 유리창이 있는 나무문이었다. 혹독한 추위 때문에 만들어진 건축양식 같았다.

난로를 미리 피워 놓아 오두막 안은 후끈했다. 중앙의 화목난로 위 주전자에서 김이 모락모락 올랐다. 밖에서 보았던 것과 다르게 오두막 안은 넓었다. 칸막이만 있을 뿐 따로 방은 없었다. 거실이며 주방, 침실이 한 공간에 있었다. 거실 한쪽에는 새로 마련한 침구가 쌓여있었고, 바닥에는 알록달록한 새 양탄자를 깔았다. 손님을 맞이하기 위해 급히 준비한 티가 났다. KG8이 출입문 근처에 쌓아놓은 신문을 집어 들었다.

"날짜가 지난 신문들입니다. 일주일에 한 번씩 야쿠츠크에서 생필품을 실어 오는데, 그때 한꺼번에 신문도 배달됩니다."

루스탐의 말에 KG8은 잠시 신문을 뒤적거리더니 원래 자리에 내려놓았다. 루스탐이 두꺼운 패딩을 벗더니 장화를 신고 거실 오른쪽 바닥에 있는 쇠고리를 잡아 올렸다. 지하실로 들어가는 나무문이었다. 이런 오두막에 지하실이 있다니 신기했다. 잠시 후, 지하실로 사라졌던 루스탐이 냉동 고기와 피자처럼 생긴 하얀 판을 들고 올라왔다.

"천연 냉장고입니다. 지하로 2미터만 내려가면 영구동토층이 있습니다. 그곳에 음식을 보관하지요."

"그런데 왜 장화를?"

루스탐이 신은 장화는 털 장화가 아니라 흔히 비가 많이 올 때 신는 비닐 장화였다. 엠마는 이곳에 어울리지 않는 장화가 궁금했다.

“본격적인 추위가 밀려오기 직전인 요즘에 영구동토층이 가장 많이 녹지요. 지하실 깊이가 4미터인데도, 중간 중간 물이 흘러나와 바닥에 물이 고여서 장화를 신고 들어가야 합니다.”

“물이 얼지 않으면 음식물도 녹을 건데요.”

“그래서 순록 고기 등 냉동 음식을 보관하기 위해 지하실 벽에 굴을 파서 그곳에 음식을 보관해요. 몇 년 전만 해도 이렇게 물이 고이진 않았는데, 매년 고인 물이 점점 깊어지네요.”

지구온난화가 시베리아까지 영향을 주고 있다. 루스탐은 어깨에 메고 온 고깃덩어리를 잘게 썰었다. 순록의 뒷다리였다. 화목 보일러 위 프라이팬에 피자 같은 하얀 판을 올렸다. 하얀 판이 녹으면서 액체로 변했다.

“마유(馬乳) 입니다. 순록의 고기와 같이 먹으면 고소하고 맛나요.”

신기하게 쳐다보는 엠마에게 루스탐이 말했다. 루스탐의 볼은 열기로 더 붉어졌다. 순록 고기는 좀 질겼지만, 말젖을 찍어 먹으니 고소하고 짭짜름하여 먹을 만했다. 용병들도 침묵한 채 고기를 우적우적 씹어 먹었다.

“내일 아침 8시까지 모시러 오겠습니다.”

루스탐이 오두막을 나가면서 말했다. 어느새 어둠이 밀려왔다. 용병들은 양탄자 위에 침낭을 깔고 들어가 누웠다. 여섯 명이 눕자 오두막 바닥이 꽉 찼다. KG1은 침대 위에 침낭을 폈다. 엠마는 그들을 멍하니 쳐다보았다.

"뭐해, 그렇게 서서 밤샐 거야? 옆에 누워."

KG1이 침낭 속으로 몸을 넣고 얼굴만 내민 채 말했다. 엠마가 주뼛거리자 KG1은 눈을 감았다. 시베리아의 밤은 낮과 달리 어수선했다. 가까운 데서 부엉이가, 멀리서는 늑대가 길게 울었다. 문틈으로 스며든 공기에서 익숙한 냄새가 났다. 이따금 독일 최고봉 추크슈피체 정상 관측소에서 그녀가 쉘 박사와 함께 밤늦게까지 관측할 때 느꼈던 머리를 가볍게 하는 차가운 공기였다. 마치, 추크슈피체의 품에 있는 듯했다.

그녀는 독일인들의 무관심이 좋았다. 이따금 어두워지면 한국에 있는 할머니가 그리웠지만, 그 그리움도 금방 사라졌다. 너무나 조용해서 알프스산맥의 속삭임까지 들렸기 때문이었다. 알프스산맥은 할머니보다 더 잔소리꾼이었다.

물론, 독일에 왔다고 해서 그 악마를 잊은 건 아니었다. 그는 종종 꿈속에 나타나 그녀를 괴롭혔고 그럴 때면 여전히 어린 소녀 시절의 자신인 것 같았다. 언젠가 또 그 악마를 만날지도 모른다는 불안감에 스스로를 단련해야겠다고 생각했다. 그래서 태권도를 배웠다. 스노보드와 트래킹으로 다리의 힘을 키웠다. 이따금 동양인 남자를 만나면 그 악마의 얼굴과 겹쳐 보여 자제력을 잃어버리고 대판 싸움이 붙어 문제를 일으켰지만, 독일의 시골이라 동양인이 거의 없어 다행이었다.

그러다가 그 사건이 일어난 건 그녀의 나이 스무 살 때였다. 봄이었다. 알프스산맥의 눈이 녹아 개천마다 물이 넘쳐날 때면 항상 공원을 가로지르는 개천에서 서프보드를 탔다. 개천의 물이 흐르다가 아래로 곤두박질치는 곳은 서프보드의 명소였다. 물이 곤두박질쳤다가 솟아오르면서 마치 바다의 파도처럼 물살이 일렁였다. 그녀도 일렁이는 물결 위에서 보드를 즐겼다. 급류 위에 서 있는 순간만은 다른 생각을 할 수가 없었다. 싱싱하고 늠름한 자연과 얼싸안고 한바탕 뒹구는 것처럼 짜릿했다.

그날도 오전 내내 보드를 타다가 점심을 샌드위치로 때우고, 잠시 개천 옆 풀밭 위에 누웠다. 그때였다. 동양인 남자 세 명이 그녀 앞을 지나가면서 힐끔힐끔 쳐다봤다. 그들의 눈빛에서 오래전 이따금 문틈으로 보였던 악마의 모습이 보였다. 그녀는 순간 이성을 잃고 벌떡 일어나 남자들에게 손가락질하며 욕을 했다. 가장 키가 큰 남자가 그녀를 밀쳤다. 엉덩방아를 찧은 그녀는 벌떡 일어나 손과 발로 샌드백을 두드리듯이 남자들을 두들겨 팼다. 그러다가 정신을 차리고 보니 키 큰 남자의 눈에서 피가 흘러내렸다. 끝내 남자의 한쪽 눈은 실명했다. 그녀는 그 사건으로 약 반년 동안 경찰서와 법원에 들락거렸다. 그러다가 정당방위로 인정받아 무죄로 풀려났다. 남자들은 일본에서 온 유학생이었다.

재판 기간에 마을 사람들은 그녀를 멀리했다. 하지만 스키장 관리인 베언트만은 변함없이 그녀를 반겼다. 무죄로 판결나자 마을 사람들도 점차 예전처럼 그녀를 대했다. 판사처럼 동네 사람들도 그녀가 무죄라고 여겼던 거였다. 그녀도 예전처럼 생활했다. 여름에는 산악 트래킹, 겨울에는 스노보드, 그리고 봄에는 서프보드를 타면서 온몸에 느끼는 짜릿함에, 끔찍했던 악마에 대한 증오도 점차 흐릿해졌다. 그러다가 3년 전에 한국의 그 악마가 죽었다는 소문이 그녀의 귀에까지 들어왔다. 그녀는 그 악마가 그렇게 쉽게 죽을 리 없다고 생각했기에 처음에는 그 소문을 믿지 못했다. 하지만 한편으로 그가 정말 죽은 거라면 그에게 잘 어울리는 죽음이라고 생각했다. 왜냐면 그녀가 어린 시절 한국에 있을 때도 매일 술을 먹고 낚싯배를 자주 탔고, 그때마다 주변 사람들이 저러다 경을 치르지 하며 혀를 끌끌 찼기 때문이다, 그런 것치고는 십 수 년을 더 살았으니 어찌 보면 수명이 긴 셈이었다.

가까이서 들리던 부엉이 울음소리도, 멀리서 들리던 늑대 울음소리도 그쳤다. 시베리아의 밤은 적막했다. 눈이 어둠에 익숙해졌고, 오두막 안의 윤곽이 점차 드러났다. 창문으로 스며든 달빛이 제법 밝았다. 그녀는 밖으로 나갔다. 오두막에 처음 도착했을 때는 눈을 밟으면 뽀드득 소리가 났었는데, 어느새 얼어서 발을 옮길 때마다 비스킷처럼 사각거리며 깨졌다. 달빛에 비친 눈벌판이 파르스름했다. 그녀는 쪼그리고 앉아 눈으로 손을 씻었다. 물이 흥건한 손바닥으로 얼굴을 문질렀다. 개운했다. 그녀는 지척에서 들리는 서늘한 인기척에 뒤를 돌아봤다.

그 순간, 파란 불빛 두 개가 그녀를 덮쳤다. 그녀는 뒤로 넘어졌다. 눈앞에서 짐승이 으르렁거리는 소리에 본능적으로 눈을 감고 말았다. 짐승이 날카로운 발톱으로 가슴팍과 허벅지를 할퀴었다. 그녀는 눈을 감은 채 발버둥쳤다. 갑자기 으르렁거리는 소리가 멈추더니, 짐승이 그녀의 몸을 눌렀다. 시간이 멈춘 것처럼, 그녀의 몸을 누르는 짐승은 가만히 있었다.

"일어나."

누군가가 그녀에게 손을 내밀었다. KG1이다. 그녀의 옆에는 잿빛 늑대 한 마리가 쓰러져 있었다. 그녀는 그제야 서늘한 소리는 늑대가 코로 숨을 몰아쉬는 소리였다는 것을 깨달았다. 늑대가 그녀를 덮치는 순간, KG1이 사살한 것이다.

갑자기 숨이 가빠지면서 과호흡증후군 증세가 밀려왔다. 그녀는 응급 마스크를 찾았다. 하지만 응급 마스크가 있는 겉옷을 오두막에 벗어놓았다. 점점 정신이 혼미해졌다. 그때, KG1이 손바닥으로 그녀의 입과 코를 막았다. 호흡이 느려지면서 혼미해지던 머리가 점차 맑아졌다.

5

데이비슨은 프리즘 시스템으로 시베리아에서 살해된 베커 박사의 이메일 계정에 접속했다. 내용이 모두 삭제되어 있었다. 엠마라는 독일 여자가 이번 사건의 열쇠를 쥐고 있다. G-GAW 멤버들이 밝히려다가 중단된 걸 계속 추진하기 위해서 어떻게든 엠마를 시베리아로 보내야 했다. 데이비슨은 쉘 박사의 이메일을 해킹해 그녀에게 메일을 보냈다. 시베리아에 도착하면 루스탐의 지원이 필요했기에 루스탐에게도 메일을 보냈다.

EU가 공동으로 추진하던 통합 지구대기질분석팀이 1년 전 해체되었다. 일본 지구관측환경위성이 6개월 전에 갑자기 고장을 일으켰다. 미국 해양연구소 온실가스 분석팀 열두 명이 한 달 동안 차례로 실종 또는 사망했다. 그리고 G-GAW 멤버 몰살 사건이 발생했다. 우연이라 할 수 있을까.

데이비슨은 G-GAW 멤버 사진을 모니터에 띄워놓고 한참을 바라봤다. 모래벌레의 작은 이빨을 가지고 씨름하던 제이콥이 자리에서 일어나 모니터 속의 G-GAW 멤버를 가리키며 물었다.

"G-GAW 멤버에 중-국인이?"

제이콥이 중국이란 단어를 늘여서 말했다. 정보를 다루는 사람들은 중국에 대해 민감했다. 중국과의 정보 공유는 꿈조차 꾸지 못했기 때문이다. 하지만 대기의 흐름엔 국경선이 없다. 일기예보가 본격적으로 시작된 100여 년 전부터 기상관측 자료는 아무리 적대국이라고 해도 공유했고, 무엇보다도 지금의 기후 문제를 해결하려면 아무리 강대국이라고 해도 단독으로 해결할 수 없다.

"GAW의 핵심 임무는 인류 문명이 전 지구 기후에 어떠한 영향을 주고 있는지 과학적으로 밝히는 겁니다. 관측 공백이 없어야 하지요."

독일 최고봉 추크슈피체, 중국 동부 고산지대인 왈리구안, 일본 서쪽 중위도 태평양 한가운데 있는 미나미도리시마, 적도 인근의 하와이 마우나로아섬, 아프리카 최남단 희망봉, 미국 로키산맥 정상 관측소 등에 G-GAW 멤버가 근무한다.

"그렇다면 저들을 어떻게 한날한시에?"

"질식사입니다."

그의 대답에 제이콥이 고개를 갸우뚱했다. 박사는 제이콥에게 시시콜콜한 것을 밝혀야 하나, 하고 잠시 망설였다.

"박사님, 우리는 한 팀이잖아요. 잊으셨어요?"

데이비슨은 그들이 어떻게 살해되었는지 제이콥에게 자세히 설명해 주었다.

"'시험' 중 사망했습니다."

G-GAW 멤버는 정기적으로 장비 성능과 자료처리 능력을 검증하는 업무를 수행했다. 이를 시험이라고 했다. GAW 관측소는 1조분의 1까지 측정하는 초정밀 관측장비와 이를 분석하는 전문가들이 근무하고 있다. 이들의 장비에 조금이라도 이상이 발생하거나 자료 처리를 잘못하면 지구 대기 온실가스 평균값이 흐트러지고, 전 세계 기후 변화 대응 정책에도 치명적이다. 그래서 미국 해양대기청(NOAA)에서는 GAW 전문가를 대상으로 주기적으로 장비 성능과 운

영 능력을 검증하는 시험을 진행했다. 이번에는 G-GAW 멤버를 대상으로 하는 시험이었다.

시험 절차는 이러했다. 미국 해양대기청에서 이산화탄소를 밀폐 용기에 담아 각 관측소로 보낸다. 용기 속 이산화탄소 농도는 미국 해양대기청만 알고 있다. 용기를 받은 각 관측소는 같은 시간대에 이산화탄소 농도를 측정하여 미국 해양대기청으로 보낸다. 이 결과값을 확인하여 G-GAW 멤버들의 능력을 검증하는 것이다. 시험은 1년에 두 번 주기적으로 실시되었다.

"그런데 이번에는 미국 해양대기청에서 이산화탄소 농도를 100퍼센트로 보냈습니다. 이후 장비회사에서 원격으로 접속해 이산화탄소를 한꺼번에 배출시켰고, 밀폐된 공간에 순간적으로 이산화탄소 농도가 높아졌습니다. 사인은 질식사입니다. 그리고 이산화탄소는 대기 중으로 흩어져 증거도 사라졌습니다……."

데이비슨은 말끝을 흐렸다. 제이콥의 눈동자가 반짝 빛났다.

"그럼, 미국 정부가 이 사건에 개입했다는 겁니까?"

제이콥이 물었지만 데이비슨은 대답하지 않았다. 침묵이 이어지자 제이콥도 더 이상 묻지 않았다. 정보를 다루는 사람들끼리는 아무리 궁금해도 상대를 곤란하게 하는 질문은 하지 않는 게 암묵적인 약속이다.

데이비슨은 준비해간 메모리칩을 꽂아 프리즘 시스템에 접속했다. 1차로 정리된 쿨리 명단이다. 먼저 자금의 흐름을 파악했다. 자금은 마카오, 홍콩, 상하이, 스위스로 분산되어 있었다. 예상했던 경로다. 다음은 정보의 흐름을 보았다. 프리즘 시스템 화면에 지구 전역을 거미줄처럼 휘감은 정보망이 펼쳐졌다.

"연관 단어를 검색해 보시죠."

옆에서 지켜보던 제이콥의 말에 데이비슨은 프리즘 시스템의 세부 분석 모드로 들어갔다. 쿨리와 관련된 단어 35개를 입력하고 검색 버튼을 눌렀다. 수많은 단어가 화면을 가득 채웠다. 그 중에 '스와이타오위엔'이라는 단어가 붉은색으로 깜박였다. 카리브해에 띄운 인공섬의 이름이었다.

"그들이 스와이타오위엔에 엄청난 자본을 투입했잖아요. 그 흐름을 역추적해보면 어떨까요?"

제이콥의 말대로 데이비슨은 자본 흐름을 역추적했다. 그 결과, 그가 미국에서 가지고 온 명단과 거의 일치했다.

"정보 순환 고리에 갇혔네요."

3,927명의 명단이다. 이들을 중심으로 전 세계에 흩어져 있는 화교들이 뭉쳤다. 꼬리를 잡고 추적하면 다시 꼬리로 돌아오는 정보 순환 고리에 갇혔다. 가장 난감한 상황에 직면했다.

"정보 흐름도를 다시 보여 주세요."

제이콥의 말에 그는 정보 흐름도를 벽면에 있는 거대한 TV 화면에 표출시켰다. 얽히고설킨 선들이 곡면 TV에 가득 찼다. 잭슨 폴록의 추상화처럼 패턴을 전혀 찾아볼 수 없는 흐름이었다. 언뜻 보기만 해도 어지러운 화면을 제이콥은 뚫어지게 쳐다봤다. 마치 모래벌레의 제일 깊숙한 곳에 이빨을 끼울 때처럼 고도의 집중력이다.

"모스크바가 이상합니다."

제이콥의 말에 데이비슨은 모니터에서 모스크바의 위치가 어딘지 찾았다. 하지만 정보 흐름을 나타내는 선에 가려진 세계지도에서 모스크바의 위치를 쉽게 찾을 수 없었다. 그가 두리번거리자 눈치 빠른 제이콥이 손가락으로 모스크바 위치를 가리켰다.

"모스크바로 들어가는 정보량에 비해 나오는 정보량이 턱없이 부족합니다."

데이비슨은 제이콥의 말에 모스크바를 중심으로 화면을 확대했다. 정말로 블랙홀처럼 정보를 빨아들이기만 할 뿐 나오는 정보의 양은 극히 미미했다. 정보 흐름의 끝에 우두머리가 있다는 것은 상식이다. 그렇다면 쿨리의 수장이 모스크바에 있다는 뜻이다. 냉전 시대의 모스크바는 외부에서 전혀 뚫을 수 없는 정보의 만리장성이었다. 하지만 지금은 몇 푼만 쥐여 줘도 서슴없이 나라까지 팔아먹는 사람들로 바글거리는 도시로 변했다.

데이비슨은 모스크바를 중심으로 화면을 더 확대했다. 모스크바로 모여든 정보 줄기가 최종적으로 향하는 곳을 알기 위함이었다. 그러나 그의 예상과는 달리 정보는 한 곳으로 집중되지 않고 모스크바와 인근 도시로 흩어졌다. 이 모든 곳을 다 조사할 순 없었다. 기이한 현상이다. 데이비슨이 고개를 갸웃거렸다.

“잘못 접근한 거 같습니다. 다른 방법을 찾아봐야겠어요.”

“아뇨, 우리가 찾는 곳이 이곳 어딘가에 있을 겁니다. 다시 시작한다고 해도 이곳으로 되돌아올 겁니다. 들어간 정보에 비해 나온 정보가 턱없이 적다는 게 결정적 단서입니다.”

제이콥은 단호하게 말했다.

“하지만 방법이 없지 않아요?”

“그 방법을 찾는 게 제 임무입니다. 걱정하지 마세요.”

제이콥은 상기된 표정으로 모니터 앞에 앉았다. 그는 평원에서 절뚝거리는 사슴을 발견한 굶주린 사자의 눈빛으로 모니터를 뚫어지게 쳐다봤다.

“얼마나 걸릴까요?”

“한 시간이 걸릴지, 아니면 한 달이 걸릴지, 1년이 걸릴지 지금으로선 장담할 수 없습니다만, 한 가지 확실한 것은 이곳에 우리가 찾는 타깃이 있다는 겁니다.”

데이비슨은 시계를 봤다. 시간이 그리 많지 않다. 그는 우선 지금까지 밝혀낸 결과만이라도 정리해 에릭 국장에게 송부했다.

6

오 박사는 인공태양이 사라진 텅 빈 실험실을 둘러봤다. 2년 동안 동고동락하던 인공태양이 사라진 자리가 휑하다. 열여덟 살 봄에 고향을 떠날 때도, 2년 전 대한민국을 떠날 때도 이렇게 허전하진 않았다. 그동안 한 번도 느껴 보지 못한 아련한 그리움에 당황스러웠다.

오 박사는 스와이타오위엔에서 지낸 시간이 길어질수록 마음이 편안해졌고 덩달아 그의 안색도 훨씬 보기 좋아졌다. 스와이타오위엔에 합류한 지 6개월이 지났을 무렵, 어쩌면 자신이 오랜 증오로부터 벗어나 평범한 삶을 살아갈 수 있지 않을까 하는 희망을 품기 시작했다. 이곳에서 생활하는 시간이 길어지면 질수록 이러한 희망은 점차 부풀어 올랐다. 항상 위로 치솟았던 눈꼬리도 아래로 내려왔고, 눈꼬리가 내려온 만큼 그때까지 품어온 증오도 약해졌다. 라이너 박사를 비롯해 이곳 사람들 모두 그에게 진솔하고 따뜻하게 대해 주었기 때문이다.

마음이 심란할 때는 카리브해의 맑고 싱그러운 하늘을 보면 한결 편해진다. 그가 이곳에 있던 2년간 온화한 성격으로 급변한 가장 큰 이유는 라이너 박사를 비롯한 이곳 사람들과의 인연이지만, 카리브해의 맑고 청명한 날씨도 무시할 수 없다.

오 박사는 실험실에서 나와 헬기 이착륙장으로 오르는 엘리베이터에 몸을 실었다. 헬기 이착륙장을 지나 두 사람이 겨우 비켜 지나갈 수 있는 좁은 길을 천천히 걸어갔다. 길가로 싱그러운 들판이 펼쳐졌다. 구획 별로 씨를 뿌린 각종 곡식이 제법 자랐다. 그는 옥수수밭 가장자리에 있는 나무 벤치에 앉아 하늘을 올려보았다. 늘 그렇듯이 오늘도 하늘은 맑았다. 그때, 맑은 하늘을 가로지르는 하얀 선이 그의 시선을 사로잡았다. 하얀 선은 점차 부풀어 오르더니 구름이 되었다.

"비행운입니다."

낯선 목소리에 오 박사는 뒤를 돌아보았다.

"인공구름팀의 롬보르입니다. 오클라호마대학에서 학생들을 가르치고 있어요."

오 박사는 그제야 그가 누군지 떠올렸다. 하늘에 생일 축하 메시지를 써준 사람이었다.

"엊그제 고마웠습니다. 저는 인공태양팀 오영석 박사입니다."

오 박사의 말에, 롬보르 교수가 눈가에 잔주름을 지으며 미소를 지었다. 롬보르 교수는 한동안 지구촌을 떠들썩하게 했던 인공구름 프로젝트팀 홍보 담당이었다. 그는 프로젝트 내내 기자들을 대상으로 브리핑했다. 인공구름으로 태양 에너지를 차단하여 지구온난화를 막는 프로젝트였다. 하지만 인공구름 프로젝트는 마지막 시험을 남겨둔 채 중단되었다. 당장은 지구온난화를 막을 수 있겠지만, 날씨를 다스리는 건 인간의 범위를 벗어나기에 예측할 수 없는 재해가 발생할 수 있다는 게 중단 이유였다. 관련 전문가들은 인공구름 프로젝트는 어떠한 환경오염도 발생하지 않으며, 인공적으로 구름을 만들어도 하루나 이틀이면 모두 사라지기에, 만에 하나 문제가 발생하면 그때 중단해도 늦지 않는다고 하면서 계속 추진하자고 강력히 요구했지만, 끝내는 무산되었다.

"저것도 교수님이 실험하시는 건가요?"

오 박사는 일직선으로 그어진 구름을 가리키며 물었다.

"아닙니다. 플로리다공항으로 가는 여객기로 인해 생긴 비행운입니다."

룸보르 교수가 싱긋 웃으며 말했다. 인공적으로 비를 내리게 하는 방법은 오래전부터 활용되었다. 구름에 응결핵을 뿌려 비를 내리게 하는 데는 그리 고난이도의 기술이 필요하지 않았다. 하지만 광범위한 하늘을 인공구름으로 가리는 건 고도의 장비와 전문 기술이 필요하다. 오 박사는 직감했다. 인공강우 프로젝트도 정치의 혼돈 속으로 빠져들어 엎어진 게 확실하다는 걸 말이다. 기후 위기가 가속화될수록 과학은 힘을 잃었고, 대중을 이끄는 모사꾼들이 득세했다. 오 박사가 룸보르 교수에게 위로하듯 말했다.

"인공구름 프로젝트, 정말 아쉬워요."

"저는 그때 생생하게 목격했지요. 과학적 진실이 언론이란 유령에 홀려 떠도는 모습을요. 그 이후로, 더는 인류를 위한다는 그런 바보 같은 짓은 하지 않기로 했습니다. 그러던 차에 때마침 돈을 많이 준다기에 연구팀 모두 스와이타오위엔으로 들어왔지요. 역시 이곳은 유토피아였어요."

비행운이 점점이 흩어졌다.

"오 박사님은 왜 이 먼 곳까지 오셨는지요?"

"어쩌다 보니 그랬네요."

갑작스러운 질문에 오 박사는 얼버무렸다. 스와이타오위엔에 오기 전까지 그의 삶은 누군가에게 들려줄 건전한 서사가 없었다. 룸보르 교수가 멋쩍게 서 있는 그의 어깨를 두드리더니 옥수수밭 뒤로 사라졌다. 그는 교수가 사라진 길을 오래도록 쳐다보다가 문득 깨달았다. 그의 마음속 한쪽 귀퉁이에 똘똘 뭉쳐져 있는 증오만 제외하면 그도 다른 사람과 별반 다르지 않았다는 걸 말이다.

오 박사는 대학을 졸업하고, KSTRA(Korea Superconducting Tokamak Advanced Research: 한국 차세대 초전도 토카막 연구)의 연구원으로 근무했다. 그는 핵융합로에서 의료용으로 쓰일 감마선을 추출하는 연구를 했다. 감마선은 환자의 몸에 칼을 대지 않고도 암세포를 태워 없앨 수 있다. 이를 위해 첫 번째로 해결해야 할 문제는 강렬한 핵융합로의 에너지를 지구에서 느끼는 태양빛 정도로 줄이는 일이었다. 그는 두께 30센티미터의 차폐 장비에 2,500개 굴곡을 만들고, 굴곡마다 반사판을 달았다. 5년의 연구 끝에 그는 인공태양에서 의료용 감마선을 뽑아내는 데 성공했다. 하지만 핵물리학 학회지에 그의 박사학위 논문이 게재됨과 동시에 KSTRA를 떠나야만 했다. 인공태양에서 한 가닥의 감마선을 뽑아내기 위해서는 1억의 예산이 필요했고, 무엇보다도, 아무리 대형병원이라고 해도 인공태양을 설치할 수 없었기 때문이었다.

대학 시간강사로 떠돌아다닐 때, 핵융합 분야의 대가인 라이너 박사로부터 초청 이메일을 받았다. 오 박사의 박사학위 논문에 가장 많이 인용한 논문도 라이너 박사 것이었다. 그는 곧바로 라이너 박사를 만나기 위해 카리브해로 왔다. 이미 핵물리학학회 핵융합분과회의에서 보았던 낯익은 얼굴들 수십 명이 있었다.

솜사탕처럼 흩어지던 비행운이 이제는 흔적도 없이 사라졌다. 문득, 인공태양이 보고 싶어졌다. 그는 스와이타오위엔 지하 3층에 있는 TCD(thermo-catalytic decomposition: 메탄 열분해) 실로 향했다. TCD실에는 인공태양 혼자 덩그러니 있었다.

스와이타오위엔은 자그마한 지구나 마찬가지다. 외부와 완벽하게 차단된 자급자족이 가능한 생태계를 구축했다. 인간은 먹이보다 생활하는 데 에너지를 더 많이 소비하는 유일무이한 생명체다. 당연히 웅장한 스와이타오위엔에 많은 에너지가 필요했다. 이를 위해 TCD실을 만들었다.

아무런 오염 물질을 배출하지 않는 수소는 완벽한 에너지다. 메탄에서 수소를 가장 쉽고 효율적으로 얻을 수 있다. 메탄은 어디에서나 쉽게 구할 수 있으면서도 분자식은 CH_4로 탄소 원자 한 개에 수소 원자 네 개를 가지고 있기 때문이다. 인공태양으로 메탄에 열을 가해 탄소와 수소로 분리하는 곳이 바로 TCD실이다. 이곳에서 추출한 수소는 스와이타오위엔의 동력은 물론, 2만여 명이 풍족하게 살아갈 수 있는 에너지로 쓰인다.

7

에릭 국장은 출근하자마자 TV를 켰다. 헤드라인 뉴스가 흘러나오고 있었다.

'동아시아 휩쓴 제13호 태풍 '나리'로 인해 사망 2,012명, 실종 512명을 비롯해 2만여 명의 인명피해가 발생. 3일째 계속된 인도 북부 한파로 3,000여 명 동사. 1만 5,000년 전 티베트고원 빙하 속에 묻혀 있던 고대 바이러스 깨어나 인류를 위협. 인류의 유일한 희망 오이먀콘 프로젝트 완성 단계…….'

매일 아침 반복되는 뉴스다. 하지만 날이 갈수록 헤드라인이 조금씩 더 강하고 더 자극적으로 변했다. 어느 날 '내일 인류가 멸망합니다'라고 발표해도 누구도 동요하지 않을 분위기다. 어쩌면 인류는 언론이란 매체를 이용하여 서서히 종말에 적응하는 것일지도 모른다.

'드르륵, 드르륵.'

멍하니 TV를 보던 에릭은 풍뎅이 날갯짓 소리에 책상 위로 시선을 옮겼다. TS-112가 바르르 떨었다. 그는 PC의 바탕화면 아이콘을 클릭했다. 그리고 TS-112에 붙어 있는 고양이 눈 같은 액정에 검지를 대었다. 곧바로 데이비슨 박사가 보내온 자료가 PC 모니터에 표출되었다.

모스크바를 중심으로 사방으로 흩어진 점들을 보자마자 관자놀이가 지끈거렸다. 아무리 지금은 러시아가 이빨 빠진 호랑이라고 하지만 자존심만은 아직도 그 어느 나라보다 강하다. 여차하면 수천 기의 핵으로 기꺼이 인류 공동의 죽음을 선택하고도 남을 그들의 자존심이다. 레드라인을 넘으면 골치 아프다. 생각했던 것보다 훨씬 지능적인 쿨리다. 그래도 성과가 전혀 없는 건 아니다. 쿨리의 위치가 모스크바와 인접 도시로 좁혀졌다.

그때, 오벌오피스와 직통으로 연결된 인터폰이 울렸다. 대통령의 호출이다. 에릭은 엘리베이터를 타고 지상으로 올라갔다. 쿨리 생각에 복잡해진 머릿속을 정리하면서 웨스트윙으로 이어진 복도를 걸어갔다. 복도 벽에는 미국 역대 대통령의 초상화가 나란히 걸려있다. 오늘따라 새삼스럽게 보이는 초상화다. 천천히 걷다가 제43대 아버지 조지 부시 대통령 초상화를 보는 순간, 뭔가가 머릿속에 떠올랐다. 그는 대통령에게 전화했다.

"갑자기 급한 일이 발생해서 잠시 후에 찾아뵙겠습니다."

대통령은 잠시 침묵하더니, 한 시간 내로 만나고 싶다고 했다. 불쾌함을 노골적으로 보이는 대통령의 침묵이다. 그러거나 말거나, 그는 엘리베이터를 타고 다시 지하로 내려가 SCK 자료 보관실로 갔다. SCK와 관련된 자료는 연도별로 200년 넘게 보존된다. 그는 1989년도 자료가 보관된 칸으로 갔다. 그리곤 문서 한 장을 들고 사무실로 돌아왔다. 데이비슨이 보낸 지도 위에 문서를 겹쳐보았다. 패턴이 일치했다.

'이거다.'

에릭 국장은 오른손 주먹을 불끈 쥐었다. 곧바로 SCK에서 퇴직한 요원 명단을 훑어봤다. 명단을 살피다가 익숙한 이름에 눈길이 멈췄다. 그리고 그에게 곧바로 전화했다. 다행히 늙은 전직 요원이 전화를 받았다.

"제임스, 나야."

"누구?"

"백악관."

"아, 반갑군. 그런데 웬일로?"

에릭이 기억하기로는 제임스는 그보다 두 살 많다. 그렇다면 71세인데, 80대 중반의 할아버지 목소리였다.

"이글아이를 최대한 빨리 깨워야 해서, 가능하겠나?"

"알았네. 내 곧바로 출발하지."

다행히 제임스는 워싱턴에 살고 있었다. 한 시간 내로 백악관에 도착할 것이다. 그는 정보시스템 팀장을 호출했다. 팀장에게 제임스가 도착하면 일을 빨리 처리할 수 있도록 미리 준비시키고, 1989년 보고서를 스캔하여 데이비슨에게 보냈다.

'보낸 자료는 참고만 하고, 쿨리의 위치는 이곳에서 찾겠음. 블랙워터 지원만 신경 쓸 것.'

이글아이는 1992년도까지 사용하고 은퇴한 정보시스템이다. 이글아이가 정상적으로 작동하면 쿨리의 위치는 금방 알아낼 것이다. 프리즘 시스템으로 왜 추적이 안 되었는지 이제야 알 만했다. 어느새 대통령과의 약속한 시각이 5분 지났다. 에릭은 곧바로 오벌오피스로 향했다.

호모 오비루나

1

데이비슨은 에릭 국장이 보내온 비밀문서를 보자 모든 의문이 풀렸다. 쿨리가 1917년 구소련에서 설립한 NKVD(Narodny Komissariat Vnutrennih Del: 구소련의 비밀경찰)의 통신망을 살려낸 것이었다.

"하지만 NKVD는 1954년도에 사라진 조직인데요."

문서 제목인 'NKVD 조직'을 보고 제이콥이 말했다. 정보요원이 NKVD의 실체를 모르다니 이상했다. 데이비슨은 제이콥의 얼굴을 쳐다봤다. 서로 눈이 마주쳤다. 그의 속마음을 떠보려고 하는 말이 아니었다. 정말로 제이콥은 NKVD의 실체를 모르고 있었다. 하긴, 아무리 전설적인 보안 시설이라고 해도, 공식적으로 사라진 지 80년이 넘었으니 모를 만도 하다.

"엄밀히 따지면 1954년도에 KGB가 설립되면서 NKVD가 사라진 게 아니라, NKVD 내부에 KGB를 만든 겁니다. 다만 KGB가 유명해지다 보니, NKVD가 대중에게서 천천히 잊혔을 뿐이지요."

데이비슨은 크렘린궁 안에 NKVD가 있다면 미국 백악관에는 SCK가 있다는 걸 말하려다가 그만두었다.

"그럼 아직도 NKVD 정보망이 살아 있나요?"

"아닙니다. 1991년 12월에 모든 활동을 중지했습니다. FSB(Federalinaya Sluzhba Bezopasnosti: 러시아연방안전국)에서 KGB를 비롯한 NKVD의 인프라를 흡수하지 못했기 때문입니다."

"왜죠? 그 당시 소련의 정보기술력은 미국을 위협할 수준이었는데요. 그 좋은 정보인프라를 그냥 방치한 겁니까?"

"구소련이 무너지기 전에는 정보기술뿐만 아니라 군사기술도 세계 최고 수준이었지요. 군사력과 정보력은 첨단기술의 집합체입니다. 그 중요한 기술과 인력들이 소련이 붕괴하자마자 버려졌어요. 그것들을 유지할 자금이 부족했기 때문이죠. 돈 먹는 하마인 NKVD도 그때 버려져 수십 년간 방치되었습니다. 한때 구소련의 위상을 되찾으려고 새로운 보안 시스템을 구축하려고 했지만, 우크라이나 전쟁의 후유증을 극복하지 못하고 결국은 실패했지요."

"그럼 쿨리 위치 추적은 포기하는 겁니까?"

"아뇨, 구소련에서 NKVD 보안 시스템을 구축해 몇십 년 동안 활용했는데, 미국에서 그냥 보고만 있었을까요?"

데이비슨은 제이콥을 바라보며 싱긋 웃었다. 제이콥은 여전히 의문 가득한 표정으로 고개를 갸우뚱했다.

"하여튼 그 부분은 SCK에서 알아서 한다니까, 우리는 블랙워터 지원에만 신경 씁시다. 저는 관측데이터를 다시 분석해 보겠습니다. 제이콥 씨는 YDM의 정체를 추적해 보세요."

데이비슨은 TS-112로 KG1에게 메시지를 보냈다.

'오이먀콘 GAW 관측소 온실가스 장비에 저장된 원시 관측자료 송부 요망.'

제이콥은 프리즘 모니터 앞에 앉았다. YDM으로 가득한 그의 머릿속이 절전모드의 모니터보다 더 검었다. 아주 약한 연결고리라도 알아내야 프리즘으로 접근할 수 있다. 사용자가 막연하면 프리즘도 소용없었다.

'어떻게 접근해야 할지 막막할 때, 한번 써봐.'

그때, 4팀 슬픈 조커의 말이 문득 떠올랐다. 입은 웃고 눈은 슬퍼 보여 생긴 별명이다. 슬픈 조커는 4팀 정보처리 전문가다. 한 달 전쯤, 슬픈 조커는 S-LLM(Strong-Large Language Model: 강한 거대 언어 모델) 알고리즘 베타버전을 프리즘에 탑재하고 곧바로 제이콥에게 사용해 보라고 했다. 제이콥은 한 시간 정도 S-LLM 알고리즘과 대화하다가 그만두고, 슬픈 조커에게 피드백해 주었다. 사용자가 원하는 편향적 정보를 제공하여 정확한 정보를 다루는 GCHQ에는 부적절한 시스템이라고 말이다. 그러자 슬픈 조커는 소크라테스 이야기를 꺼냈다.

"질문이 문제지, S-LLM 알고리즘은 완벽해."

슬픈 조커는 S-LLM에게 하는 질문만 완벽하면 우주의 비밀도 알아낼 수 있다고 믿었다. 문제는 질문이었다. 스스로가 무엇을 모르고 있는지 알아야만 올바른 질문을 할 수 있었기 때문이었다. 2,500년 전에 살았던 소크라테스는 무지의 자각으로부터 앎이 시작되었다고 했다. 2,500년이 지난 지금도 소크라테스가 한 말이 유효했다. 어쩌면 소크라테스는 인공지능의 출현을 이미 예견했을 수도. 아무튼, 대화형 인공지능이 활성화되기 이전에는 고급 정보를 지닌 전문가의 몸값이 높았는데, 인공지능이 활성화되면서 논리적인 질문을 잘하는 전문가가 귀한 몸이 되었다. 은둔형인 제이콥은 질문에는 자신이 없었다. 그는 S-LLM 대화창을 열고 아무거나 물어봤다.

'YDM이 뭐야?'

잠시 후 3개의 답을 했다.

1. *Youth Digital Media: 젊은 층을 대상으로 하는 디지털 미디어 관련 콘텐츠나 플랫폼을 의미합니다.*
2. *Your Daily Motivation: 일일로 제공되는 동기부여나 영감을 주는 메시지, 콘텐츠 등을 의미할 수 있습니다.*
3. *Yield Management: 주로 항공, 호텔 등에서 사용되는 수익 관리 기법을 의미합니다.*

문맥에 따라 다르게 해석될 수 있으니, 구체적인 상황이나 분야를 제공해 주시면 더 정확한 정보를 드릴 수 있습니다.

딱 봐도 셋 다 이번 사건과 눈곱만큼도 관련이 없다. 제이콥은 질문을 좀 더 구체적으로 해보기로 했다.

'시베리아 오이먀콘 메탄 YDM이 뭐야?'

1. *시베리아 오이먀콘: 오이먀콘은 러시아 시베리아에 위치한 마을로, 세계에서 가장 추운 정주지로 알려져 있습니다. 극한의 기후 조건으로 유명합니다. 이 오이먀콘이 야쿠티아(Yakutia) 공화국에 있습니다.*
2. *메탄: 메탄(CH_4)은 중요한 온실가스 중 하나로, 특히 북극 및 시베리아 지역 영구동토층(permafrost) 아래 메탄가스는 빙하기 때 수많은 동·식물이 갇혀 생긴 겁니다. 야쿠티아인은 영구동토층 아래에 정령(djinn)이 깃들어 있으며, 정령의 심기를 불편하게 하면 사악(malevolence)해진다고 믿습니다.*

따라서 "시베리아 오이먀콘 메탄 YDM"은 오이먀콘 지역의 메탄가스 방출을 모니터링하고 관리하는 시스템이나 프로그램일 수 있습니다.

예상치 못한 답변에도 제이콥은 뭔가 묘한 기분이 들었다. 왜일까? 그는 다시 질문했다.

'또 다른 의미는 없을까?'

Yakutia Djinn Malevolence: 시베리아 원주민인 야쿠티아인들이 그들의 조상 때부터 믿고 있던 시베리아 정령입니다.

S-LLM의 답변에 왜 기묘한 생각이 들었는지 알았다. 야쿠티아(Yakutia), 정령(Djinn), 사악(Malevolence) 때문이었다.

제이콥은 S-LLM 채팅창을 닫고 프리즘에 접속했다. 코민트 아이콘을 누르고 빈칸에 '야쿠티아, 정령, 사악'을 입력하고 검색 버튼을 눌렀다. 곧바로 모니터 중앙에 '시베리아 사악한 정령'이란 글씨가 나타났다.

"박사님, 찾았어요."

제이콥의 들뜬 목소리에 데이비슨 박사가 모니터를 쳐다봤다.

"YDM이 시베리아 사악한 정령이라고?"

데이비슨 박사는 고개를 갸웃거리며 혼잣말했다. 시베리아 정령의 실체를 모르고 있는 데이비슨 박사다. 곧바로 제이콥은 시베리아 정령의 실체가 무엇인지 모니터 화면에 띄웠다. 모니터 화면을 바라보던 데이비슨 박사의 입이 천천히 벌어지면서 눈동자가 커졌다. 속

마음을 들키지 않으려고 미간은 찡그렸지만, 저절로 입이 벌어진 건 모르는 데이비슨 박사였다.

"2만 년 전에 영구동토층 아래에 잠들어 있던 바이러스를 깨우려는 거였어."

모니터를 보자마자 데이비슨의 온몸에 소름이 돋았다. 바이러스는 DNA와 그것을 둘러싼 단백질 껍질로 이루어져, 얼핏 보면 생명체 같지만, 생명체의 일반적인 특징인 스스로 먹이를 섭취하고 소화 과정을 통해 얻은 에너지를 이용해 몸집을 불리는 대사 작용이 없다. 다만, 자신과 똑같은 모습의 후손을 복제할 뿐이다. 또한 다른 생명체처럼 혼자 생존할 수 없다. 사람을 비롯한 동물과 식물 등 다른 생명체에 들어가야만 살아갈 수 있다. 바이러스는 생명체도 아니고 그렇다고 완전히 죽은 물질도 아니다.

시베리아 영구동토층 아래에 잠들어 있는 바이러스가 깨어나면 인류는 어떻게 될지 아무도 예측할 수 없다. 20여 년 전에 저놈들의 극히 일부가 깨어나 인류를 위협에 빠트린 적이 있었다. 그 당시 바이러스의 치밀한 전략에 인류는 속수무책이었다. 수천만 명이 죽고 바이러스가 물러났지만, 전문가들은 계속 경고했다. 보다 강한 바이러스가 언제 다시 깨어날지 모른다고 말이다. 역사를 되돌아봤을 때, 특정 지역에서 저놈들이 인간을 절멸시킨 건 심심찮게 발견된다. 현재 영구동토층 아래에 묻혀 있는 늑대의 창자에, 쥐의 꼬리에, 여우의 귀에, 매머드의 코에, 토끼의 가슴에, 사슴의 발에 수십, 수만, 어쩌면 수억 종의 바이러스가 묻혀 있다가, 얼음이 녹으면 생명체인 척 깨어나 인간을 덮칠 것이다.

데이비슨은 시베리아 정령과 관련하여 네이처와 사이언스지 논문을 검색했다. 여러 논문과 기사가 있었다. 그는 요약문만 골라 빠르게 훑었다.

'지구온난화, 2만 년 동안 시베리아 영구동토층 아래에 잠들어 있던 수만 종의 바이러스 깨어날 수도.'

'영구동토층 사슴 사체에서 검출된 고대 바이러스에 어린이 1명 사망, 성인 7명 감염. 순록 2,300여 마리 집단 폐사.'

'시베리아 좀비 바이러스 창궐 위기.'

'영구동토층에서 부활한 고대 바이러스, 면역 없는 현대인에게 치명적.'

인류 시한부 선고 이후 대책 마련을 위한 국제전문가 회의를 수시로 개최했었다. 그때마다 시베리아 영구동토층 아래에 묻혀있는 바이러스 문제가 거론되었다. 하지만 우선순위에서 밀렸다. 데이비슨은 외부망과 연결된 컴퓨터로 네덜란드에 있는 국제미생물학회연합(IUMS, International Union of Microbiological Societies) 사이트에 접속해 조직도를 보았다. 익숙한 이름이 눈에 띄었다. IPCC 회의 때마다 시베리아 바이러스 문제로 열변을 토하던 피터 박사였다.

"이분 지금 위치를 파악해 주세요."

데이비슨은 제이콥에게 피터 박사의 이름을 손가락으로 가리키며 말했다. 그리고 곧바로 그에게 전화했다.

"그분…… 사망하셨습니다."

제이콥의 침울한 목소리에 데이비슨은 모니터를 보았다. 8일 전에 네덜란드 지역 신문에 실린 피터 박사의 사망을 알리는 부고였다. 사인은 심장마비였다. '심장마비'라는 문장을 읽자마자 그의 심장이 마비되기 직전 마지막 발악하는 것처럼 빠르게 뛰었다.

2

에릭 국장은 오벌오피스 문 앞에서 손수건으로 땀을 닦아냈다. 손수건이 흥건해졌다. 그는 주머니에서 여분의 손수건을 꺼내 다시 얼굴을 닦았다. 대통령에게 차마 땀 흘리는 자신의 모습을 보일 수는 없었다. 에릭 국장은 문을 열었다.

"널랜드 박사가 쿠바에 다녀왔습니다. 왜 보고하지 않았습니까?"

에릭 국장이 오벌오피스에 들어가자마자 대통령이 추궁하듯이 말했다. 에릭은 대통령의 과한 반응이 은근히 반가웠다. 그는 위기를 즐겼다. 위기는 위험도 있지만 그만큼 기회도 열려있다는 걸 그 누구보다도 잘 알고 있다. 널랜드의 비밀을 알아낼 절호의 기회가 찾아온 것이다.

에릭 국장은 널랜드 박사가 백악관 생활동에 기거하는 걸 반대했다. 독극물이나 치명적인 무기는 반입을 금지한다고 했지만, 미국 대통령을 살해하고자 마음만 먹으면 얼마든지 무기가 될 수 있는 물건들이 닐랜드의 실험실에 수두룩했다. 무엇보다도 닐랜드 박사는 영부인 곁에 24시간 붙어 있을 필요가 없었다. 외부에서 출퇴근하며 치료가 가능했다. 에릭이 닐랜드 박사의 거처를 백악관 밖으로 옮겨야 한다고 제안할 때마다 대통령은 사생활이니 참견하지 말라고 단호하게 거절했다. 닐랜드의 사생활이 궁금했던 차에 잘됐다. 무엇보다도 아내의 죽음을 밝힐 수 있는 절호의 기회다.

"닐랜드 박사가 왜 쿠바에 갔었는지 빨리 알아보겠습니다."

너무나 순순히 명령을 따르는 에릭 국장이 어색한 듯 대통령이 당황한 표정으로 그를 쳐다봤다. 에릭은 자리에서 일어나 밖으로 나오려다가 대통령에게 물었다.

"그런데 닐랜드 박사가 쿠바에 다녀온 건 어떻게 아셨어요?"

"내가 국장에게 그런 것까지 말해야 합니까?"

에릭은 '죄송합니다'라고 짧게 사과하고 문을 나섰다. 그동안 대통령의 눈과 귀는 에릭 국장이었다. 대통령에게 다른 눈과 귀가 생겼음이 분명했다. 그렇다면 블랙워터 본부장밖에 없다. 하지만 아무리 날뛰어도 대통령과 블랙워터 본부장은 그의 손바닥 위에 있다.

에릭은 곧바로 백악관 본관 생활동으로 발길을 옮겼다. 그때였다. 이글아이가 살아나 재구동한다는 메시지가 왔다. 생활동으로 향하던 에릭은 곧바로 방향을 돌려 지하로 내려가는 엘리베이터에 몸을 실었다. 기계실로 들어가자, 냉방기 돌아가는 소리에 귀가 멍했다.

"뭐 손보고 자실 것도 없이 그냥 전원 코드 연결하니까 작동하던데, 그나저나 자네는 늙지도 않았어."

제임스가 그를 보고 농담조로 말했다. 에릭은 낡은 이글아이와 늙은 제임스의 얼굴을 보자 지난날들이 주마등처럼 스쳐 지나갔다.

에릭 국장은 20세기가 저물어 가는 어느 날 백악관에 들어왔다. 그리고 직무교육 기간에 SCK의 역사를 배웠다. 그때 가장 기억에 남는 건 이글아이가 만들어진 사연이었다. 1985년 구소련에서 운영하던 NKVD 통신 시스템을 업그레이드하면서 SCK에서 NKVD 감청을 못 하게 되었다. 온갖 방법을 동원하여 감청을 시도했지만 모두 실패했다. 하는 수 없이 1986년에 NKVD로 SCK 요원을 위장 잠입시켰다. 적의 핵심 정보조직에 위장 잠입시키는 건 자살행위나 마찬가지였지만 그 당시는 어쩔 수 없었다. 3년 동안 총 여섯 명의 요원이 희생되었다. 그러나 이 희생 덕분에 NKVD 보안 체계의 비밀을 밝혀낼 수 있었다. 그렇게 만들어진 것이 바로 이글아이였다. 하지만 곧바로 소련이 붕괴하면서 이글아이는 제대로 쓰이지도 못하고 천덕꾸러기 신세가 되었다. 혹시나 하며 흐지부지 운영하던 것도 오래가지 못했고, 결국 2001년 퇴역했다. 에릭 국장이 마지막 이글아이 담당자였다.

"이글아이 다루는 건 자네 전문 아닌가. 빨리해보게."

늙은 전직 요원의 재촉에 에릭은 이글아이의 모니터를 켰다. 검은 모니터에 커서가 반짝거렸다. 수십 년이 흘러 머릿속 기억은 흐릿했지만, 손가락은 선명하게 기억하고 있었다. 곧바로 이글아이로 NKVD 통신망에 접속했다. 신호가 잡혔다. NKVD가 죽었다면 응답이 없을 것이다. 누군가가 사용한다는 뜻이다. 곧바로 정보의 집결지를 추적했다. 정보가 모이는 곳에 우두머리가 있기 때문이었다. 모스크바에서 북동쪽으로 280킬로미터 떨어진 야로슬라블이었다. 도시 이름을 보자마자 널랜드 박사가 떠올랐다. 야로슬라블과 쿠바 아바나를 이은 가느다란 선이 눈에 띄었기 때문이었다.

1962년 소련은 쿠바에 핵미사일을 배치하려고 하다가 미국의 강력한 경고에 한발 물러났다. 미국과 소련 간 핵전쟁 직전까지 갔던 유명한 사건이다. 이후로도 소련은 미국을 압박하고자 쿠바와 긴밀한 관계를 유지했다. 그 당시 소련 이외의 지역에 유일하게 쿠바에 NKVD 통신망을 깔았고, 쿨리가 그 통신망을 이용한 것이다. 쿨리는 미국의 코 밑에 있었다. 그리고 널랜드 박사가 쿨리 수장을 만났던 것이 틀림없다.

에릭 국장은 지금까지의 분석 내용과 함께 쿨리의 위치를 데이비슨에게 보내고, 다시 지상으로 올라왔다. 백악관 생활동으로 발길을 옮긴 그는 널랜드 박사 실험실 문 앞에서 노크했다. 들어오라는 소리에 문을 열자 널랜드 박사가 놀란 표정으로 그를 쳐다봤다.

"아니, 국장님이 이 누추한 곳까지."

"여쭤볼 게 있어서 왔습니다. 쿠바에는 왜 다녀오신 겁니까?"

에릭은 단도직입적으로 질문하고, 널랜드 박사의 얼굴을 유심히 살폈다.

"탈속의 자유가 그리워서요."

갑작스러운 방문과 갑작스러운 질문에도 널랜드 박사의 표정은 평온했다. 탈속의 자유라니? 엉뚱한 소리를 하여 시간을 벌려는 수작이 분명했다. 에릭 국장이 다시 물었다.

"쿠바에 자주 가시나 봐요?"

"거리는 가까운데 동선이 불편해서 자주는 못 갑니다."

흔히들 냉전 시대의 마지막 잔재로 극동 아시아에 있는 한반도를 예로 든다. 하지만 이보다 더한 곳이 있다. 바로 미국과 쿠바다. 미국은 쿠바를 지구촌 왕따로 만들었다. 몇 년 전 미국은 쿠바의 발목을 잡고 있던 모든 규제를 풀었다고 하지만 현실은 아직도 철저하게 쿠바를 봉쇄하고 있었다. 그리고 세계는 이런 사실을 묵인했다. 여전히 미국이 전 세계의 패권국이었기 때문이다. 쿠바는 미국이라는 거대 국가의 압박 아래 외롭게, 하지만 꿋꿋하게 버티고 있었다.

"쿠바에서 누구를 만났지요?"

"자유입니다."

"자유요?"

그는 순간 후회했다. 널랜드의 술수에 말려들어 되물은 거였다. 보통내기가 아니다. 정신 차려야 한다.

"네, 모든 속박에서 벗어난 진정한 자유가 쿠바에 있습니다. 지나온 참혹한 식민의 기억은 오래전에 버렸음은 물론, 미래의 꿈을 위해 현재의 기쁨을 버리지 않는, 오롯이 현재만 사는 그들입니다. 서구 문명은 극락과 천국과 파라다이스를 꿈꾸며 현재를 치열하고 비열하게 살아가는데, 그들은 이미 불교에서의 극락과 기독교에서의 천국과 모든 인간의 로망인 파라다이스에서 현재의 삶을 즐기고 있어요. 천국과 극락은 하느님의 세계도 아니고 부처님의 손바닥도 아닌 쿠바에 있지요. 꿈을 꾸지 않는 쿠바인들이 항상 행복한 이유며, 문명에 귀속되지 않는 진정한 자유를 누리는 이유지요."

널랜드 박사가 쿠바에 다녀온 건 확실하다. 더 쿠바에 대해 이야기해봤자 횡설수설하며 시간을 소비할 것만 같았다. 더는 시간을 지체할 수 없었다.

"저 장비 안에는 뭐가 있습니까?"

에릭 국장이 절연박스를 가리키며 물었다. 드디어 에릭 국장이 미끼를 물었다. 널랜드 박사는 어렵게 찾아온 절호의 기회를 놓치지 않으려고 조심조심 말했다.

"베스가 살고 있는 곳입니다."

"베스라뇨?"

"불사의 생명체입니다."

"죽지 않는 생명체요?"

"네."

"저게 영원히 죽지 않는 생명체라고요?"

에릭 국장이 얼굴을 찌푸리며 물었다.

"네, 저 녀석은 영원히…… 죽지…… 않습니다."

"불사의 생명체라……. 왠지 소름이 돋네요."

"암세포입니다."

절연박스를 향해 다가가던 에릭 국장이 그 자리에 멈췄다. 널랜드는 회심의 미소를 지었다. 그도 알아야 한다. 자신들의 행동이 얼마나 어리석은가를. 암세포와 쌍둥이처럼 행동하는 자들이다.

"이쪽으로 오세요. 직접 저들의 실체를 보여드리겠습니다."

널랜드는 컴퓨터 모니터를 켰다. 파란색이 칠해져 있는 동그라미가 모니터에 나타났다. 동그라미 위쪽 4분의 3 지점이 가장 진했고, 그 지점을 중심으로 점차 옅어졌다. 옅어졌지만, 중간중간 짙은 부분이 있었다.

"암세포 표면전하를 측정한 것입니다. 동그란 구역은 저 박스 안에 있는 암 덩어리입니다. 전류의 흐름이 강한 부분은 색이 진하고, 점차 약해질수록 색이 흐려집니다. 이 부분을 10만 배 확대해 보겠습니다."

널랜드는 가장 진한 부분에 마우스 포인트를 대고 더블 클릭했다. 모니터에 점과 선이 나타났다.

"주변 암세포들은 이 푸른색 점을 중심으로 명령을 주고받습니다. 명령체계는 총 5단계입니다. 가장 상위에 하나의 세포가 존재하고, 그 밑에 7개, 그리고 그 아래로는 21개, 그다음에는 300만 개, 그리고 그 아래에 30억 개의 암세포로 이루어진 군집입니다. 참고로 이 푸른 점이 300만 개 중 하나입니다. 최하위 관리 계급인 300만 개의 세포를 모두 죽이면 저들은 사라집니다."

"300만 개를 일일이 찾아서 죽여야 한다고요. 그걸 어떻게?"

"저도 그 방법을 알아내려고 20여 년을 고심했습니다. 그러다가 우연히 그들만 가지고 있는 특이한 유전자를 발견했지요. 바로 ADRA2b 유전자입니다. 그리고 최근에 ADRA2b 유전자를 식별할 수 있는 물질도 개발했고요. 300만 최하위 그룹만 죽으면 암세포들은 스스로 신체 각 부위로 흩어져 암 덩어리는 사라질 겁니다."

"차라리 암세포와 정상세포의 유전자 차이점을 찾아서 암세포를 전멸시키는 게 더 쉽지 않나요?"

"유전자를 발견한 이후로 인류가 계속 시도한 과제지요. 하지만 지금까지 암세포와 일반 세포를 명확히 구분할 수 있는 특이유전자 구조를 발견하지 못했습니다."

에릭 국장이 손수건을 꺼내 목덜미를 훔쳤다. 실험실에는 항온항습 장비가 가동 중이다. 평범한 사람이라면 약간 서늘하다고 느낄 정도였다. 에릭도 더운 건 아니었다. 단지 긴장한 탓에 목덜미에서 땀이 나는 듯한 착각을 느꼈을 뿐이었다.

"ADRA2b 유전자는 참 독특하네요."

"그리 특이한 유전자는 아닙니다. 개미, 꿀벌 등 집단을 이루는 생명체 군집에서는 흔하게 발견되는 유전자입니다. 집단을 이루는 생명체들에겐 반드시 계급이 필요하기 때문에 진화 과정에서 필연적으로 생길 수밖에 없는 유전자입니다."

"그럼, 인간들 중에도 그 이상한 유전자를 가진 이들이 있겠네요?"

"물론입니다."

에릭 국장이 헛웃음을 지었다.

"박사님도 아시다시피 현재 대부분 국가에서는 기회 평등이 주어집니다. 자신의 노력 여하에 따라 얼마든지 자신의 신분을 선택할 수 있습니다. 선천적 계급이란 존재할 수 없습니다."

"아뇨. 국장님도 기회의 평등이 없다는 것을 잘 알고 계십니다. 국장님 스스로가 선택된 존재라고 여기잖아요. 그러기에 국장님은 인류를 위해 헌신하는 거고요. 80억 인류가 평등하다면, 왜 국장님은 인류를 가여워하나요? 더글러스 같은 권력을 누구나 노력하여 얻을 수 있다고 여기는 건 아니시지요? 같은 시간 노력해도 누구는 몇 십억 벌고 누구는 1달러도 벌지 못하는 게 현실입니다. 겉으로는 기회의 평등이 보장되고, 계급은 비문명의 산물이라고 업신여기지만, 솔직히 지금 자본주의 속에 형성된 계급은 중세 봉건시대보다 더 세분되었고, 엄격하지요. 돈은 모이는 곳으로만 모이고, 권력도 가진 자만 더 커지죠."

널랜드는 잠시 말을 멈추고, 물을 한 모금 마셨다. 생각에 잠겨있던 에릭 국장이 입을 열었다.

"저는 제 임무를 다할 뿐이고, 어부는 자신의 임무인 물고기를 잡는 일을 열심히 하면서 사는 게 인생입니다. 직업만 다를 뿐 어부와 대통령의 삶의 가치는 똑같아요."

"물고기를 잡고 싶어서 배를 타고 먼 바다에 나가 파도와 싸우는 어부가 몇 명이나 있을까요? 그들의 손에 1,000만 달러를 쥐여 주어도 높은 파도가 치는 날 배를 타고 물고기를 잡으러 나갈 사람이 몇이나 된다고 생각하세요? 어쩔 수 없는 틀에 가두어 놓는 것, 그것이 계급이 아니고 무엇이겠습니까?"

미간에 굵은 주름을 잡고 쏘아보던 에릭 국장이 고개를 돌리며 피식 웃었다. 어느새 에릭 국장은 평정심을 되찾았다. 역시, 에릭 국장다운 행동이다. 닐랜드는 기다렸다. 다음 질문을 말이다.

"그렇다면, 그 유전자가 구체적으로 무슨 역할을 합니까?"

에릭 국장의 질문에 닐랜드는 회심의 미소를 지었다.

"만족을 느끼지 못하게 합니다. 그리고 ADRA2b 유전자가 있는 영장류를 호모 오비루나라고 하지요."

"호모 오비루나요?"

"알을 무참하게 깨뜨린 자들이지요."

그제야 이해한 듯 에릭 국장의 입가에서 미소가 사라졌다. 닐랜드 박사는 계속 말을 이어 갔다.

"그들은 우주를 다 가져도 만족을 느끼지 못하는 종족이지요. 리사의 희생이 없었다면 아직도 호모 오비루나의 존재를 밝혀내지 못했을 겁니다."

그때였다. 에릭 국장이 닐랜드의 멱살을 잡아 올렸다. 그의 발이 허공에 대롱대롱했다. 에릭 국장은 덩치에 걸맞게 힘도 장사다.

"이제야 실토하는군, 이 살인마."

"나는 의사입니다. 그리고 백악관 직원과 그 가족을 치료하는 게 내 일입니다. 당신 아내 리사는 치료 중 사망한 것이에요. 그뿐이죠. 국장님 주장대로라면 대부분의 의사는 모두 살인마입니다."

널랜드가 힘겹게 말했다. 에릭이 멱살을 놓았다.

"리사도 기꺼이 임상실험을 승낙했습니다. 당신이 진정 리사를 사랑했다면, 그녀의 선택을 존중해주는 게 옳지 않을까요? 리사가 당신의 소유물이 아니지 않습니까?"

에릭이 뒷걸음치며 그를 노려봤다. 눈동자의 핏발이 자글자글했다. 곧 눈알이 터져 그의 얼굴로 피가 쏟아질 듯했다. 에릭은 한동안 널랜드 박사를 노려보더니 밖으로 나갔다.

에릭 국장은 자신의 사무실로 들어오자마자 의자에 털썩 주저앉았다. 역시 위기는 기회였다. 호모 오비루나의 정체를 알아냈고, 무엇보다도 그의 아내가 왜 죽었는지 그 이유도 밝혀졌다. 책상 위 액자 속에서 리사가 밝게 웃고 있다. 40년 동안 존재의 의미가 희미해, 있는 듯 없는 듯한 리사였다. 하지만 그녀가 그의 곁을 떠나자 가슴에 커다란 구멍이 뚫렸다. 좀처럼 메울 수 없는 구멍이었다.

"당신은 얼굴이 험상궂고, 칙칙해요. 그러니까 손수건이라도 화사하고 상큼한 걸 써요."

그녀는 땀을 많이 흘리는 그를 위해 아침 출근 때마다 블루 스트라이프 손수건 세 장을 챙겨주었다. 일일이 다림질한 손수건에 상큼한 수선화 향이 났다.

'저자가 리사를 임상실험에 이용해 죽인 거야.'

리사의 가슴에 멍울이 생긴 것은 4년 전이었다. 일종의 종양이었는데, 다행히도 일찍 발견한 편이라 생명에는 지장이 없었다. 가슴 속 이물질을 제거하는 수준의 수술이라, 어떻게 하면 흉터를 작게 할까가 관건이었다. 당시 리사는 영부인 낸시와 가까운 사이였고, 이따금 백악관에 놀러가기도 했다. 당연히 널랜드 박사와도 안면을 트게 되었다. 그러던 어느 날 리사가 뜻밖의 말을 꺼냈다.

"수술 받지 않을래. 괜히 몸에 칼자국 남기고 싶지 않아. 널랜드 박사가 수술 없이 치료할 수 있대."

에릭 국장은 널랜드 박사가 탐탁지 않았지만, 그의 명성은 익히 알고 있었다. 결국 에릭은 리사의 뜻에 따르기로 했다. 하지만 널랜드가 리사를 치료하기 시작하자마자 급격하게 병세가 악화됐다. 그는 리사에게 널랜드 박사의 치료를 그만두고 병원에 가자고 애원했다. 하지만 리사는 고집을 꺾지 않았다. 에릭은 의문이었다. 그토록 널랜드를 맹신한 이유는 대체 무엇일까. 리사는 죽기 직전까지 널랜드를 신처럼 받들었다. 그때도, 지금도 에릭은 이해할 수 없었다. 비록 리사가 마음이 여리기는 했어도, 맹목적 믿음에 빠질 만한 성격은 아니었기 때문이다.

'호모 오비루나. 달걀 파괴자.'

에릭 국장은 헛웃음이 나왔다. 한동안 콜럼버스의 달걀은 혁신의 아이콘이었다가, 그가 어렸을 때인 50여 년 전에 이미 약한 집단을 무참하게 짓밟은 행위의 정당성을 주장하는 폭력의 아이콘으로 변했기 때문이었다. 콜럼버스는 신대륙을 발견한 게 아니다. 콜럼버스 일행이 신대륙이라는 곳에 발을 디디기 이전부터 그곳에는 수천만 명의 사람들이 살고 있었다. 그들을 사람 취급 안 했기에 콜럼버스와 그의 후손들은 신대륙을 발견했다고 떠들고 다녔고, 끝내는 수천만 명을 몰살해 그들의 문명은 대부분 사라지고 그들이 존재했다는 사실을 알려주는 일부 유적만 남아있을 뿐이다. 인간의 욕망은 우주를 다 가진다고 해도 채울수 없다. 그렇기에 콜럼버스의 아메리카 정복은 결론적으로 비참했지만, 인간의 본능에 충실한 행위였다고 여겼었다. 그러다가, 최근에 기독교적 사상이 지배하는 유럽과 미국, 그리고 이들의 문화권에 잠식당한 일부 사람들만 타인의 욕망을 욕망하며 끝없는 폭력을 휘두르는 건 아닌지 하는 의심이 들었다.

에릭 국장은 의자에 등을 기대고 앉았다. 눈을 감고 마음을 가라앉혔다. 그는 쿨리의 행적에 대해 떠올렸다. 그동안 쿨리는 제우스 인포메이션 센터를 설립하고, 전 세계에 정보를 뿌려댔다. 전 세계의 호모 오비루나들을 모으려는 시도였다. 그렇게 전 세계를 거미줄처럼 잇는 네트워크가 완성되었다. 그 네트워크를 따라 거대한 자본이 흘러들었다. 거대한 자본은 또 다른 거대한 자본을 낳고. 미래를 예측하고. 예측한대로 행하도록 세계를 주물렀다. 백악관에서도 이 사실을 인지하고 있었지만, 침묵했다. 이렇게 축적한 쿨리의 자본이 오이먀콘 프로젝트로 흘러들었기 때문이다. 쿨리, 이들은 권력을 위해 움직이는 족속들이 아니었다. 오히려 권력보다 큰 것, 더 거대한 목적이 분명 있을 것이라고 여겼다. 그런데 오늘에서야 널랜드를 통해 어렴풋이 알았다. 이들은 권력보다 더 귀중한 뭔가를 얻기 위해 호모 오비루나를 일망타진하려는 음모를 꾸미고 있다는 걸 말이다.

널랜드는 확신에 차 있었다. 신체를 이루는 대부분의 일반 세포가 인간이라면, 끝없는 욕망을 가진 암세포는 호모 오비루나라고. 무엇보다도 중요한 건, 널랜드의 말이 옳다면 더글러스도, 에릭 국장도 모두 호모 오비루나일 터였다.

3

출입문으로 길게 들어온 아침 햇살에 엠마는 눈을 떴다. 문을 열고 누군가 서 있었다. 뒤에서 비치는 햇살 때문에 얼굴은 볼 수 없었지만, 누군지 금방 알아챘다. 작은 키에 어깨가 떡 벌어진 루스탐이다. 시베리아의 아침 공기는 먼지 하나 없이 깨끗했다. 거칠 것 없는 태양빛은 곧바로 내리꽂혔고, 하얀 설원은 그 빛을 반사해 밀어냈다. 갈 곳 잃은 빛이 허공에서 이글거렸다. 엠마는 공중에 들끓는 빛들을 보면서 침대에서 내려왔다.

"으악!"

그때였다. 시베리아 아침의 고요를 깨고 묵직한 비명이 들렸다. 동시에 어디선가 휘파람 소리가 들리는가 싶더니, KG1이 루스탐을 안고 뒹굴었다. 폭음과 함께 오두막 안이 먼지로 가득했다. 그녀는 바닥에 엎드렸다.

KG1은 오른손을 보았다. 그의 의지와 무관하게 덜덜 떨렸다. 등의 근육이 오그라들어 허리가 구부러졌다. 하필 이때 공격을 받다니? KG1은 근육이완제를 침과 함께 삼켰다. 5분 정도 기다리면 손떨림이 사라지고 허리가 펴질 것이다. 하지만 작전 중에 5분이면 수백 번 죽었다가 살아날 수 있는 시간이다. 근육이 쪼그라들어 행동은 느렸지만, 눈동자는 정상이었다. 눈알을 굴려 주변을 살폈다. 유탄에 출입문 쪽 벽이 무너졌다. 암살자들도 눈 속에 엎드려 이쪽을 살피는 중이다. 그들도 섣불리 공격하지 않았다. 다행히 근육이완제가 온몸으로 퍼질 때까지 시간을 벌 수 있을 듯했다. 그때였다. 눈 속에서 유탄발사기가 불쑥 튀어나왔다.

"아악!"

KG1은 모든 신경을 성대로 끌어모아 힘껏 외쳤다. 하지만 성대 근육이 굳어 목소리가 나오다가 멈췄다. 그래도 다행히 옆에 있던 KG12가 그의 기이한 행동에 그를 쳐다봤다. KG1은 11시 방향으로 눈동자를 돌렸다. 그의 눈짓에 KG12가 총구를 11시 방향으로 겨누더니, 유탄발사기를 들고 있는 암살자를 향해 사격했다. 암살자가 앞으로 고꾸라졌다. 다시 침묵이 이어졌다.

정면에서 바람이 불어왔다. 바람이 KG1의 얼굴에 스쳤다. KG1은 하늘을 올려다보았다. 우라지게 맑은 시베리아 하늘과 하얀 눈벌판. 바글거리는 햇살에 정신이 몽롱해졌다. 그가 그토록 사라지고 싶었던 시베리아 눈벌판이다. 스무 살에 그의 생은 끝났다. 덤으로 45년을 더 살았다. 여분의 삶은 행복했다. 운 좋게도 에릭 국장을 만나 그가 존재했다는 흔적은 남길 수 있었기 때문이다. 그의 손에 많은 사람이 죽었다. 지옥행 티켓을 예매한 것이나 마찬가지였다. 하지만 후회하지는 않았다. 그리고 고통 속에서 더 생을 이어나가고 싶지도 않았다. 그가 꿈꿔왔던 삶의 마지막 풍경이 지금 눈앞에 있었다. 이보다 더 완벽할 수는 없다. 그는 눈을 감았다.

'지금 작전 중이야. 정신 차려!'

에릭 국장의 환청에 깜짝 놀라 눈을 떴다. 먼지를 잔뜩 뒤집어쓴 채 엎드려 있는 엠마가 그의 눈에 들어왔다.

'그래, 저 여자는 반드시 살려야 해.'

KG1은 괴성을 지르며 온몸을 비틀었다. 혈액이 빠르게 돌았다. 드디어 근육이완제가 온몸으로 퍼졌다. 허리가 펴지고 손의 떨림이 사라졌다. KG1은 손가락으로 엄호사격을 지시했다. 요원 둘의 엄호사격에 암살자들이 몸을 숙였다. 그 순간 KG1은 벌떡 일어나 엠마와 루스탐의 손을 잡고 지하실로 뛰어 들어갔다. 곧바로 요원 넷이 그를 따라왔다. 험비 한 대가 언덕을 넘어오더니 대전차미사일을 발사했다. 대전차미사일이 터지면서 오두막은 산산조각이 났다. KG1은 TS-112를 꺼내 지하실 밖에 있는 요원의 상태를 확인했다. 생체반응이 점차 약해지더니, 사망 메시지가 떴다.

"지하실에 숨었다! 어리석은 자들, 자기 무덤을 파다니."

창고 밖에서 여자의 날카로운 목소리가 들렸다. 지하실로 내려오자 허리 높이에 옆으로 뚫은 굴이 있었다. 루스탐이 말한 냉동식품을 보관하기 위해 뚫은 굴이다.

"모두 굴 안으로 피해."

KG1의 외침에 모두 굴 안으로 들어갔다. 굴 안에는 수십 마리의 냉동 순록이 있었다. 머리와 다리 그리고 내장만 제거한 채 몸통을 통째로 냉동시킨 순록이었다.

"순록으로 수류탄 방어막을 구축한다!"

KG1의 말에 용병들은 재빠르게 움직이며 굴 입구에 냉동 순록을 쌓았다. 곧바로, 지하 창고의 문이 열리고 수류탄이 떨어졌다. KG1은 땅바닥에 납작 엎드려 있는 엠마의 허리를 잡아 들어 올렸다. 수류탄이 터졌다. 엠마는 KG1에게 손을 치우라고 발악하면서 그의 얼굴을 할퀴었다. 하지만 수류탄 폭음에 그녀의 목소리가 묻혔다. 한동안 폭음이 지하실에서 빠져나가지 못한 채 맴돌았다. 고막이 터진 것처럼 귀가 아팠다. 머리가 어지러웠다.

"지하실 확인해봐."

"다진 소고기처럼 흩어졌습니다. 지하실에 숨다니, 멍청한 것들."

여자의 말에 남자가 지하실로 고개를 들이민 채 말했다. 암살자들은 자기들끼리 알아들을 수 없는 이야기를 하면서 멀어졌다. 다시 시베리아가 고요해졌다. 그제야 그들은 굴에서 나왔다. 지하실 바닥에는 갈기갈기 찢긴 순록 고기들이 흩어져 있었다. 냉동 순록 살점을 그들의 살점으로 착각한 암살자들이었다. 엠마와 용병 일행은 지하실 안에서 기다렸다. 드디어 자동차 엔진 소리가 멀어졌다.

엠마는 루스탐의 부축을 받으며 지하 창고에서 나왔다. 그녀의 손톱에 긁힌 KG1의 얼굴에서 피가 흘러내렸다. 하지만 전혀 미안하지 않았다. 분명히 경고했다. 그녀의 몸에 손을 대지 말라고.

"KG1 아니었으면 당신은 진작에 죽었어요."

그녀를 보면서 KG8이 말했다. 의아한 표정으로 쳐다보자 왜 KG1이 그녀의 허리를 들어 올렸는지 알려주었다. 지하실에서 수류탄이 터질 때 배를 땅에 대고 있으면 충격으로 모든 장기가 터져 즉사하기 때문이었다. KG8의 말을 듣고 그녀는 얼른 KG1으로 향했던 시선을 돌려 주변을 둘러보았다. 오두막 앞에 세워둔 승합차가 불타고 있었다.

그들은 광활한 시베리아 눈벌판에 갇혔다. KG1이 풀썩 주저앉았다. 얼굴엔 지친 기색이 완연했다. 만사가 귀찮은 표정이다. KG1의 영혼이 지친 육신을 버리고 금방이라도 도망칠 것 같았다. 그때 SUV

한 대가 언덕을 넘어왔다. 어제 공항에서 그들을 태우고 온 SUV였다. 루스탐이 마을에 연락한 거였다. 운전자는 내리고, 모두 SUV에 탔다. 차량이 빠르게 오두막에서 멀어졌다. 시급하게 관측자료를 보내달라는 지시를 받았으니, 빨리 지구대기감시 관측소에 가야 했다. 그때 KG1의 품속에 있던 TS-112가 진동했다.

"N-8 저궤도 첩보위성에 우리의 위치가 노출되었다. 암살자들이 우리가 살았다는 걸 곧 알아챌 거야. 지금부터 KG8이 운전하여 적들을 따돌린다."

곧바로 KG8은 루스탐과 자리를 바꿨다. 삼거리가 나타났다.

"서쪽으로 달려."

KG1의 명령에 SUV가 서쪽으로 방향을 틀었다.

"관측소는 동쪽입니다."

루스탐의 말에도 KG1은 아랑곳하지 않았다.

"N-8 저궤도 첩보위성의 감시 범위를 벗어나는 시간은 15시 30분이다. KG8은 차를 몰고 서쪽으로 15시 30분까지 달리다가 돌아온다. KG8의 무전기를 이분에게 드리고 급한 일이 생기면 TS-112로 연락할 것."

KG8은 무전기를 루스탐에게 주었다. 무전기를 받아 든 루스탐은 당황한 표정으로 KG1을 바라봤다. 엠마도 당황스러운 건 마찬가지였다. SUV가 속도를 줄였다.

"모두 뛰어내리세요."

KG8이 외치자 앞뒤의 문이 열리더니 용병들이 뛰어내렸다. 달리는 차에서 뛰어내리라니? 엠마는 손잡이를 움켜쥐었다.

"차가 멈추면 우리가 차에서 내렸다는 게 적들에게 발각돼. 그러면 더 위험해져. 그대로 뛰어내린다."

KG1이 그녀에게 손을 내밀었다. 그녀는 손잡이를 잡고 있던 손으로 KG1의 손을 잡았다. 그 순간, KG1은 그녀의 손을 잡고 차에서 뛰어내렸다. 콘크리트 도로 바닥에 엠마의 오른쪽 어깨가 닿았다. 패딩점퍼가 찢어지면서, 머리뼈 속의 뇌까지 흔들렸다. 하늘이 빙글빙글 돌았다. 어지러움에 눈을 감았다. 누군가가 손을 내밀었다. 루스탐이었다. 루스탐의 손을 잡고 일어났다.

첩보위성을 속이려고 차를 타고 동쪽으로 이동하는 바람에 마을과 더 멀어졌다. 그들은 마을 쪽으로 천천히 걸어갔다. 멀리서 차량 행렬이 다가왔다. KG1이 말한 암살자들이었다. 그들은 길가에 몸을 숨겼다. 암살자들이 탄 세 대의 차가 그들을 지나쳤다.

KG1 일행은 마을 쪽으로 가다가 폭삭 주저앉은 오두막을 보았다. 그냥 지나칠 수 없었다. 그들은 부서진 자재들 사이에서 죽은 용병 두 구의 시신을 찾아냈다. 살아있는 용병들은 아무런 말도 없이 언 땅을 파고 그들을 묻었다. 그것이 관례였다. 무덤에는 어떤 표시도 하지 않았다. 용병들은 침묵으로 잠시 이별의 시간을 가졌다. 그때였다. 나무판자 아래에서 폭발음이 들렸다. KG1이 나무판자를 헤집어 치웠다. 그곳에는 KG8의 TS-112가 있었다. TS-112는 보안을 위해 주인과 30미터 이상 떨어진 상태에서 30분이 지나면 자동 폭발하도록 설계되어 있었다. 더 이상 KG8과 연락할 방법이 없다. 하지만, KG1은 걱정하지 않았다. 천하의 블랙워터 용병이다.

그들은 아무런 말도 하지 않고 마을 쪽으로 걸어갔다. 블랙워터 용병 둘이 일행 앞에 섰고 한 명은 뒤에서 따라왔다. 끝이 보이지 않는 시베리아 눈벌판이다. 도로도 눈에 묻혀 보이지 않았다. 다만 차의 바퀴 자국만 그곳이 도로라는 것을 알려줄 뿐이었다.

드디어 마을에 도착했다. 난민촌처럼 붉은 컨테이너로 급하게 만든 50여 개의 건물이 중앙광장 주변으로 띄엄띄엄 있었다. 마을에 거주하는 사람들은 대부분 노인이었다. 젊은 사람들은 오이먀콘 분지에서 쫓겨나면서 모두 인근 도시로 떠났기 때문이었다. 마을의 끝에 다다르자 길도 끝났다. 엠마는 넘어야 할 산을 올려다봤다. 산 정상은 구름에 가려 보이지 않았다. 아이젠을 신고, 발목과 종아리를 감싸는 스패츠를 찼다. 새 발자국조차 없는 깨끗한 눈 위로 걸어갔다. 다져진 눈이라 그리 깊이 빠지지는 않았다. 루스탐이 맨 앞에서, 그다음 KG1, 엠마, 그리고 용병 한 명이 뒤를 따랐다. 나머지 용병 둘은 마을에 남았다.

“얼마나 걸리지요?”

KG1이 루스탐에게 물었다.

"정상까지 한 시간, 정상에서 관측소까지 30분 정도 예상합니다."

엠마는 시계를 봤다. 14시 15분이다. 오늘 일몰 시각이 18시 11분이다. 해가 떨어지면 급속하게 추워지는 시베리아다. 왕복 세 시간. 그렇다면 장비를 볼 수 있는 시간은 한 시간도 채 안 된다.

"가능하겠어?"

KG1이 엠마에게 물었다.

"저도 몰라요. 현장에 가 봐야 합니다. 빠르면 10분 내로 모든 게 해결될 수 있고, 그렇지 않으면 몇 시간이 걸릴 수도 있고요."

엠마는 고개를 숙인 채 눈 위에 찍힌 발자국만 보며 가파른 경사면을 힘겹게 올랐다. 40여 분 오르자 평지가 나타났지만, 거대한 다리미가 45도 각도로 누워있는 형상의 바위가 그들을 막았다.

"여기만 올라가면 정상입니다."

높이가 6미터 가량 되는 바위였다. 얼핏 보면 다리미처럼 판판한 듯하지만 자세히 보니 바위 틈틈이 얼음이 박혀있다. 만년빙이었다. 용병이 배낭에서 등산용 피켈을 꺼냈다. 그러고는 벽에 붙어 있는 청개구리마냥 피켈로 바위 틈 얼음을 찍으며 절벽을 천천히 기어 올라갔다. 정상에 올라간 용병이 로프를 내렸다. 루스탐부터 차례로 절벽을 올라갔다.

절벽을 오르자 차가운 바람이 밀려왔다. 절벽 아래와 위는 몇 미터 차이지만, 공기는 확연히 달랐다. 뺨을 때리는 바람이 따가웠다.

"저곳이 관측소입니다."

루스탐이 산 아래를 가리키며 말했다. 오이먀콘 분지에서 꽤 떨어진 산 중턱에 있는 건물이었다. 다행히 관측소까지의 경사가 그리 가파르지 않았다.

"저는 그럼 마을로 돌아가겠습니다. 일 마치면 연락주세요. 모시러 가겠습니다."

루스탐과 용병이 산 아래로 내려갔다. 산 정상에 둘만 남았다. 엠마는 KG1과 멀어져가는 루스탐을 번갈아 쳐다봤다.

"아직도 내가 믿음직스럽지 않은가?"

KG1이 옅은 미소를 지은 채 그녀에게 말했다. 솔직히 믿음직스럽지 않다. 자기 몸도 제대로 가누지 못하는 용병이라니.

"그래도 어쩔 수 없어."

KG1의 얼굴에 감돌던 미소가 어느새 사라졌다.

"우리의 꼬리를 지워야 하거든. 저걸 그냥 놔두면, 곧 관측소로 암살자들이 들이닥칠 거야."

KG1은 그들이 올라온 산등선을 가리켰다. 그들이 걸어 올라온 자국이 눈 위로 선명했다. 루스탐과 내려가는 용병의 임무는 눈 위에 찍힌 그들의 발자국을 지우는 거였다.

관측소 안은 냉동 창고였다. 엠마는 온실가스 관측장비와 연결된 PC를 켜고, 자료표출 프로그램을 실행시켰다. 화면에 -9999 숫자만 가득했다. 장비가 고장 나서 관측자료가 없었다. 혹시나 하여 데이터

저장 폴더의 용량을 확인했다. '0KB'. 숨겨 놓은 파일도 없다. 그녀는 허탈한 표정으로 KG1을 바라봤다. KG1의 볼이 바르르 떨렸다. 자세히 보니 볼뿐만 아니라, 손도 떨었다. KG1은 느릿느릿 TS-112를 꺼냈다. 덜덜 떨리는 손으로 메시지를 보내더니, 관측소 안을 서성였다. 어느새 KG1의 허리도 굽어졌다. 좁은 관측소 안을 서성거리던 KG1이 그녀에게 TS-112를 불쑥 내밀었다.

'PC가 아니라, 장비에 저장된 원시 파일 필요함.'

장비에서 1차로 잘못된 데이터를 걸러낸 후 PC로 자료를 넘겼다. 당연히, 장비에는 쓸데없는 데이터만 잔뜩 쌓여있을 뿐이다. 그 데이터가 왜 필요할까. 더군다나 모든 데이터가 저장된 장비 원시 파일은 용량이 크다. 그때, TS-112가 다시 부르르 떨었다. 액정화면에 재촉하는 문자가 찍혔다.

'장비 원시 파일 시급.'

무선 시스템이 제거된 관측장비였다. USB-C 단자가 장비와 연결할 수 있는 유일한 방법이었다. 얼떨결에 빈손으로 시베리아까지 끌려온 엠마다. 단자가 있을 턱이 없다. 그때였다. KG1이 TS-112와 연결된 C 타입의 단자를 꺼내주었다. 그녀는 단자를 장비에 접속했다. 예상대로 파일 용량이 크고, 무엇보다도 장비가 워낙 구닥다리라 데이터를 모두 옮기는 데 여섯 시간이 소요될 예정이었다.

"내일 다시 와요."

"시급하다잖아."

"지금 떠나지 않으면 얼어 죽어요."

"그건, 걱정하지 말고, 빨리 자료나 옮겨."

그녀는 장비의 액정 터치패드를 조작하여 원시데이터 다운로드를 시작했다. KG1은 바지 주머니에서 약통을 꺼내 근육이완제를 삼키더니 관측소 의자에 앉아 눈을 감았다. 점차 손의 떨림이 사라지고 안드로이드처럼 무표정했던 얼굴에 고통스러운 표정이 되살아났다.

KG1은 10분 정도 의자에 앉아있더니 밖으로 나갔다. 잠시 후 매캐한 연기가 문틈으로 들어왔다. 관측소에서 약 10여 미터 떨어진 곳에서 거대한 불빛이 일렁였다. 관측소 안에서 얼어 죽느니 모닥불을 피워 놓고 야외에서 자려고 하는 게 분명했다. 한 시간 정도 지났을 때 KG1이 관측소 안으로 들어왔다.

"자, 저녁이야."

KG1이 어디서 찾아냈는지 커피와 비스킷, 옥수수 통조림을 탁자 위에 올려놓았다. 늦은 저녁을 먹자 한꺼번에 피곤이 밀려왔다. 하지만 여기서 잠들었다가는 곧바로 얼어 죽을 것이다.

"돌을 옮겨야 해."

"돌이라뇨?"

"이곳에서 얼어 죽을 수 없잖아."

KG1이 파이프 두 개를 들고 먼저 나갔다. 그녀도 얼떨결에 그의 뒤를 따라갔다. KG1은 바위들 사이로 걸어갔다. KG1의 머리에서 비치는 헤드라이트 불빛 때문에 빛이 닿지 않는 곳은 새까맣게 변했다.

빛은 어둠을 더 짙게 했다. 엠마는 두려움에 양옆을 두리번거렸지만, 아무것도 보이지 않았다.

하늘을 향해 일렁이던 모닥불이 재 속으로 숨었다. 모닥불 주변 눈이 녹아 땅이 질펀했다. KG1이 소복이 쌓인 재를 걷어 내자 새빨갛게 달아오른 숯불이 보였다. 파이프로 숯불 속 달궈진 돌을 밀어냈다. 두 개의 쇠 파이프를 나란히 놓고, 그 위에 달궈진 돌을 올려 관측소 안으로 옮겼다. 그녀는 그제야 왜 KG1이 불을 피웠는지 깨달았다.

"세 개만 더 나르면 내일 아침까지 따뜻하게 지낼 수 있어."

험난한 삶에서 터득한 KG1의 지혜에 약간의 존경심이 생겼다. 이번에는 엠마가 파이프를 들고 먼저 나갔다. KG1이 뒤에서 헤드라이트를 비추자 시야도 넓어지고 훨씬 걷기가 수월했다. 하늘을 봤다. 오이먀콘 분지를 따스하게 덮고 있던 구름이 사라지고, 굵은 별들이 하늘을 가득 메웠다. 큰 것은 아기 주먹만 한 것부터 작은 별은 약한 바람에도 흔들려 사라졌다가 나타나기를 반복했다. 별들이 천차만별이었다. 도시에서 보는 별들은 모두 비슷해 보였는데, 이곳은 별마다 개성이 뚜렷했다.

마지막 하나만 옮기면 끝이다. 어느새 눈이 어둠에 적응했다. 두꺼운 눈을 쓴 바위가 난쟁이 마을의 지붕처럼 보였다. 그때였다. 갑자기, 뒤에서 비치던 불빛이 마구 흔들렸다. 돌아보자 늑대 한 마리가 KG1의 등에 달라붙어 있었다. 곧바로 KG1이 넘어졌다. KG1의 머리에 낀 헤드라이트가 위쪽으로 향하면서 바위 위를 비췄다. 바위 위에는 네댓 마리의 늑대가 금방이라도 달려들듯이 몸을 잔뜩 웅크리고 그녀를 노려봤다. KG1이 다급하게 소리 질렀다.

"빨리 건물 안으로 피해!"

KG1의 외침에 엠마는 파이프를 집어던지고 관측소 안으로 들어와서 문을 닫았다. 늑대들의 으르렁거리는 소리가 문틈으로 비집고 들어왔다. 그때, 바람을 가르는 날카로운 소리와 동시에 둔탁한 물체가 벽에 부딪히는가 싶더니, 고요해졌다.

잠시 후 강아지가 낑낑거리는 듯한 소리가 들렸다. 그녀의 머릿속에 끔찍한 광경이 그려졌다.

'설마 지금 굶주린 배를 채우는 건…….'

4

SUV 계기판 시계에 15:30이란 숫자가 찍혔다. 드디어 첩보위성의 범위에서 벗어났다. KG8은 곧바로 차를 돌렸다. 쫓아오던 암살자들을 따돌리기 위해 과속했다. 암살자들은 따돌렸지만, 예상보다 멀리 왔다. 내비게이션을 보았다. 마을까지 남은 거리는 85킬로미터였다. 속도를 높였다. 하얀 시베리아 대평원이 빠르게 뒤로 물러났다. 동서남북이 온통 눈밭이다. 한참을 달리다 보니 주유 경고등이 들어왔다. 하지만 그는 대수롭지 않게 여겼다. 마을까지 45킬로미터 남았고, 대부분 차는 주유 경고등이 들어와도 대략 30킬로미터는 더 달릴 수 있기 때문이었다. 예상대로 32킬로미터를 달리자 차가 멈췄다. 13킬로미터를 걸어가야 한다고 생각하니 짜증이 났다. 그러나 차에서 내리자마자 곧바로 짜증이 말끔히 사라졌다. 새파란 하늘 아래 끝없이 펼쳐진 하얀 시베리아 평원이 그를 맞이했기 때문이었다. 무거운 배낭도 없다. 달랑 권총 한 자루와 허리에 찬 칼 뿐이다. 세 시간가량 걸어가면 목적지에 도달할 것이다. 무엇보다도 덥지도 춥지도 않은 시베리아의 상쾌한 날씨에 몸은 가벼웠다.

그는 자동차 바퀴 자국을 따라 천천히 걸었다. 오랜만에 느끼는 여유로움에 어린 시절 마젤란 해협에서 수영하던 때가 떠올랐다. 다시는 돌아갈 수 없는 그 시절이다. 고향을 떠나지 않았다면 지금쯤 무슨 일을 하고 있을까. 아마 뱃사람이 되지 않았을까. 칠레 최남단 푼타아레나스에서 태어나 자란 대부분의 남자가 그랬듯이 말이다.

어린 시절 추억에 잠겨 눈길을 걷다 보니 어느덧 한 시간이 흘렀다. 언덕 위에서 잠시 쉬면서 눈을 뭉쳐 목을 축였다. 싸늘한 기운이 돌았지만, 아직 해가 지려면 멀었다. 그가 멈추자 30분 전부터 그를 따라오던 늙은 늑대도 눈 바닥에 엎드려 쉬었다. 무리에서 떨어진 늑대 같았다. 먹을 것이 있으면 나눠주고 싶어질 정도로 굶주리고 헐벗은 늑대였다. 그는 다시 일어나 걸었다. 그가 타고 온 차량의 바퀴 자국이 큰 포물선을 그렸다. 그는 좀 더 빨리 가고자 눈벌판을 가로질렀다. 눈이 단단하게 다져져 걷는 데 불편하지 않았다.

우지직!!!

몸이 중심을 잃고 무너지더니 오른발이 눈 속으로 푹 들어갔다. 개천 위 얼음이 얇게 얼고 그 위로 눈이 쌓여 있던 것이었다. 오른발이 흥건하게 젖었다. 훈련받을 때 무거운 배낭을 메고 모래밭을 매일 5킬로미터씩 달리던 그였다. 지금은 배낭도 없다. 더군다나 부드러운 눈밭이다. 훈련 전에 몸을 풀듯이 가볍게 뛰었다. 심장 박동이 빨라졌고, 빠르게 혈액이 돌면서 몸이 후끈 달아올랐다. 20여 분 뛰자 땀이 났다. 잠시 숨을 돌릴 겸 걸으면서 시계를 봤다. 상황 보고 시간이 지났다. 보고를 누락하면 확인 연락이 와야 한다. 그런데 왜 아무런 연락이 없는 걸까. 설마 암살자들에게 당한 건가. KG8은 불안한 마음에 가슴 주머니 안으로 손을 집어넣었다. 호주머니가 텅 비어있었다. 유일한 통신 수단인 TS-112를 잃어버렸다.

서쪽에서 뭉게구름이 몰려왔다. 물에 젖은 발가락이 따끔거렸다. 하얀 뭉게구름이 차곡차곡 하늘을 가리더니 갑자기 눈보라가 몰아쳤다. 늙은 늑대는 일정한 간격을 유지한 채 그를 따라왔다. 어느새 늑대의 입김이 얼어붙어 입가의 털이 하얗게 변했다. KG8의 젖은 바지도 꽁꽁 얼어 덜렁거렸다. 엄지발가락의 감각이 천천히 사라졌다. 그는 늙은 늑대가 불쌍했지만 발가락을 위해 늑대를 희생시키기로 했다. 야트막한 언덕을 일부러 비틀비틀 내려오다가 눈 위에 쓰러졌다. 그는 눈 속에 얼굴을 파묻고 늑대가 다가오기를 기다렸다. 드디어 접근을 망설이던 늑대가 꼬리를 바짝 내리고 귀를 접은 채 조심스럽게 다가왔다. 인간의 생을 열댓 번 윤회하고 다시 늑대로 태어난 것처럼, 눈빛이 깊고 순했다. 그는 늑대의 눈을 보고 잠시 망설였다. 사람 손에 길러지다가 길을 잃은 강아지처럼 사람의 손길이 그리워서 다가오는 것 같았기 때문이다.

"으르릉."

순간, 늙은 늑대가 하얀 송곳니를 드러낸 채, 날카로운 눈으로 그를 째려봤다. KG8은 늑대에게 잠시 느꼈던 연민에서 빠져나와 총을 꺼내 늑대를 쏘았다. 명중했다. 칼을 꺼내 늑대의 배를 갈랐다. 젖은 신발과 양말을 벗고, 동상으로 감각이 점차 사라지는 발을 늑대의 따뜻한 배 속에 넣었다. 10여 분이 지나자 발가락 끝까지 감각이 살아났다. 늑대 가죽을 벗겨 부드러운 늑대 털로 발을 감쌌다. 신발이 마를 때까지 기다려야 한다. 그는 한겨울에도 시베리아에서 노숙한 적이 두 번 있다. 비록 기후가 변했다고 하지만 그때와 비교하면 지금은 한여름이나 마찬가지다. 금방 해가 떨어질 듯했다. 낯선 지역에서는 되도록 밤에 움직이지 않는 게 안전하다. 눈이 소복이 쌓여있는 비스듬한 언덕 아래에 굴을 팠다. 눈이 잘 다져져 그럴듯한 굴이 만들어졌다. 하룻밤 지내기에 안성맞춤이다. 늑대의 피가 묻은 가죽을 뒤집어쓰고 굴 안으로 들어갔다. 아늑했다. 곧 잠이 들었다.

KG8은 고향인 칠레 최남단 마젤란 해협에서 사지가 잘린 채 둥둥 떠내려가는 악몽에 시달리다 잠에서 깨어났다. 이마엔 식은땀이 흐르고 있었다. 밖이 어두웠다. 몇 시일까? 시간을 보려고 왼쪽 팔을 들었다가 깜짝 놀랐다. 팔은 사라지고 웬 나무토막에 달린 야광 시곗

바늘이 보였기 때문이다. 그는 팔을 흔들어봤다. 동상으로 왼쪽 팔의 감각이 완전히 사라졌다는 것을 그제야 알았다. 그는 굴 밖으로 나와서 두 발로 섰다. 다리의 감각 또한 사라져 공중에 둥둥 떠 있는 것 같았다. 중심을 잃고 눈 위로 넘어졌다. 순간, 그의 눈앞에 푸른색 불빛들이 반짝거렸다. 늑대 무리다.

'죽으란 법은 없군.'

그는 혼자 중얼거리며 감각이 남아있는 오른손으로 권총을 꺼내 가장 가까이에 있는 불빛을 향해 발사했다. 짧은 신음을 내며 늑대 한 마리가 눈 위에 쓰러졌다. 그는 죽은 늑대를 향해 기어갔다. 총소리에 잠시 흩어졌던 늑대들이 다시 몰려들었다. 그는 다가오는 늑대를 향해 권총의 방아쇠를 당겼다. 하지만 손가락이 움직이지 않았다. 해가 지자 급속하게 기온이 내려간 시베리아의 대기에 노출된 검지가 순식간에 얼어버렸기 때문이었다. 손과 발이 없으면 그는 한낱 고깃덩어리에 불과했다. 그는 무릎을 꿇고 하늘을 올려다보았다. 시베리아의 드넓은 밤하늘에 굵은 별들이 가득 박혀있었다. 그의 주변에서 서성이던 늑대 무리가 천천히 다가왔다. 문득 차 안에서 들었던 루스탐의 이야기가 생각났다.

"인간에게서 복수를 배운 시베리아 늑대들입니다."

2만 년 전에 번성했던 매머드 따위의 거대한 동물과 울창한 숲이 마지막 빙하기 때 얼어붙어 영구동토층 아래에 그 모습 그대로 지금도 남아있는 곳이 시베리아다. 지구에서 정령의 기운이 가장 강한 곳이다. 서양에는 야훼가 있다면 이곳에는 모든 사물에 깃든 정령이 있다. 그리고 정령의 사자가 늑대다. 사람 냄새를 피하던 늑대가 오이먀콘 개발 이후 사라진 순록 대신에 사람을 먹이로 여겼다. 시베리아의 모든 늑대가 오이먀콘으로 몰려들었다.

KG8은 깨달았다. 곧 자신의 몸을 지탱하던 살과 근육은 시베리아 정령의 사자인 늑대의 요긴한 식량이 될 거라는 걸. 용병으로 생활하면서 그는 수많은 죽음을 보았다. 수많은 죽음을 보면서, 그보다 더 많은 죽음의 상황을 예상해 봤지만, 이런 죽음은 꿈에도 생각지 못했다. 죽는 순간까지 당황스러웠다.

5

엠마는 20년간 발차기와 주먹으로 샌드백을 두들겼다. 그녀는 전사였고, 전사답게 누구도 두렵지 않았다. 하지만 야생의 늑대는 달랐다. 진흙 수렁에 빠진 것처럼, 발이 움직이지 않았다. 그녀는 관측소 안을 둘러봤다. 탁자 위에 있는 KG1의 낡은 소총이 눈에 띄었다. 엠마는 야구방망이를 들듯이 양손으로 총구를 잡고 심호흡을 크게 했다. 그녀는 문고리를 잡았다. 문밖에서 이상한 기척이 들렸다.

'문을 열자마자 늑대들이 덮치기라도 하면?'

잠시 망설이는 사이, 문이 열렸다. 그녀는 눈을 질끈 감고 총을 내려쳤다. 총의 개머리판이 딱딱한 바닥을 때렸다. 손바닥이 저릿했다.

다시 총을 머리 뒤로 치켜들었다. 그 순간 누군가가 그녀의 손을 잡았다. KG1이었다. 패딩점퍼가 이곳저곳 찢겨 하얀 털이 삐져나왔고, 얼굴은 피로 범벅이었다. 그녀는 얼른 문을 닫았다.

"걱정하지 마. 내가 다 죽였으니까."

KG1이 숨을 헐떡거리며 말했다. 분명, 한두 마리가 아니었다. 그렇다고 총소리도 들리지 않았다. 아무리 KG1이 산전수전 다 겪은 용병이라고 해도 맨손으로 늑대 무리를 몰살시키는 것은 무리였다.

"어떻게요?"

"이걸로."

그는 손에 쥔 권총을 들어 보이며 말했다. 총구에 소음기가 달려 있었다. KG1은 여전히 숨을 거칠게 쉬었다. 엠마는 KG1이 앉아있는 의자의 등받이를 뒤로 젖히고 손수건으로 KG1의 얼굴로 흘러내린 피를 닦아주었다. 다행히 얼굴 상처는 깊지 않았다. KG1은 흥건하게 젖은 상의를 벗었다. 오른쪽 목에서 피가 흘러내리고 있었다.

"목에서 피가……."

"동맥은 건드리지 않은 것 같아. 좀 있으면 멈출 거야."

KG1은 호주머니에서 헝겊을 꺼내 목의 상처를 눌렀다. 피가 엉겨 붙어 옷 이곳저곳이 검게 물들었다. KG1의 입술이 하얗게 메말랐다. 그녀는 관측소 귀퉁이에 있는 알루미늄 양동이를 들고 문의 잠금장치를 풀었다. 하지만 문고리를 잡고 잠시 망설였다. 또 다른 늑대들이 그녀가 문을 열기만을 기다리고 있을 수도 있었기 때문이었다. 뒤를 돌아봤다. KG1의 얼굴이 일그러졌다. 통증을 참고 있는 표정이다. 그녀는 두 눈을 부릅뜨고 문을 힘껏 열어젖혔다. 손전등으로 주변을 비췄다. 좁은 길 위에 네 마리, 그리고 바위 위에 한 마리의 늑대가 쓰러져 있다. 바위 위에 있는 한 마리는 아직 숨이 끊어지지 않은 듯 힘겹게 낑낑거렸다. 그녀는 주변을 두리번거리며 양동이 안에 눈을 꾹꾹 눌러 담았다. 금방이라도 늑대들이 어둠 속에서 덮칠 듯했다. 하지만 KG1을 저렇게 그냥 놔둘 수 없었다. 양동이 가득 눈을 담아 관측소 안으로 들어왔다. 양동이를 달궈둔 돌 위에 올렸다. 눈이 빠르게 녹으면서 물이 고였다.

"일어나서 옷 벗어봐요."

KG1은 아무 말 없이 상체를 일으키다가 신음을 내며 다시 누웠다. 하는 수 없이 그녀는 누워있는 KG1의 옷을 조심스럽게 벗겼다. 겉옷은 쉽게 벗었는데, 방탄조끼는 좀처럼 벗어지지 않았다. KG1이 몸을 꿈틀거리며 그녀가 방탄조끼 벗기는 걸 도와주었다. KG1의 피부엔 찢어지고, 파이고, 긁히고, 불에 덴 흉터들로 가득했다. 최근의 상처에는 새살이 돋아나느라고 지렁이처럼 연분홍으로 볼록했다. 그가 살아온 세월이 그의 몸에 고스란히 기록되어 있었다.

오른쪽 팔꿈치 바로 아래와 목덜미 제비초리 부분에 살점이 파여 피가 흘렀다. 팔꿈치는 넘어지면서 돌부리에 찍힌 것 같고, 목덜미는 늑대에게 물린 것이다. 등의 가운데와 오른쪽 가슴에 사선으로 붉은 선들이 선명하게 그어졌다. 무엇인가 날카로운 물건에 긁힌 흔적이다. 두꺼운 패딩점퍼를 뚫고 들어온 늑대의 발톱 같았다. 수건에 따스한 물을 적셔 그의 목부터 닦아주었다. 상처에 수건을 대면 움찔할 뿐 아무런 신음도 내지 않았다. KG1은 그에게 몸을 맡긴 채 가만히 눈을 감고 있었다. KG1의 등에 말라붙은 피를 닦는데, 이상한 것이 만져졌다. 상처 난 부위로 솟아난 자그마한 칩이었다. 그녀는 KG1에게 칩을 보여 주었다. KG1은 칩을 보자마자 자기의 팔뚝에 찔러 넣었다. 칩이 살 속으로 파고 들어갔다. 피가 흘러내렸다.

"그냥 놔두면 이게 폭발하거든."

KG1은 자신이 들고 다니는 통신장비를 보여 주더니, 눈을 감았다.

KG1은 주머니를 뒤적거려 근육이완제 한 알을 꺼냈다. 약을 보고 있자니, 실소가 흘러나왔다. 조금 전 일이 생각났기 때문이었다. 늑대와 싸우다가 호주머니가 찢어져 약통이 눈 위로 떨어졌다. 그는 잽싸게 약통을 집어 들었다. 그때, 오른쪽 바위 위에 있던 늑대가 약통을 쥐고 있던 그의 손을 향해 뛰어내렸다. 그는 잽싸게 피했지만, 이미 레보도파와 근육이완제는 늑대의 입 안에 있었다. 늑대는 약통을 우적우적 씹더니 머리를 흔들며 뱉어냈다. 그는 늑대를 향해 권총을 발사했다. 늑대는 즉사했다. 약통 안을 살폈다. 다행인지 불행인지 근육이완제 한 알이 있었다. 만약에 대비하여 한 알을 호주머니 깊숙이 넣고는 주변을 둘러봤다. 늑대 침이 묻은 약이 눈 속에서 녹아내리고 있었다. 눈에 녹아도 약의 성분은 남아있다. 약이 없으면 근육이 오그라들어 끝내는 죽을 것이다. 그는 약이 녹아내리는 눈을 긁어 모으다가, 우연히 하늘을 보았다. 금방이라도 중력에 이끌려 떨어질 것 같은 굵은 별들이 하늘에 가득했고, 부엉이 울음소리가 어두운 밤을 더 어둡게 했다. 목화송이 같은 하늘의 별과 차가운 공기를 가르고 멀리서 들려온 부엉이 울음소리에 잊은 줄 알았던 그때의 기억이 밀려왔다. 그는 긁어모은 눈을 그대로 둔 채 일어나 관측소 안으로 들어왔다. 그가 그냥 들어온 이유는 간단했다. 곧 작전이 끝나고, 시베리아는 그가 사라지기에 최적의 장소였기 때문이었다. 오늘만 지나면 그의 작전도 끝난다.

KG1은 이곳에서 그리 멀지 않은 곳, 한반도의 북쪽 끝 회령에서 열일곱 살까지 자랐다. 어머니는 알 수 없는 노래를 입에 달고 살았다. '뜸북뜸북 뜸북새 논에서 울고, 뻐꾹뻐꾹 뻐꾹새 숲에서 울제.' 그리고 어머니는 '뜸북새' 때문에 죽었다. 주체사상인가 뭔가를 흐리게 하는 노래를 자주 부른다고 마을 주민이 어머니를 신고했고, 어머니는 교화 교육이 필요하다고 하면서 교화소로 끌려갔다가, 일주일 만에 시체가 되어 나왔다.

고아가 된 그를 평양 인근에 사는 외삼촌이 데리고 갔다. 그는 외삼촌댁에서 6개월 있다가 특수부대에 자원입대했다. 3년 동안 가혹한 훈련을 받고 휴가 때 고향으로 돌아와 어머니를 신고한 마을 주민을 동네 한가운데에 있는 느티나무에 목매달아 죽였다. 그리고 어머니가 죽은 교화소를 찾아갔다. 교화소는 회령 시내에 있었다. 그는 어머니를 누가 죽였는지 몰랐지만, 3년 전 교화소장은 그대로였다. 교화소장에게 단도직입적으로 물었다, 어머니를 누가 죽였느냐고. 그러자 교화소장은 태연하게 대답했다, 내가 죽였다고. 그 말을 듣자마자 그는 그 자리에서 교화소장 목의 대동맥을 잘랐다. 피가 천장까지 솟구쳤다. 소장은 후회하는 듯한 눈빛으로 그를 바라보다가, 끝내는 눈을 감지도 못하고 죽었다. 1,500명의 교화원들이 숙식하는 건물을 다 불태워 버렸다. 교화원들은 뿔뿔이 흩어졌다.

그는 당초 계획대로 어머니의 원수를 갚고 두만강 물로 뛰어들었다. 어머니를 만나러 가야 할 시간이었기 때문이었다. 하지만 어머니의 얼굴을 잠깐 보고 다시 눈을 떠보니, 그의 눈앞에 검은 눈동자의 남자가 그를 내려다보고 있었다. 나중에 안 사실이지만, 그가 회령시내 교화소를 불바다로 만들자, 상황 파악을 위해 미국 정부가 동아시아에 있는 블랙워터를 신속하게 출동시켰던 거였다. 미군이 직접 개입하면 국제적 분쟁의 소지가 있어 사설 용병 회사인 블랙워터 요원을 보낸 것이다. 검은 눈동자의 블랙워터 용병은 그를 미국 노스캐롤라이나로 데리고 갔다. 검은 눈동자 용병은 남한 대통령실 27 경호특수부대 출신으로, 유라시아 담당 책임자로 코드네임 KG1이었다. 그는 블랙워터 용병이 되어, KG1과 함께 유라시아를 누볐다. 그렇게 20여 년이 흘렀을 때, 북극해 핵잠수함 작전 중에 KG1이 사망했다. 그리고 그가 코드네임 KG1을 물려받았다.

삶과 죽음이 뒤엉킨 곳엔 항상 그가 있었다. 그의 주변엔 삶보다 죽음이 더 흔했다. 2년 전까지만 해도 죽음이 아무렇지 않다고 여겼다. 그런데 파킨슨병이 깊어질수록 죽음에 대해 이따금 고민했다. 타의가 아닌 자의로 죽고 싶었다. 그렇다고 자살은 하기 싫었다. 의사는 허무주의야말로 파킨슨 환자가 흔하게 빠질 수 있는 것이니 되도록 죽음에 대해 깊이 생각하지 말라고 했지만, 그는 어떻게 죽을 것인가를 곰곰이 생각해보는 거야말로 삶의 가장 중요한 덕목이라는 걸 알았다. 파킨슨병이 그에게 인생의 진리를 깨우쳐주었다.

시베리아의 밤이 그를 유혹했다. 고향의 밤이고, 고향의 대기고, 고향의 냄새다. 그는 기꺼이 시베리아의 유혹에 빠져들었다. 항상 그의 곁에 서성이던 죽음이 오랜만에 평온한 미소로 그를 내려다본다. 그도 죽음을 향해 미소 지었지만, 얼굴 근육이 마음대로 움직이지 않았다. 밤이 깊어질수록 오이먀콘의 추위에 부엉이 울음소리도 얼어버렸는지 들리지 않았다. 적막이 감돌았다. 졸렸다. 잠들지 않으려고 온갖 잡생각을 했다. 원시 자료 백업이 완료되면 곧바로 전송해야 하기 때문이다. 그러면 이번 작전은 끝나고 그는 시베리아의 광활한 품으로 사라질 수 있다. 고된 하루였다. 피곤이 그의 정신을 짓눌렀다. 끝내는 관측소 안의 따스한 온기에 그만 자기도 모르게 잠들었다가 일어나니 날이 밝았다.

3년 전부터 등의 통증에 새벽잠을 설쳤다. 그런데 오랜만에 늦잠을 잤다. 더군다나 어젯밤에 근육이완제를 먹지 않았다. 맑은 공기 탓인가? 그는 시베리아의 맑은 공기를 가슴 깊숙이 빨아드렸다. 오

큰손을 바라봤다. 떨림이 없다. 이럴 때가 아니다. 그는 얼른 장비에 저장된 자료를 GCHQ에 보냈다.

'장비 원시데이터임. 확인 바람.'

잠시 후 TS-112 액정화면에 문자가 떴다.

'확인 완료. 모두 정상.'

KG1은 곧바로 무전기로 루스탐을 호출했다.

"12번 도로가 계곡 안쪽으로 휘어지는 지점에서 만나요. 그곳이 가장 가까워요."

루스탐의 쉰 목소리가 무전기에서 흘러나왔다. KG1은 TS-112 액정에 인근 지도를 띄워 확대했다. 루스탐이 말한 약속 장소는 관측소와는 9.8킬로미터 떨어진 곳이었다. 눈 속을 걸어야 했다. 엠마와 같이 가려면 넉넉잡아 세 시간은 걸릴 듯했다.

"12시 40분에 그곳에서 만납시다."

"네, 그럼 그때 뵙겠습니다."

루스탐과 대화를 마치고 엠마를 보았다. 엠마는 일어날 기미가 없다. KG1은 엠마를 깨우고자 그녀의 어깨 쪽으로 손을 뻗었다가 다시 거둬들였다. 남자의 손길을 뱀의 혀처럼 싫어하는 그녀다. 되도록 아픈 상처를 건드리지 않는 게 좋다. 관측소 문을 열었다. 찬바람이 훅 밀려 들어왔다. 그제야 엠마가 일어났다. 그들은 비스킷과 커피를 마시고, 산 아래로 내려갔다. 잠이 덜 깬 엠마는 한동안 조용했다.

TS-112가 바르르 떨렸다. 작전 종료를 알리는 메시지와 함께,

KG11, KG14, KG21 모두 오이먀콘 서쪽 공항에 집결하라는 명령이 떨어졌다. 오이먀콘으로 보안장비를 싣고 온 미군 수송기가 때마침 미국 본토로 돌아가는 길에 그들을 싣고 갈 계획이었다.

'KG1은 KG8과 조우 후 별도 지시가 있을 때까지 대기.'

KG8의 몸에 심은 생체칩이 아직도 작동 중인 걸 보니 살아있는 게 분명했다. 태평양 한가운데에 떨어져도 살아남을 수 있는 KG8이다. KG8이 KG1 호출네임을 물려받을 것이다. 사라지기 전에 KG8의 얼굴을 한 번 보는 것도 나쁘지 않다고 생각했다.

6

엠마는 정강이까지 푹푹 빠지는 눈길을 두 시간 가까이 걸었다. 계속 내리막이었는데, 갑자기 언덕이 그녀의 앞을 막았다. 힘겹게 언덕을 올랐다.

"우와."

그녀의 입에서 저절로 감탄사가 나왔다. 시베리아와는 전혀 어울리지 않는 잘 정돈된 거대 도시가 눈앞에 펼쳐졌기 때문이었다. 도시의 중앙에는 마치 거인이 피라미드 꼭지를 잡고 엿가락처럼 늘린 듯한 마천루가 우뚝 서 있었다. 마천루 정상에 햇볕에 반짝이는 거대한 돔이 신비로웠다. 마천루를 뫼비우스 띠처럼 둥근 하얀 건물이 감쌌으며, 그 외곽을 강줄기가 오메가 형태로 흘러 마치 마천루가 우뚝

한 곳이 섬처럼 보였다. 마천루를 중심으로 방사형 도로가 산맥 아래까지 시원스럽게 뚫렸다. 구획 별로 납작한 건물들이 듬성듬성 있고, 방사형 길의 끝에는 산 경사면을 따라 거대한 건물이 줄지어 있다. 그 건물을 보자, 혹시 스위스에서 본 입자 가속기가 아닐까, 하는 생각이 들었다.

시베리아와 어울리지 않는 미래 도시 풍경을 한동안 바라보다가 언덕을 내려갔다. 드디어 루스탐과 약속한 장소에 도착했다. 약속 시간보다 17분 늦었다. 하지만 루스탐은 보이지 않았다. KG1이 루스탐에게 연락했다. 그러자 루스탐은 두 시간 후에나 만날 수 있다고 하면서 미안하다는 말만 반복했다. 그들은 대책 없이 기다려야만 했다.

두 시간 45분 후에 루스탐이 승합차를 몰고 도착했다.

"죄송합니다. 빨리 타시지요."

루스탐이 서둘렀다. 그들은 곧바로 승합차에 올랐다. 어제까지만 해도 홍조를 띠던 루스탐의 볼엔 눈그늘이 늘어졌다. 잠을 못 잔 듯 눈도 충혈되었다. 엠마는 무슨 일이 있냐고 물어보려고 하다가 그만두었다.

드디어 승합차가 언덕 위에서 보았던 거대 도시로 들어왔다. 입자 가속기처럼 도시 외곽을 둥글게 둘러싼 건물 옆을 지나갔다. 가까이서 보니 건물은 가속기가 아니라, 최신 시설로 지은 주거 공간이었다. 낮은 건물이 앞에 있고 그 뒤로 점차 건물들이 높아졌다. 건물이 높을수록 건물과 건물 간격이 넓어졌다. 일조권을 보장하기 위한 건물 배치였다. 건물 옥상마다 반투명 태양열 집열판이 설치되었다. 산맥을 따라 지어진 주거 공간은 뮌헨시민 모두를 수용하고도 남을 만큼 거대했다. 도시를 가로질러 달렸다. 삼각뿔 모양의 거대한 마천루를 지나 한참을 달려 도시를 빠져나오자 검문소가 있었다. 검문소에서는 들어오는 차량만 통제하고 나가는 차는 그냥 통과시켰다. 검은색과 노란색이 칠해진 바리케이드를 피해 차가 S자를 그리며 50여 미터를 달리자 바리케이드가 사라지고, 길이 갑자기 좁아졌다. 그 길마저도 곧바로 사라졌다. 승합차는 SUV 차량 앞에서 멈췄다. 스노타이어를 장착한 SUV였다.

"차를 갈아타야 합니다. 짐을 옮기세요."

"어디에 가는데요?"

"또 다른 걸 보여드릴 게 있습니다."

루스탐은 수시로 시간을 보면서 똥마려운 강아지처럼 안절부절못하고 있었다. 챙기고 말 짐도 없다. 곧바로 SUV에 올랐다. SUV가 눈길로 접어들었다. 눈 덮인 시베리아의 평원은 묘했다. 분명 살아있는 것이라곤 보이지 않는 설원이지만, 거대한 생명이 그들을 지켜보고 있는 느낌이었다.

"시베리아가 살아있는 것 같아요."

"시베리아가 살았음을 느끼는 사람은 그리 많지 않은데, 역시 엠마 박사님은 다르십니다. 시베리아의 영구동토층 아래에는 생명의 정령으로 가득하기 때문입니다. 자연과 소통하는 사람들은 그 기운을 느끼지요. 그리고 샤머니즘이 이곳에서부터 시작된 것도 그리 이상한 일은 아니지요."

샤머니즘이 시베리아에서 시작되었다니? 처음 듣는 말이었다. 무엇보다, 엠마는 정령 따위는 믿지 않는다. 영혼은 뇌 신경세포에 저장된 불안전한 기억일 뿐이다. 뇌세포가 죽으면 그들도 사라진다. 플러그를 뽑으면 전등이 꺼지듯이.

"다 왔습니다."

깊은 생각에 잠겨 있던 엠마는 루스탐의 말에 주변을 둘러봤다. 차가 멈춘 곳은 야트막한 언덕 앞이었다.

"저 언덕에 올라가면 더 거대한 도시가 보일 겁니다."

루스탐이 언덕 위로 올라갔다. 거대한 도시가 있으면 반듯한 길도 있을 건데 왜 여기로 왔는지 궁금했지만, 엠마는 굳이 묻지 않았다. 저 언덕만 올라가면 모든 것이 밝혀질 터였다. KG1은 팔짱을 풀지 않은 채 허리를 숙이고 종종걸음으로 루스탐의 뒤를 따라갔다. 언덕의 중간쯤 올라가다가 루스탐이 멈췄다.

"아참, 내 정신 좀 봐. 차에 망원경을 놓고 왔네요. 가지고 올 테니, 먼저 올라가세요. 망원경이 없으면 제대로 볼 수 없거든요."

루스탐이 돌아서서 빠르게 내려갔다. 엠마는 루스탐의 말에 은근히 기대되었다. 대체 뭐가 있기에 저리 호들갑일까. 엠마는 빠르게 정상에 올라갔다. 하지만 앞에 보이는 것이라곤 그동안 달려왔던, 시베리아 하얀 눈벌판과 다르지 않았다. KG1도 허리를 바짝 숙인 채

숨을 헐떡거리며 그녀 옆에 섰다. 맑았던 하늘에 뭉게구름이 몰려오더니 눈발이 날렸다. 눈발이 굵어지면서 바람이 강해졌다.

"아무것도…… 보이지…… 않네. 내려갔다가 루스탐과…… 같이다, 다시 올라오자고……."

KG1은 발음까지 어눌해졌다. KG1은 종종걸음으로 언덕 아래로 내려갔다. 금방이라도 넘어질 듯한 불안한 걸음이다. 엠마도 그의 뒤를 따라 내려갔다.

"지금 상태 엄청 안 좋아 보이거든요."

"약효가 떨어져서……."

"그럼 약을 드세요."

"약이 없어."

"없다니요?"

"어젯밤…… 늑대와 싸우다가…… 잃어, 잃어버렸어……."

엠마는 그 자리에 멈췄다. KG1이 뒤를 돌아보며 미소를 지었다. 얼굴 근육이 경직된 KG1의 억지 미소가 너무나 어색했다. 그래도 그의 미소를 보자 마음이 놓였다. 삶과 죽음이 뒤엉킨 곳에서 45년 동안 살아온 사람이다. 쉽게 쓰러지지 않을 것이다.

그때였다. 자동차 엔진소리가 들렸다. 종종걸음으로 발을 옮기던 KG1이 언덕 아래로 몸을 날렸다. KG1의 몸이 순식간에 언덕 아래로 미끄러져 내려갔다. 그와 동시에 SUV가 시야에서 사라졌다. 엠마는 이 기괴한 상황을 한동안 지켜보다가, 정신을 차리고 뛰어서 언덕을 내려왔다. 차가 있던 곳에 이르자 돌멩이에 눌린 신문지가 바람에 나부끼고 있었다. 엠마는 신문을 집어 들었다.

'살인자 엠마.'

엠마는 그 자리에 털썩 주저앉았다. 일주일에 한 번씩 야쿠츠크에서 생필품과 함께 신문도 한꺼번에 온다고 했던 게 떠올랐다. 러시아 중앙지 쁘리브다 일간지 해외토픽에 엠마의 얼굴 사진과 함께 실린 기사였다. 그리고 신문 아래에 휘갈겨 쓴 붉은 글씨가 그녀의 시선을 사로잡았다.

'쉘 박사님에 대한 보복이다. 이곳에서 육체와 영혼이 분리되리라. 부디 그 악마의 영혼이 시베리아에서 천사의 영혼으로 다시 태어나기를.'

엠마가 보고 있던 신문을 KG1이 낚아챘다.

"이런 젠장."

루스탐에게 꼼짝없이 당했다. KG1은 시계를 봤다. 4시 53분. 눈길을 뚫고 자동차로 약 한 시간가량 달려왔다. 그렇다면, 40킬로미터쯤 달려온 것이다. 눈길에 걸어가면 10시간도 더 걸린다. 배낭도 차 안에 있다. 그가 가진 것은 긴급한 경우에 사용하는 TS-112와 권총뿐이다. 온갖 산전수전을 다 겪은 KG1이지만, 이런 막막한 경우는 처음이다. 루스탐의 말대로 그들이 시베리아를 벗어나는 방법은 정령이 되는 수밖에 없는 걸까? 그 순간, 등의 근육이 쪼그라들면서 등뼈를 압축했다.

천사와 악마가
다정하게

1

“역사에 길이 남을 일이야. 태양을 만들어 내다니.”

뒤에서 들려온 들뜬 목소리에 오 박사는 고개를 돌렸다. 라이너 박사가 TCD실 출입문에 기댄 채 오 박사를 쳐다보고 있었다.

“자네 얼굴이 왜 그리 어두운가. 뭔 걱정이라도 있나?”

라이너 박사가 말을 이었다.

“인간의 과학 기술은 결국 태양을 창조하기에 이르렀어요. 하지만…….”

오 박사는 다시 인공태양 쪽으로 시선을 향했다.

“그 태양이 자네를 집어삼킬까 봐 두려운가?”

라이너 박사의 질문에 오 박사는 고개를 끄떡였다.

“괜찮아. 두려움이야말로 과학자로서 가져야 할 자연스러운 감정이니까. 1억 도로 불타는 이런 괴물을 가둬놓고 두려워하지 않는다면 그게 더 이상하겠지. 두려움은 의심의 연료야, 오 박사. 우리 같은 사람은 자신이 빚은 결과물을 항상 의심해야 하지.”

라이너 박사는 그의 어깨를 어루만지면서 온화한 미소를 지었다.

“자네도 알다시피 1945년 미국이 일본에 원자폭탄을 투하했지. 어마어마한 위력에 다들 인류가 곧 멸망할 거라고 떠들어댔어. 하지만 어떻게 됐지? 인류가 멸망했나? 오히려 인류는 폭발적으로 증가했지. 왜 그럴까, 과학자들이 인류를 사랑해서? 과학자들이 모두 사명감을 가져서? 아니야, 두려움 때문이지.”

“박사님도 이 괴물이 두려우세요?”

“두렵지.”

“수천만 번의 모의실험으로 오류를 줄였는데도요?”

“자네의 두려움과 나의 두려움이 다르지 않다네. 자네도 나처럼 첫 시험가동 때 카운트다운이 시작되자 ‘만약에, 만약에, 만약에’라는 단어가 머릿속에 가득했을 거야. 특히 나와 자네 같은 전문가들은 더 두려움을 느끼지. 과학은 허점투성이인 인간이 만든 도구일 뿐이라는 걸 그 누구보다도 잘 알고 있기 때문이야.”

라이너 박사의 말이 옳다. 만약 진리가 있다면, 과학은 필요 없다.

“지금은 우주의 나이가 138억 년이 정설이지만, 내가 대학 다닐 때만 해도 우주의 나이가 150억 년이라고 배웠지. 어떻게 해서 우주

나이가 150억 년이 된 줄 아나?"

오 박사는 과학사 시간에 배운 게 언뜻 생각났다. 우주의 나이가 200억 년이라는 집단과 100억 년이라는 집단이 팽팽히 맞서다가 결국 150억 년으로 정리했다는 내용이었다. 모두가 진실이라고 믿는 과학적 사실이 실은 협상의 결과였다.

"그 당시, 천문학자들이 난상 토론에서 하나의 합의점을 찾은 건 아마 우주의 나이가 하느님이 천지창조하신 8,000년보다는 더 오래되었을 거라는 거야. 이처럼, 과학으로 밝혀낸 그 무엇이 진실에 더 근접했다고 확신하면 일단 진실로 받아들이지. 하지만 여기서 중요한 건 그 진실은 시한부나 다름없는 상태라는 거야."

"우주의 나이를 몰라도 인간이 살아가는 데는 지장이 없지만, 인공태양은 다릅니다. 아주 작은 실수에도 박사님과 제가 흔적도 없이 사라져버릴 수도 있습니다."

"그래, 죽을 수도 있어. 오류를 줄이기 위해 수천만 번의 시뮬레이션 실험을 했지만 폭발할 수도 있지. 하지만 이제 과학과 인간의 삶은 분리할 수 없어. 어느 누가, 이 화려한 문명을 저버리고 원시시대로 돌아가려고 하겠나. 과학의 불확실성에서 발생할 수 있는 문제점을 안고 살아야만 하는 게 현재 인류의 운명이야. 그렇기에 불확실성을 인정하고 불확실성을 최소화하기 위해 의심하고 또 의심해야 하는 게 과학자로서 가장 중요한 덕목인 거지. 퀴리 부인이 왜 죽었는지 자네도 잘 알고 있지? 그게 과학자의 운명이고, 어쩌면 인류의 미래 모습일 수 있어."

노벨상을 두 개나 받은 퀴리 부인이 죽은 이유가 그가 처음 발견하여 세상에 알린 방사선 때문이었다는 것은 잘 알려진 사실이다. 방사성 물질은 스스로 빛을 내기 때문에 사람들이 신기해했고, 퀴리 부인은 방사성 물질을 호주머니에 넣고 다니면서 사람들에게 보여주었다. 퀴리 부인의 사인은 방사선 노출에 의한 백혈병이었다.

"과학적 진실도 유기체처럼 자라고 진화해. 아마 인류가 존재하는 한 계속 자랄 거야. 지금 이 순간에도 퀴리 부인 같은 과학자가 있을지 몰라. 그리고 그 과학자가 나일 수도 있다는 것을 항상 명심해야 해. 과학자의 일은 의심하는 거야. 과학자가 자신의 이론이 완벽하다고 믿고 의심하지 않는 순간, 과학은 울타리를 뛰쳐나온 티라노사우루스란 괴물로 변해. 저 인공태양은 자네의 자식이야. 끝없이 의심하며 잘 보살펴야 해."

라이너 박사의 온화한 표정에 오 박사는 어렸을 때를 떠올렸다. 그가 원자력이라는 강한 힘에 매료된 계기는 증오였다. 그는 그동안 그 누구에게도 차마 말하지 못했던, 증오의 실체를 라이너 박사에게 털어놓기 시작했다.

친구들은 그를 괴롭혔고, 어른들은 괴롭힘에 동조했으며, 선생님은 방관했다. 학교가 싫었고, 친구가 두려웠고, 선생님이 무서웠다. 그러다가, 중학교 3학년 때 깨달았다. 그들이 악마라는 사실을 말이다. 그는 악마에게 대들었다. 그들에게 두들겨 맞다가 주변에 있는 돌을 집어 내려찍었다. 악마 한 놈이 머리가 깨져 병원에 입원했다. 선생님은 악마에게는 아무런 말도 하지 않고, 오히려 그를 혼내고, 반성문까지 쓰라고 했다. 그는 반성할 게 없었다. 당연히 반성문을 쓰지 못했다. 그때부터 선생님은 악마와 한편이 되어 그를 괴롭혔다. 괴롭힘의 수준이 고도화되었다. 인간은 적응의 동물이라고 하지만 괴롭힘은 좀처럼 적응되지 않았다. 오히려, 수치심만 더 커졌다. 그러다가 돌이킬 수 없는 사건이 터졌다. 고등학교 2학년 때였다. 악마들은 그를 학교 화장실 뒤로 끌고 가더니, 강제로 바가지에 있는 액체를 마시라고 했다. 모두 마시면 앞으로 절대 괴롭히지 않는다고 하면서 말이다. 그는 바가지의 액체를 꿀꺽 삼켰다가 곧바로 토해냈다. 초여름에 3일간 상온에 두었던 오줌이었다. 극한의 지린내에 그는 악마들에게 악다구니를 쓰며 대들었다. 악마들은 그런 그를 깔깔거리며 발로 차고, 밀치고, 때렸다. 그는 왼쪽 눈이 퉁퉁 부은 채 집에 갔다. 그날따라 일찍 집에 들어온 아버지가 그의 얼굴을 보더니 혀를 끌끌 차며 짧게 한마디 했다.

"병신!"

그 이후로 그는 죽음에 집착했다. 인생의 최종 목적은 죽음이며, 잘 죽으면 성공한 인생이라고 스스로 타이르며, 성공한 인생을 위해 성공한 죽음을 탐구했던 그였다. 그러던 어느 날 TV화면에 나오는 버섯구름을 보고 그의 성공한 삶이 무엇인지 명확해졌다.

"그때부터 핵물리학자를 꿈꿨어요. 핵폭탄이야말로 나를 괴롭힌 친구는 물론, 동조하고 방관한 어른과 선생님들을 한번에 죽일 수 있다는 걸 알았거든요. 지금 생각해보면 정말 어리석었지만, 그땐 나름 진지했어요."

오 박사는 핵물리학자가 되고자 공부에 매진했다. 증오를 품은 지독한 공부. 끝내는 대한민국에서 가장 유명한 대학의 핵물리학과에 입학했다. 그는 학부를 졸업하고 KSTRA에서 석박사 통합과정까지 마치는 동안에 자발적 외톨이 생활을 했다.

"저는 그때 누군가로부터 이메일을 받았습니다. '훌륭한 논문 잘 보았습니다. 저와 같이 일할 기회를 주시면 영광이겠습니다.' 짧은 이메일이었습니다. 저는 이메일을 받고 곧바로 카리브해로 날아왔습니다. 제가 카리브해로 온 건 인공태양을 만들 수 있다는 사실 때문이었습니다. 그런데 신기하게도 카리브해에서 생활하면서 증오가 점차 흐려지더니, 나도 평범한 삶을 살 수 있지 않을까 하는, 희망을 품게 되었습니다. 이곳에서 저는 온전한 하나의 인격체로 대우를 받았기 때문입니다. 하지만 모든 증오가 사라진 건 아닙니다. 사소한 일에도 문득문득 고개를 내미는 증오가 이제는 두렵습니다. 이놈을 보세요."

오 박사가 인공태양을 어루만졌다.

"고생했어, 그리고 살아줘서 고마워."

라이너 박사가 그의 손을 잡고 손등을 쓰다듬었다.

"무서워요."

"너무 자네의 과거를 미워하지 마."

"저도 평범한 인간으로 살고 싶어요. 그런데, 저도 모르게 자꾸……."

그는 말끝을 흐렸다.

"나도 그래. 나도 아내가 죽었을 때는 며칠간 제정신이 아니었지. 아마 그때 내 앞에 아내를 죽인 그놈이 있고, 그놈 앞에서 인공태양을 풀어놓을 수 있었다면, 조금도 망설이지 않고 풀어놨을 거야. 나도 인간이고, 자네도 인간이야. 인간은 원래 나약하고 불완전해. 순간적으로 화를 내고 증오가 생길 수 있지. 증오에 이성을 잃을 때도 있고, 두려움에 순간 잔인해질 수 있어. 그렇기에 항상 그에 대비하는 거야."

"대비요?"

"과학자에게 도덕과 윤리만을 요구하며 핵폭탄을 만들게 할 수 없어. 과학자도 인간이고, 엄밀히 따지면 인간도 한낱 동물에 불과해. 당연히, 어떠한 외부 변수가 발생할지 모르지."

라이너 박사는 잠시 말을 멈추고 물 한 모금 마셨다.

"이 천사와 악마가 공존하는 인공태양도 마찬가지야."

그는 품속에서 하얀 카드를 꺼내더니 계속 말을 이었다.

"이놈을 깨우려면 이 카드 세 개가 필요해. 하나는 내가 가지고 있고, 하나는 헬 박사가 가지고 있고, 나머지 하나는 어디에 있는지 자네도 알 거야."

오 박사는 자기 목에 걸린 연구실 보안카드를 보았다. 인공태양 연구실 출입 시 사용하는 카드다. 다른 사람은 초록색 바탕에 사진이 있는데, 그의 것은 흰색에 이름만 적혀있었다. 가장 나이가 어려서 그런가 보다 하고 별 의미를 두지 않았었다.

"자네도 알다시피 카드와 연동되는 생체 칩을 손목 피부 안에 심었어. 생체 칩과 카드의 거리가 2미터 이상 떨어지면 카드는 무용지물이 돼."

"그럼, 박사님이 돌아가시면 인공태양은 영원히 멈추는 건가요?"

"왜 하필이면 나야. 자네나 헬 박사가 먼저 죽을 수도 있는데, 내가 늙어서?"

라이너 박사가 웃으며 말했다. 과학은 태생적으로 불확실성을 내포하고 있다. 과학은 마치 천사와 악마가 다정하게 손잡고, 연옥을 떠도는 듯했다.

2

KG1은 주변을 둘러봤다. 온통 눈뿐이다. 불을 지필 나무는 물론, 마른 풀조차 없는 허허벌판이다. 죽기에 딱 좋은 곳이다. 하지만 지금 죽을 순 없다. 반드시 저 여자를 살려야 한다. 그가 가지고 있는 것이라곤 권총과 TS-112뿐이다. 개미가 기어가는 것처럼 얼굴이 간지러웠다. 얼굴 근육이 경직되어 나타나는 현상이다. 오른손이 떨렸다. 왼손은 아직 괜찮다. 왼손에 들린 TS-112를 보자 문득 한 가지 생각이 스쳐 지나간다. 나이가 들면서 기억력은 쇠퇴했지만, 직관은 점점 정확해졌다. 언제부턴가 그는 이성보다 직관을 더 신뢰했다. 방금 머릿속에 떠오른 그의 직관은 간단했다.

'죽음의 사자와 포옹하는 것.'

KG1은 비상시 복용하려고 품속 깊이 숨겨 놓았던, 마지막 한 알 남은 근육이완제를 삼켰다. 네 시간 안에 모든 작전을 끝내야 한다. 권총의 탄창을 빼서 총알의 개수를 확인했다. 모두 7발이다. SUV 한 대가 오면, 최대 인원이 다섯 명이다. 가장 희망적인 시나리오다. 만약에 두 대가 온다면? 실낱같은 희망도 사라진다.

그는 백악관에 직접 연락했다. TS-112에서 반가운 목소리가 들렸다.

"반갑네, 반가워. 그래, 무슨 일로?"

에릭 국장의 격한 환영 인사에 힘이 났다. KG1은 그에게 현재 상황과 작전을 설명했다. 설명하는 내내 혀가 꼬여 애를 먹었다.

"위험한데? 그 방법밖에 없어?"

걱정 가득한 그의 목소리다. 잠시 침묵이 이어졌다. 하지만 침묵은 길지 않았다.

"알았어. 부디 살아서 돌아오게. 다시 얼굴 한번 보고 싶어."

"저도…… 국장님…… 뵙고 싶습니다……."

"당신 손에 피를 묻히게 해서 항상 미안한 마음이야. 미안해."

에릭 국장의 미안하다는 말이 한동안 머릿속에 맴돌았다.

예상치 못한 그의 145번째 작전이 시작되었다. 이번 작전 파트너는 저 여자다. 에릭 국장은 빈틈없는 사람이다.

"엠마."

처음으로 그녀의 이름을 불렀다. 그녀가 그를 빤히 쳐다봤다.

"지금부터…… 내 말…… 잘 들어……."

KG1은 최대한 침착하게 작전을 설명했다. 작전은 간단했다. 지금 미국 정보기관에는 적군과 아군이 무작위로 섞여 있다. 에릭 국장이 미국 정보기관에 KG1의 위치를 흘리면 암살자들이 이곳으로 찾아올 것이다. 그때 암살자들을 KG1이 유인하고, 그 틈을 타서 엠마가 차를 빼앗아 도망치는 작전이었다.

"루스탐도 암살자들과 한패고, 우리를 그냥 놔둬도 죽는다는 걸 알 텐데 굳이 암살자들이 이곳에 올까요?"

"그래서 인근에 작전 중이던 요원이 3시간 후에 우리를 구하러 온다고 거짓 정보를 흘렸어. 그 전에 우리를 해치우려고 오겠지."

"저 운전 못 해요."

엠마의 대답은 예상치 못한 것이었다. 당황해하는 그를 보고 엠마가 다른 제안을 했다.

"제가 적을 유인하고, KG1이 차를 훔치세요."

"그들의 추격을 피해서 도망가야 하는데."

"뛰는 건 그 누구보다도 자신 있어요."

엠마가 자기의 허벅지를 만지며 말했다.

"과호흡증후군은?"

"뛰는 동안에는 괜찮아요. 문제는 그다음이지요."

"그다음이라니?"

"달리기를 멈추는 순간, 정신을 잃을 겁니다. 그때 제 품에 있는 마스크를 씌워주세요."

"만약 내가 그 자리에 없다면?"

"있어야 합니다. 반드시."

엠마는 KG1을 골똘히 쳐다봤다. KG1은 그녀에게 TS-112의 화면을 보여주었다. TS-112의 액정화면에 인근 지도가 나타났고, 차를 타고 온 궤적이 반원을 그렸다.

"이 지점에서 만나."

KG1은 반원이 시작되는 지점을 가리켰다.

"이곳으로부터 직선거리로 2.35킬로미터야. 도로를 따라가면 3.91킬로미터고. 내가 차를 훔쳐서 이곳에서 기다릴게. 무조건 이곳으로 달려와."

엠마가 생각하기엔 뭔가 어설픈 작전이었다. 엠마는 KG1의 눈을 바라보았다. 그의 눈동자가 흔들렸다. 그도 어설프다는 것을 인정했다. KG1은 뭔가 더 이야기하려다가 그만두었다. 하지만 엠마는 그 말이 무엇인지 짐작했다. 가만히 앉아서 여기서 얼어 죽을 수는 없다고 하려다가 입을 닫은 거였다. 남남서 쪽으로 무조건 달려가면 되었다. KG1이 시계를 봤다.

"이, 이제 30분밖에…… 남지 않았어."

KG1이 그녀에게 권총을 주었다. 엠마는 점퍼를 벗어 KG1에게 주었다.

"눈 속에 있으려면 춥잖아요. 이것도 입어요. 저는 뛰어야 하니 점퍼가 거추장스러워요."

KG1은 아무 말 없이 엠마의 점퍼를 입었다. KG1은 눈을 무덤처럼 파내고, 그 안에 누웠다.

"자, 부탁해……."

엠마는 눈으로 KG1을 묻고 주변의 발자국을 지웠다. KG1은 바퀴자국에서 약 2미터 떨어진 곳에 숨었다.

"저도 제 위치로 갑니다."

"명심해……. 특수훈련…… 받은 암살자…… 발사하고서…… 뒤, 뒤도 돌아보지 말고…… 전속력으로……."

"KG1이나 잘하세요."

엠마는 자신의 발자국을 지우면서 뒷걸음질했다. 정신을 똑바로 차려야 한다. 단순하다. 총을 쏘고 도망가는 것. 산악 트래킹으로 단련된 하체다. 엠마는 약 100미터 떨어진 곳에 있는 길고 좁은 도랑에 몸을 숨겼다. 그리고 기다렸다. 암살자들이 오기만을.

얼마쯤 기다렸을까. 드디어 멀리서 엔진 소리가 들렸다. KG1의 작전대로 암살자들이 미끼를 물었다. 엄밀히 따지면 미끼가 아니다. 낚싯바늘에 꿰인 미꾸라지가 살아남고자 가물치를 유혹한 것이나 마찬가지다. 드디어 차가 보였다. 그런데 한 대가 아니라 세 대다. 작전 실패다.

'총을 발사해야 하나?'

엠마의 머릿속이 하얘졌다.

3

제이콥은 점심으로 수제버거를 먹고 의자에 앉았다. 졸음이 밀려왔다. 그는 왼쪽 책상 아래에 있는 샤이훌루드 프라모델를 꺼내려다가 그만두었다. P-TF실에 어색한 침묵이 이어졌기 때문이었다. 제이콥은 누군가와 대화하는 것보다 프리즘과 소통하는 것이 더 재미있었다. 대화에는 젬병이었다. 데이비슨 박사도 그와 별반 다르지 않은 듯했다. 지금 아쉬운 건 제이콥이다. 울며 겨자 먹기 식으로 말을 걸어 분위기를 바꾸기로 했다. 마침, 데이비슨 박사는 G-GAW 멤버의 사진을 보고 있었다.

"왜 지구 의사들은 한결같이 산봉우리 정상 아니면 대양 한가운데 외롭게 떠 있는 무인도 등 오지에서 근무하지요?"

"지구의 건강 상태를 정확히 진단하기 위해서입니다."

"진단이요?"

미소를 지으며 데이비슨 박사가 그를 쳐다봤다.

"건강검진 받아보셨지요?"

생뚱맞은 질문에 제이콥은 잠시 넋을 놓고 있다가, 가볍게 고개를 끄떡였다.

"일정 기간 아무것도 먹지 않은 공복 상태에서 건강검진 받았을 겁니다. 맞죠?"

그는 다시 고개를 끄떡였다. 그가 기억하기로는 10시간 동안 금식했었다.

"왜 금식하는지는 아시죠?"

음식의 종류와 양에 따라 혈압, 혈당 등 검진 결과에 영향을 주기 때문이다. 이번에는 고개를 끄떡이지 않고 쳐다만 봤다. 데이비슨 박사는 계속 말을 이었다.

"하지만 지구의 건강검진을 위해 공장, 자동차, 음식 조리 등을 멈추게 할 수 없잖아요. 그래서 궁여지책으로 도시에서 최대한 멀리 떨어진 오지에서 검진하는 겁니다."

저절로 고개가 끄떡여졌다. 머리에 든 지식이 미천하면 할수록 전문 용어를 남발하여 상대를 어렵게 하고, 전문가의 식견이 많으면 많을수록 상대를 고려하여 쉽게 전달한다. 데이비슨 박사처럼 말이다. 제이콥은 데이비슨 박사가 정보원인지, 아니면 과학자인지 헷갈렸다. 정보원의 치밀함과 과학자의 전문지식을 모두 지녔기 때문이었다.

"박사님은 다방면으로 전문가시네요."

제이콥의 말에 데이비슨은 비스듬했던 몸을 세우더니 의자를 돌려 그와 마주보았다.

"저는 대충 코끼리의 밑그림을 그려놓고 분야별 전문가들을 모아 코끼리의 정밀화를 완성하는 사람이라고 생각하면 편하실 겁니다."

"아, 그 말로만 듣던 통섭 전문가신가요?"

"전문가라고까지는 할 수 없지만, 뭐 비슷한 일을 합니다. 국가 또는 인류에 중대한 문제가 발생하면 밑그림을 그리고 전문가들로 팀을 구성하지요. 어쩌면 인류가 지금까지 알아낸 모든 지식을 적재적소에 사용한다면 천지를 창조한 신만큼 위대해지지 않을까 하는 게 제 지론입니다."

"그래서 같은 언어로 소통하면서 바벨탑을 쌓던 인간들에게 신은 서로 소통할 수 없게 다양한 언어를 사용하게 하여 흩어지게 했다고 하잖아요. 다시 인류는 국제 공용어인 영어로 소통하고 있으니, 또 신이 노여워하여 벌을 내리지 않을까 염려되네요."

"그런 걱정은 필요 없습니다. 지금도 셋만 모이면 서로 자신의 주장을 굽히지 않지요. 조금씩 상대에게 귀를 열면 타협이 가능할 건데, 대부분 과학자는 자기 분야에만 매몰되어 있어요."

"과학적 진실을 놓고 타협해요?"

제이콥의 질문에 데이비슨이 빙그레 웃었다. 어린아이를 쳐다보는 아버지의 미소다.

"현재 기후변화의 주범이 인류가 배출한 이산화탄소라는 것도, 수천 명의 과학자가 모여 토론한 결과지요. 과학자 일부는 자리를 박차고 나가고, 일부는 상대방에게 설득당하기도 하면서요."

"그럼, 현재 기후변화의 원인이 인류가 배출한 온실가스가 아닐 수도 있다는 말씀이세요?"

"그럴 수도 있죠. 당장 지금 인류가 처한 문제만 해도 그래요. 잘 아시다시피 뜻하지 않은 곳에서 이산화탄소가 폭발했잖아요."

제이콥도 그 사실을 잘 알고 있다. 바닷물에 녹아있던 이산화탄소가 갑자기 대기로 배출되어 인류에게 시한부 선고를 내린, 과학의 신뢰도가 땅바닥으로 추락한 사건이다. 그 이후로 대중은 정부에서 발표하는 과학을 불신하게 되었고, 과학을 불신하면서 신에 매달리게 되었다.

"그건 아무도 예상치 못했잖아요?"

"아닙니다. 지구온난화로 어느 정도 해수온이 올라가면 바닷물에 녹아있던 이산화탄소가 폭발적으로 분출할 거라고 주장을 한 전문가들도 많았습니다. 다만, 그 주장이 무시되었을 뿐이지요. 그렇다고 그때의 선택을 후회하지는 않습니다. 불확실성을 완벽하게 제거한 이론만이 실용화한다면 과학은 인류 문명에 전혀 도움을 주지 못했을 겁니다. 과학은 불확실하지만 이렇게 인류를 발전시켰습니다. 앞으로도 계속 발전할 것이고요."

"그래도 만약에?"

“비록 불확실하지만, 인간이 진리에 가장 가까이 접근할 수 있는 건 철학도 정치도 문화도 예술도 아닌, 과학적 방법이라는 건 그 누구도 부인하지 못합니다. 분야별 전문가들끼리 서로 믿고 소통하면 진리에 더 접근할 수 있지요. 서로 의심하는 순간 바벨탑은 고사하고 오두막 하나 짓지 못합니다. 인류가 이룬 고도의 문명은 신에 대한 믿음이 아닌 과학과 과학 간의 믿음으로 이루어진 겁니다.”

데이비슨은 제이콥에게 말했다. ‘의심하지 마라. 서로 믿고 협심하면 신의 경지까지 갈 수 있다. 의심하지 마라. 의심하지 마라’라고 말이다. 그는 데이비슨의 말을 머리로는 이해했음에도, 마음속 한자리를 차지한 불편까지 몰아낼 수 없었다. 대학에서 교양과목으로 들은 과학철학 시간에 ‘과학은 의심부터 시작되고, 의심을 멈추면 그건 과학이 아니다’라고 한 교수의 말이 그의 마음 한구석에 떠돌고 있었기 때문이다.

4

KG1은 대지로 전해지는 차의 진동에 순간 머리가 멍해졌다. 한 대가 아니라, 세 대가 눈길을 달려왔기 때문이다. 하지만 열 대가 온다고 해도 기존 작전대로 실행해야 한다. 다른 방법이 없다. 문제는 엠마다. 세 대의 차량을 보고 총을 쏘지 않을 수도 있다. 그렇다면 육탄전이라도 벌여야 한다. 성공 가능성이 더 희박해진다.

드디어, 마지막 험비가 3미터 앞에서 멈췄다. 약속대로라면 엠마가 지금 총을 발사해야 하는데, 조용하다. 우려한 대로 엠마는 총을 발사하지 않았다. 이들이 발사한 총알에 벌집이 되어 죽거나, 얼어서 죽거나, 죽는 건 마찬가지다. KG1은 죽음을 기다리는 것보다 죽음에 마중 나가는 걸 선택했다. 비록 몸은 산산이 부서지고 있지만, 그는 용병이다.

손가락으로 눈을 치워 시야를 조금 넓혔다. 그 순간, 총성이 울렸다. 엠마가 발사한 것이었다. 다행이다. 암살자들이 엠마가 있는 쪽을 향해 총을 난사하기 시작했다. 양철지붕 위에 소낙비가 퍼 붙듯이 요란한 총소리가 들렸다. 그때였다. 그의 눈앞에 있는 험비의 지붕이 열리더니, 암살자 하나가 상체를 불쑥 내밀었다. 암살자는 유도탄 발사기로 엠마를 조준했다. 허허벌판이다. 고성능 망원경으로 목표의 초점을 맞추고 있으면, 지옥까지 쫓아가는 유도탄이다. KG1은 눈 속을 박차고 나와 험비 위로 솟구쳤다. 유도탄 발사기를 들고 있는 남자의 목을 비틀었다. 유도탄 발사기 조준점이 하늘로 향했다. 눈벌판 위로 낮게 엠마를 쫓아가던 유도탄도 푸른 하늘로 솟구쳤다.

KG1은 험비 운전석에 앉았다. 다행히 시동을 끄지 않았다. 핸드브레이크를 풀고, 가속 페달을 힘껏 밟으며 운전대를 틀었다. 험비 차체에 기대어 엠마를 향해 총을 난사하던 암살자 두 명이 바퀴에 치였다. 그때야 사태를 파악한 다른 험비에서 총알이 날아왔다. 그는 최대한 몸을 웅크리고 전속력으로 달렸다. 험비 한 대가 그를 쫓아왔고, 나머지 한 대는 엠마를 향해 눈벌판 위를 내달렸다. 차 안을 둘러 보았다. 반가운 게 눈에 띄었다. 운전석 옆자리에 있는 M4A1 소총과 권총이었다. 그는 잽싸게 권총을 집어 자신의 빈 권총집에 넣었다.

'쉬이익—.'

바람을 가르며 날아오는 유도탄 소리에 KG1은 반사적으로 차에서 뛰어내렸다. 곧바로 차가 검붉은 화염과 함께 폭발했다. KG1은 차에서 30미터가량 떨어진 눈 위에 납작 엎드렸다. 그가 몰던 험비는 차체만 앙상하게 남은 채 지붕과 문짝이 다 날아갔다. 뒤따라오던 험비가 멈췄다. 험비에서 다섯 명이 내렸다. 두 명이 사주경계를 하면서 폭파된 차량을 향해 천천히 접근했고, 세 명이 험비에 몸을 바짝 기댄 채 그들을 엄호했다. 부서진 험비에 접근하는 두 명과 험비 오른쪽에서 엄호하는 한 명이 그에게 완전히 노출되었다. KG1은 먼저 험비를 향해 다가가는 암살자 두 명을 사살했다. 험비의 오른쪽에 있던 암살자가 그를 향해 총을 난사하며 뒷걸음쳤다. KG1은 차분하게 암살자의 이마에 총알을 박았다. 그 순간, 험비 뒤에서 엄호사격을 하던 두 명의 암살자가 앞으로 뛰어나오더니, 부서진 험비 뒤에 납작 엎드렸다.

갑자기 불안이 밀려왔다. 40여 년간 수많은 전장을 누비면서도 불안이 뭔지 모르던 그였다. 그런데 최근에 자주 불안이 몰려왔다. 의사는 말했다. 불안은 파킨슨병 증상 중 하나라고 말이다. 그는 정신을 집중하여 수시로 밀려오는 불안감 사이로 언뜻언뜻 떠오른 냉철

한 이성을 놓치지 않고 꼭 부여잡은 채, 암살자의 행동을 유추해 봤다. 저들은 지금 그를 유인하여 사살하려고 한다. 허공을 조준한 채 기다렸다. 그의 예상대로 그가 조준하고 있는 곳으로 암살자의 총구가 보이는가 싶더니, 팔이 드러났다. 곧바로 팔을 향해 방아쇠를 당겼다. 팔목이 잘린 암살자가 비명을 지르며 일어났다. 고스란히 온몸이 드러났다. 팔이 잘린 동료를 구하려고 옆에 엎드려 있던 암살자가 엄호사격을 하면서 벌떡 일어났다. KG1은 그 순간을 놓치지 않고 암살자 두 명을 사살했다.

엠마는 숨어 있던 도랑을 빠져나와 약속 장소를 향해 무작정 뛰었다. KG1이 차를 훔쳐 도망쳤다. 성공이다. 손에 들린 권총이 거추장스러웠다. 권총을 처음 만져보는 그녀였다. 암살자가 코앞에 있어도 권총을 발사하지 못한다. 그녀는 과감하게 권총을 버렸다. 그녀를 향해 다가오던 험비는 보이지 않고, 세 명의 암살자가 쫓아왔다. 한참을 뛰어가다가 힐끔 뒤를 보았다. 암살자들과의 거리는 점점 벌어졌다. 그래도 속도를 늦추지 않았다. 제시간에 KG1과 약속한 장소에 도착해야 한다.

순간, 발이 쑥 빠졌다. 그녀는 중심을 잃고 앞으로 넘어졌다. 깜짝 놀라 벌떡 일어난 그녀는 깨달았다. 눈이 쌓인 벌판처럼 보였지만 사실 그 아래에는 강이 있다는 것을. 잘못 들어갔다가는 그대로 고꾸라질 것이다. 그녀는 되돌아 나와 강 상류 쪽으로 뛰었다. 쫓아오던 암살자가 셋에서 둘로 줄었다. 물에 젖은 옷에 살얼음이 얼기 시작했다. 멈추면 저들에게 죽든지 아니면 추위에 죽는다. 심장이 터질 때까지 뛰는 수밖에 없다. 한참을 뛰어가다가 멈칫했다. 10여 미터 전방 눈 속에서 검은 물체가 튀어나왔기 때문이었다. 사라진 암살자 한 명이 그녀가 도망칠 예상 경로에 숨어 있었던 거였다. 그렇다고 뒤돌아 갈 수 없었다. 하는 수 없이 엠마는 암살자를 향해 전속력으로 뛰어갔다. 암살자가 희미한 미소를 지으며 두 팔을 벌려 그녀를 잡으려는 순간, 그녀는 뛰어올라 무릎으로 암살자의 턱을 가격했다.

예상치 못한 공격에 암살자가 뒤로 넘어지면서, 그녀의 발목을 잡았다. 엠마도 눈 위로 넘어졌다. 암살자가 비틀거리며 일어났다. 암살자의 오른쪽 입꼬리에서 피가 흘러내렸다. 그녀는 벌떡 일어나 왼쪽 허벅지에 힘을 주고 암살자의 머리를 향해 뒤돌려 찼다. 발뒤꿈치가 암살자의 관자놀이에 정통으로 맞았다. 연속동작으로 암살자의 얼굴을 향해 옆차기했다. 암살자가 그녀의 발을 움켜쥐자 강한 희열이 그녀의 몸을 휩쓸고 지나갔다. 예전에 그녀가 실명시킨 남자와 몸싸움을 벌였을 때와 상황이 똑같았기 때문이었다. 그녀는 왼발을 올려 남자의 어깨를 내려찍었다. 그녀의 발을 잡고 있던 암살자가 뒷걸음쳤다. 일전에 KG1이 했던 말과 달리 이 암살자는 뮌헨 거리에서 흔하게 볼 수 있는 양아치 수준이었다. 엠마는 암살자를 향해 뛰어올라 가위차기를 했다. 오른발과 왼발이 0.1초 간격으로 암살자의 양쪽 관자놀이를 가격했다. 발바닥으로 묵직한 타격감이 전해졌다. 초점이 풀린 암살자의 눈이 하얗게 뒤집히더니, 통나무처럼 앞으로 고꾸라졌다.

숨이 차 헐떡거렸다. 몸속에서 이산화탄소가 급격하게 빠져나간다. 더 지체하면 이산화탄소 부족으로 정신을 잃는다. 그녀는 쫓아오는 암살자 두 명을 피해 다시 뛰었다. 휘어진 강줄기가 앞을 가로막았다. 주춤거리는 사이 암살자들과의 거리가 점점 가까워졌다. 하는 수 없이 강의 얼음 위로 뛰어 들어갔다. 발을 옮길 때마다 얼음 갈라지는 소리가 들렸다. 금방이라도 얼음 속으로 빨려 들어갈 것만 같았다. 그 순간, 무엇인가가 어깨를 뚫고 지나가는가 싶더니 온몸이 뜨거워졌다. 총알이 어깨를 관통한 것이다. 겁이 덜컥 났지만, 관성력에 의해 허벅지의 근육은 계속 움직였다. 드디어 얼음 사이로 가느다란 물줄기가 보였다. 그녀는 속도를 늦추지 않고 그 속력 그대로 유지하면서 물줄기를 건너뛰었다. 반대편 얼음 위에 발을 디디는 순간 얼음이 깨지면서 그녀의 두 다리가 물속으로 빠졌다. 총에 맞은 상체는 뜨거웠고, 물속에 빠진 하체는 차가웠다. 간신히 얼음을 잡고 있던 팔의 힘이 점차 빠졌다. 그녀의 몸은 천천히 가라앉았다. 안간힘을 썼지만, 도저히 버틸 수 없었다. 과호흡으로 인해 정신이 혼미해졌다. 그녀는 품에서 마스크를 꺼내려고 얼음을 잡고 있던 손을 놓았다. 그 순간, 빠르게 흐르는 물줄기에 휩쓸려 얼굴만 내민 채 상체까지 물속에 빠졌다. 얼음 안으로 들어가면 북극해까지 떠내려간다. 마스크를 쥔 손을 얼른 앞으로 뻗었다. 마른 풀이 손에 잡혔다. 그녀는 그대로 정신을 잃었다.

KG1은 적들이 타고 온 험비 운전석에 앉았다. 조수석에 유탄발사기를 보자 든든했다. 엠마와의 약속 시간이 가까워진다. 반드시, 먼저 가서 기다려야 했다. 암살자에게 쫓기는 엠마다. 그가 조금이라도 늦으면 엠마는 과호흡증후군으로 죽을 터였다. 눈 위에 두 줄로 선명하게 찍힌 바퀴 자국을 따라 달렸다. 600미터 가량 달렸을 때, 뭔가에 걸려 차가 덜컥했다. 옆을 보았다. 둥근 수로용 콘크리트관을 나란히 연결하여 만든 다리 위로 진입하면서 차가 흔들렸던 거였다. 하얀 눈벌판 사이로 가늘게 흐르는 강줄기가 보였다. 강물이 꽤 깊었다. 그제야 시베리아 벌판에 난 도로가 왜 곡선인지 의심하지 않은 걸 후회했다. KG1은 강둑으로 난 길로 운전대를 틀었다. 가느다란 강줄기가 살아있는 뱀처럼 꾸불꾸불 흘렀다. 멀리 하얀 눈벌판에 세 개의 검은 점이 보였다. 한 개의 점을 두 개의 점이 쫓고 있었다. 암살자들에게 쫓기는 엠마가 분명했다. 가속 페달을 꾹 밟았다. 순간, 엠마가 시야에서 사라졌다.

KG1은 강둑에 차를 멈추고 엠마가 사라진 곳으로 뛰어갔다. 그의 예상대로 엠마가 강물에 빠졌다. 다행히 엠마는 마른 풀을 붙들고 어깨만 드러난 채 간신히 버티고 있었다. KG1은 눈 덮인 얼음 위로 올라갔다. 곧 숨을 거둘 괴물의 비명처럼 얼음 갈라지는 소리가 들렸다. 무게중심을 분산하고자, KG1은 눈 위에 엎드려 낮은 포복으로 엠마가 있는 쪽으로 기어갔다. 엠마가 움직이지 않았다. 엠마의 어깨는 시뻘건 피로 물들었고, 얼굴이 눈 속에 박혀 있었다. 그녀가 정신을 잃었다. 낭패다. KG1은 엠마의 손에 들린 마스크를 그녀의 얼굴에 씌었다. 그때 엠마가 머리를 들어 올리더니, 힘겹게 눈을 떴다.

"KG1?"

"정신…… 차려……."

"KG1, 왔군요."

엠마는 다시 고개를 떨궜다. KG1은 엎드려 있는 엠마의 겨드랑이에 양손을 끼워 힘껏 당겼다. 엠마의 하체가 얼음 위로 올라오자 얼음이 깨졌다. KG1은 다시 끌어당겼다. 또 깨졌다. 그렇게 대여섯 번 끌어올리자 더는 얼음이 깨지지 않았다. 그 순간, 얼음 위로 조심조심 다가오던 암살자들이 총을 발사했다. KG1은 허벅지에 찬 권총을 꺼내 암살자 둘을 사살했다. 건너편 강둑에서 엄호하던 암살자 세 명이 총을 난사했다. KG1은 얼음 위에 납작 엎드린 채 엠마를 질질 끌어 갈대숲 뒤로 숨었다. 사격이 멈췄다. KG1은 강둑 쪽으로 기어갔다. 강둑을 넘어야 한다. 암살자들도 그 순간을 기다리고 있을 것이다. 그는 패딩점퍼를 벗어 강둑 위로 던졌다. 총알들이 날아와 패딩점퍼가 벌집이 되었다. 사격이 멈췄다. 그 순간, 엠마를 강둑 너머로 밀쳤다. 그리고 KG1도 납작 엎드려 강둑을 넘어가려는 순간 총알이 빗발치듯 날아왔다. 그의 왼쪽 다리와 오른쪽 옆구리에 총알이 스쳤다. 왼쪽 다리는 깊은 상처가 아닌 듯했지만, 옆구리 상처는 꽤 깊었다. 그래도 몇 시간은 버틸 만한 총상이다.

엠마를 업고 험비 안으로 들어왔다. 엠마의 옷은 이미 꽁꽁 얼었다. 그녀의 옷을 벗겼다. 입술이 파르스름하게 변했다. 차 안의 히터를 최대한 높였다. 시동을 끄지 않았기에 차 안은 금방 열기로 후끈했다. 엠마의 온몸을 마사지하자 입술에 연분홍 기운이 돌았다. 그는 차 안에 있던 의료 상자를 열어 엠마의 어깨 상처를 소독하고, 압박 붕대를 감았다.

KG1은 유탄발사기를 들고 강둑 위로 기어 올라갔다. 강둑에 납작 엎드려 강 건너에 있는 험비를 향해 유탄을 발사했다. 곧 차가 찢어지듯이 부서지더니 불길에 휩싸였다. 그는 강둑에서 내려와 다리와 옆구리 상처를 소독하고 붕대로 감았다. 험비의 핸드 브레이크를 풀었다. 가속 페달을 밟았다. 자동차 액정화면의 시간을 보니 5시 47분이다. 강 건너에 있는 암살자들은 시베리아의 추위에 육체가 꽁꽁 얼어 영혼이 이탈하는 경험을 할 것이다.

태평양에 떠오른
은하계

1

데이비슨 박사는 붉게 반짝이는 TS-112를 재빨리 집어 들었다. TS-112가 붉게 반짝인다는 것은 위급상황을 뜻했다. '다섯 개의 은하계가 태평양에 솟아올랐다.' 드디어, 소문으로만 무성하던 은하계의 실체가 드러났다. 언젠가는 떠오를 줄 알았다. 데이비슨은 은하계의 정체가 궁금했다. 모디스 지구환경 관측 위성 영상을 보자 태평양 적도 인근에 나선형 구름 띠가 선명한 태풍 다섯 개가 소용돌이치고 있었다. 누가 봐도 나선형인 우리 은하의 축소판이다.

'다섯 개의 은하계가 다섯 개의 태풍이었다니, 대체 이걸 어떻게 예측한 거지?'

자연적으로 발생하기에는 불가능한 다섯 개의 태풍이다. 그렇다고 현재의 과학기술로 만들어 내기는 더 불가능했다. 하지만 지금 두 눈으로 보고 있다. 믿지 않을 수 없다. 문득, 쿨리가 떠올랐다. 그들의 소행일까. 쿨리 세력이라면 모디스 지구관측환경 위성 영상을 조작하는 것도 아주 불가능한 일은 아닐 것이다. 데이비슨은 곧바로 일본과 한국에서 운영 중인 여덟 개의 기상위성 영상을 불러들였다. 모두 태풍이 찍혀 있었다. 우리 은하계처럼 선명한 나선형 구름의 태풍 다섯 개가 태평양의 동서로 나란히 발생했다. 아무리 쿨리라도, 아니, 그 누구도 모든 위성을 동시에 해킹할 수는 없다.

'태평양에 떠오르는 다섯 개의 은하계'는 쿨리가 운영하는 제우스 인포메이션 센터에서 처음 나온 말이다. 제우스 인포메이션 센터는 다섯 개의 은하계가 태평양에 떠오르는 시점에 시베리아 오이먀콘 메가시티로 이동하라고 회원들에게 계속 각인시켰다. 하지만 은하계가 무엇인지 아무도 몰랐다. 그런데, 누구도 의심할 여지가 없는 너무나 선명한 나선형 은하계가 태평양에 솟아올랐다. 데이비슨은 제우스 인포메이션을 뒤에서 조종하는 쿨리가 마음만 먹으면 못 하는 것이 없는 막강한 힘을 가졌다는 것을 누구보다도 잘 알고 있다. 그렇게 해서 얻은 신용은 과학적 사실보다도 앞서 그들만을 신뢰하도록 종용했다.

"어떻게 다섯 개가 동시에 발생할 수 있지?"

창조주와 소통하지 않고서는 있을 수 없는 일이다.

2

임종우 이사는 엘리베이터에 오르자마자 25층 버튼을 눌렀다. 다행히 엘리베이터 안에는 아무도 없었다. 그는 거울을 보며 매무새를 가다듬었다. 악마의 뿔처럼 왼쪽 뒤통수로 머리가 삐쭉 뻗쳤고, 넥타이 매듭이 오른쪽으로 돌아가 와이셔츠 깃 속으로 반쯤 숨은 채였다. 그는 안주머니에서 휴대용 빗을 꺼내 뻗친 머리를 매만지고, 넥타이의 매듭을 제 위치로 돌려 놓았다.

엘리베이터에서 내려 직원들과 가볍게 손 인사를 하고 자신의 사무실 의자에 앉으며 긴 한숨을 내쉬다가 문득 깨달았다. 그는 회사 중역이다. 조금 늦게 출근한다고 하여 누구도 뭐라 할 사람이 없다. 문득, 직위를 맘껏 누리지 못하는 자신이 한심스러웠다. 그때, 회장실과 직통으로 연결된 인터폰이 울렸다.

'이른 아침부터 왜 부르시는 거야?'

임종우 이사는 15층으로 내려가 회장 비서실로 들어갔다. 평소 같으면 비서실에서 10여 분쯤 대기했는데, 오늘은 곧바로 들어오라는 지시가 떨어졌다. 회장은 자기보다 더 큰 루이뷔통 트렁크에 잡다한 물건을 담고 있었다. 왼쪽 벽면 금고 문도 열려있었다. 무엇보다도 이상한 건, 비서에게 시켜도 될 일을 땀을 삘삘 흘리며 혼자 하고 있었다. 회장의 근엄함이라고는 찾아볼 수 없는, 뭔가에 쫓기는 듯한 행동이다. 회장은 그를 보자마자 서류 봉투를 내밀며 말했다.

"자네도 제우스 인포메이션 회원인 걸로 알고 있는데, 강 비서에게 물어보니 오늘 출근했다기에. 자네는 시베리아로 떠나지 않을 건가? 그래, 그런 사람들도 있다고 하던데, 자네도 그러려나 보지? 그래서 이것 좀 처리해……."

임종우 이사는 회장의 말을 듣다 말고 회장실에서 뛰쳐나왔다. 마침 그가 타고 내려온 엘리베이터가 그대로 있었다. 그는 사무실로 돌아오자마자 제우스 인포메이션에서 온 메일을 열었다. 정보지의 중앙에 '다섯 개의 은하계가 태평양에 솟아올랐다'라는 문구가 있었다.

"왜 하필 오늘이야?"

아내와 딸 민정이가 시베리아 견학을 가서 그는 집에 혼자 있었다. 덕분에 모처럼 혼자만의 시간을 만끽하느라 늦잠을 잤다. 아침에 눈을 떴을 때는 이미 8시 45분이었다. 급하게 출근한 터라 메일함은 아직 열어보지도 못했다. 그는 정신을 가다듬고 정보지의 작은 글씨를 꼼꼼히 읽어 내려갔다. 9월 27일까지 오이먀콘으로 가라는 내용과 함께 이동 경로가 시간 순으로 적혀있었다. 그는 그제야 안도의 한숨을 내쉬었다. 천만다행으로 늦지 않았다. 그가 먼저 해야 할 일은 내일 아침 9시까지 양양 공항에 가는 것이었다. 양양 공항에 특별기가 대기하고 있었다. 이때를 대비해 이미 짐을 다 챙겨 놓았다.

그런데 막상 일이 벌어지니 실감이 나지 않았다. TV를 틀었다. 방송마다 적도 인근 태평양에서 동시 발생한 다섯 개 태풍에 대해 속보를 전하고 있었다. 나선형 구름이 선명한 태풍이다. 정말로 정보지에서 보았던 나선형 은하계 다섯 개가 태평양에서 솟아올랐다. 그때였다. 주머니에서 바르르 진동이 울려 깜짝 놀랐다. 시베리아 오이먀콘으로 견학을 간 아내의 전화였다.

"여보, 나 여기서 못 살겠어. 여긴 벌써 눈벌판이야. 너무 삭막하고 추워. 한겨울엔 더 춥대."

"나도 내일 갈 거야. 오지 말고 기다려."

전화를 끊었다. 그는 바로 집으로 향했다. 운전 중 계속 전화벨이 울렸지만, 받지 않았다.

3

데이비슨은 프리즘 시스템으로 시베리아 정령인 바이러스의 종류를 알아내려고 온갖 방법을 시도했지만 실패했다. 태평양에 다섯 개의 은하계가 떠오르면 79개국 수뇌부와 제우스 인포메이션 회원 및 가족 340만 명은 48시간 내로 시베리아 오이먀콘 메가시티로 집결, 그 이후로는 그곳을 철저하게 봉쇄하는 계획을 세우고 있었다.

'그때 정령인 시베리아 고대 바이러스가 살아나온다면?'

은하계가 문제가 아니다. 바이러스의 종류를 알아내는 게 급선무다. 죽은 베커 박사가 작성한 문서다. 그의 컴퓨터를 뒤지면 단서가 나올 것이다.

"당장 독일 기상기후연구소 내부 인트라넷에 접속해야 합니다."

"정보 심의회를 개최하여 타당성을 검토……."

데이비슨의 물음에 제이콥이 말을 흐렸다.

"그럴 시간 없어요."

이어진 데이비슨의 재촉에 제이콥은 고개를 푹 숙였다.

"또 한 번 경고 받으면 저 아프리카 정글로 발령받을지도 몰라요. 박사님이 책임지세요."

데이비슨은 격하게 고개를 끄떡였다.

"10분 정도 기다리시면 연구소 내부 망에 침투가 가능할 겁니다."

"어떻게요?"

"현재 독일 기상기후연구소 PC 중 외부 인터넷에 연결된 수가 1,531대입니다. 그 컴퓨터를 감시하고 있다가 PC에 보안 메모리스틱을 꼽는 순간 트래커를 몰래 집어넣는 겁니다."

데이비슨은 그제야 제이콥의 침투 방법을 이해했다. 내부 망에서 모든 업무가 수행된다. 하지만 업무를 하다 보면 이메일 등으로 다른 기관과 정보를 주고받을 수밖에 없다. 당연히, 수시로 외부 망에서 내부 망으로 자료를 옮겨야 한다. 이때 메모리스틱을 사용한다. 메모리스틱의 보안을 아무리 완벽하게 한다고 해도 개인용이기에 허술할 수밖에 없다. 메모리스틱을 통해 트래커 파일을 내부 망으로 침투시킨다. 내부 망으로 들어간 트래커 파일은 프리즘만 인식할 수 있는 신호를 무작위로 방출한다. 외부 망과 내부 망이 아무리 완벽하게 분리되어 있다고 해도 대부분 한두 군데 접점이 존재하고, 그곳을 통해 트래커 신호가 나오는 원리다.

"만약에 완벽하게 물리적으로 분리되어 있다면 이 방법도 무용지물이 아닌가요?"

"그리되면 트래커는 다음 단계로 돌입합니다."

"다음 단계요?"

"트래커는 무선장비를 찾아……."

제이콥이 갑자기 말을 멈추고 모니터 쪽으로 고개를 숙였다. 드디어 누군가가 메모리스틱을 컴퓨터에 접속했다는 신호가 떴다. 제이콥은 빠른 손놀림으로 자판을 두드렸다. 1분도 안 되어, 제이콥이 그를 쳐다보며 빙그레 웃었다.

"드디어, 트래커가 보낸 신호가 잡혔어요. 자그마치 외부와 연결점이 15곳이나 있네요. 이리 허술하게 관리하려면 굳이 많은 예산을 들여 내부 망과 외부 망을 분리할 필요가 없는데 말입니다."

제이콥은 먼저 조직도를 보고 연구소 보안 담당자 컴퓨터에 접속해 베커 박사가 사용하던 컴퓨터의 IP를 찾아냈다. 제이콥은 웃으면서 데이비슨 박사에게 자리를 양보했다. 데이비슨은 자리에 앉자마자 컴퓨터의 오이먀콘 폴더로 들어가, 가장 최근의 파일을 열었다. 오이먀콘 식생·기후 연구 기술서 초안이었다. 바이러스 정보를 검색했다. 아무것도 검색되지 않았다. 데이비슨은 기술서를 천천히 읽어 내려갔다.

시베리아 동부와 북부의 대부분을 차지하는 예도마 지역의 영구동토층 아래에 매머드를 비롯한 수많은 생명체가 묻혀있다. 지구온난화로 영구동토층이 얼어 있던 생명체가 녹으면서 엄청난 양의 메탄이 발생해 얇은 영구동토층 아래를 가득 채우고 있었다.

"이럴 수가."

YDM은 시베리아 정령이 아니었다. 예도마(Yedoma)의 이니셜이었다. 그는 그제야 깨달았다. 베커 박사가 고기후 전문가라는 걸 말이다. 고기후 전문가가 바이러스를 연구할 리 없다.

"시베리아 정령의 정체가 메탄?"

그의 뒤에서 제이콥이 중얼거리는 소리가 들렸다. 드디어 모든 의문이 풀렸다. 왜 오이먀콘 집결 날짜가 9월 27일인지, 그리고 그들이 뭐를 노리고 있는지 머릿속에 너무나 선명하게 그려졌다.

데이비슨은 1급 기밀 보고서 양식에 빠르게 타이핑하기 시작했다. 손이 덜덜 떨려 계속 오타가 났다. 겨우 완성시킨 보고서를 곧바로 백악관 에릭 국장에게 보내고, 저궤도 위성으로 오이먀콘 인근을 살펴보았다. 오이먀콘 메가시티와 이어진 세 갈래 고속도로로 수많은 차량이 모여들고 있었다. 마치 비 오기 직전의 개미 떼가 줄지어 가듯이. 특히 시베리아를 관통하여 유럽과 이어진 고속도로에 가득한 1,000킬로미터 가량 되는 차들의 행렬은 마치, 채울 수 없는 욕망에 몸을 맡긴 자들이 지옥으로 향하는 거대한 물결 같았다. 불꽃을 향해 몸을 던지는 불나방처럼 340만 명이 불지옥으로 들어가는 모습. 데이비슨은 그 광경을 멍하니 바라볼 수밖에 없었다.

4

에릭 국장은 데이비슨 박사가 보내온 보고서를 보는 순간, 그동안 머릿속에서 단편적으로 맴돌던 사건의 전모가 명확하게 그려졌다. 호모 오비루나 소탕 작전. 쿨리와 널랜드의 짓이 확실했다. 폭력의 아이콘으로 변질했다고 여겼던 '호모 오비루나'가 어쩌면 미래 인류사에 굵은 제목으로 쓰일 것 같은 생각이 머릿속을 스쳐 지나갔다. 어느 역사학자가 이렇게 말했다. 역사는 승자의 기록이라고. 에릭도 이 말에 공감했다. 그는 보고서를 다시 읽어 내려갔다.

9월 28일 기점으로 예도마 지역에 매장되어 있는 5,000억 톤 메탄 연쇄 폭발. 예도마는 시베리아 동부와 북미 알래스카에 있는 지역으로, 면적이 100만 제곱킬로미터임. 이 드넓은 지역 중 오이먀콘을 중심으로 반경 50킬로미터 이내 메탄 농도가 자연 발화점인 5퍼센트를 초과. 프네우마센터 정상 돔에 메탄을 가득 채운 다음 메탄 농도 최고점이 되는 9월 28일 16시 돔 폭발을 기점으로 주변 지역으로 연쇄 폭발을 일으켜, 끝내는 예도마 전 지역을 불지옥으로 만들려 함.

급하게 작성한 보고서지만, 이해하는 데는 어렵지 않았다. 다른 북반구와 마찬가지로 시베리아도 한여름에 온도가 가장 높다. 하지만 태양 에너지의 전달이 대기보다 느린 땅속 영구동토층 온도는 한여름이 아닌 초가을에 가장 높았다. 프네우마센터 건물과 돔에 고농도의 메탄을 가득 채웠다가, 9월 28일 16시에 폭발시키는 것이었다. 폭발한 열기로 외곽지역의 영구동토층이 녹고, 다시 메탄이 분출되어 자연 발화점 이상의 농도가 되면 폭발을 반복하여 끝내는 예도마 전 지역을 불바다로 만드는 계획이었다. 예도마는 마지막 빙하기인 약 2만 5,000년 전에 만들어진 것으로, 흑해 두 개를 품고도 남는 드넓은 지역이다.

'대책 방안 강구.'

에릭 국장은 데이비슨에게 메시지를 보내고, 엘리베이터에 몸을 실었다. 마침, 오벌오피스에 대통령이 있었다. 그는 곧바로 대통령에게 현재 상황을 보고했다. 더글러스는 보고를 받자마자 긴급 백악관 과학기술 자문회의를 소집했다.

한 시간 45분 후, PDB 멤버 모두 오벌오피스 영상회의실에 모였다. CIA 국장의 얼굴은 납빛이었다. 뾰족한 방법을 찾지 못했음이 분명했다. 정면 대형 모니터에 15명의 얼굴이 나타났다. 백악관 과학기술 정책 자문위원 45명 중 15명만 참석했다. 긴급하게 개최한 회의라고 하지만 너무 적은 숫자다. 에릭은 화면 속 얼굴들을 찬찬히 둘러보다가 깨달았다. 지금 모니터에 비친 전문가들은 과학자의 탈을 쓴 정치가들이라는 걸 말이다.

"최대한 남쪽으로 이동해야 합니다. 그래야 살 수 있습니다."

고기후 학자가 처음으로 말문을 열었다.

"그래도 소용없습니다. 시베리아에서 발생한 연기가 3년 동안 천천히 전 지구를 덮을……."

"그래도 남쪽으로 떠나야 합니다."

미국 해양대기청 소속 기후학자의 말을 막고 에어로졸 전문가가 목소리를 높였다. 북위 30도 위쪽으로는 일주일이 지나면 검은 연기로 뒤덮인다. 그리고 연기는 점차 남하할 것이다. 모든 인류를 호주로 이주시킨다고 해도 3년을 버티지 못한다. 유일한 해결책은 메탄 폭발을 막는 것이다. 그런데 전문가라는 작자들은 온통 도망칠 생각만 하고 있다.

TS-112가 바르르 떨었다. 데이비슨 박사가 메시지를 보내온 거였다. 곧바로 에릭 국장은 메시지를 열었다. 명확한 대책이지만, 시간이 빠듯했다. 에릭은 전문가들의 횡설수설에 반쯤 정신을 놓고 있는 대통령에게 회의를 끝내라고 귓속말로 전했다. 그의 말에 허공을 헤매는 듯한 대통령의 멍한 눈빛이 반짝 빛났다. 에릭과 대통령은 곧바로 오벌오피스로 향했다.

"이런 확실한 방법이 있었다니. 빨리 작전을 수행하시오."

대통령은 보고서를 다 읽고 입가에 미소를 짓더니 말했다. 에릭은 곧바로 사무실로 내려와 TS-112로 카리브해 인공태양 프로젝트에 참여한 명단을 검색했다. 라이너 박사가 리더였다.

"라이너 박사님이십니까?"

"네, 맞는데요."

전화를 건 에릭은 라이너 박사의 목소리를 듣고 안심했다. 오랜 세월 동안 많은 사람을 만나다 보니, 그는 한마디만 듣고도 상대의 성격을 파악할 수 있었다. 논리적으로 설명할 순 없지만, 직감적으로 떠오르는 판단은 대체로 정확했다. 에릭은 최대한 자세하게 현재 상황을 설명했다. 그리고 정중히 도움을 요청했다. 라이너 박사의 도움이 절실했기 때문이었다.

더글러스는 오벌오피스에서 나와 백악관 생활동으로 빠르게 걸어갔다. 예상대로 널랜드는 연구실에 있었다. 더글러스는 널랜드 박사에게 자신이 알고 있는 모든 것을 가감 없이 들려주었다.

"박사님은 모든 것을 알고 있었지요?"

널랜드 박사가 평온한 눈빛으로 더글러스를 쳐다봤다. 그 눈빛을 보자 의심이 확신으로 변했다. 설마 했는데, 모두 사실이었다. 위기는 기회다. 위기를 두려워하면 그 삶은 실패한다. 그가 미국 대통령이 될 수 있었던 건, 위기를 절호의 기회로 삼았기 때문이다.

널랜드는 학자이며 이상주의자다. 그들의 최종 목적이 궁금했다. 이들은 어쩌면 시베리아 대폭발로부터 살아남을 방법을 알고 있을 수도 있다. 목숨을 버리면서까지 이런 짓을 저지를 만큼 무모한 사람은 아니다.

"대재앙으로부터 인류를 구할 방법이 있나요?"

"그럼 있지."

널랜드는 자신 있게 말했다.

"어떻게요?"

"먼저 오이먀콘 프로젝트를 모른 척하고 그냥 놔두게."

"당장, 340만 명이 죽습니다."

"이미 자네들은 수억 명을 죽였잖아. 고작 340만 명이야. 그들만 죽이면 수십억이 살아."

널랜드는 잠시 말을 멈추고, 그를 뚫어지게 쳐다봤다.

"더글러스! 자네는 인류의 운명뿐만 아니라 지구 생명체의 생존까지 쥐고 있어. 자네의 마음만 바꾸면 인류도 지구의 생명체도 신세계에서 풍요롭고 행복한 삶을 다시 시작할 수 있다고. 인간이 아닌 창조주의 처지에서 생각해보게. 그자들을 그냥 내버려 두는 게 최선이야. 끝없는 욕망에 사로잡힌 저자들만 지구상에 사라지면, 지구는 인간이 없던 예전처럼 풍요롭게 변할 거야."

"예수님은 99마리의 양보다 길 잃은 한 마리의 양을 찾아 먼 길을 떠났습니다."

"그들은 양이 아니야. 지금 시베리아 오이먀콘으로 향하는 자들은 호모 오비루나들이야. 그들이 살아 있는 한 지구는 온전치 못해."

"그렇다면, 저도 호모 오비루나라는 겁니까?"

은하계가 태평양에 솟아오르면 더글러스도 오이먀콘으로 떠날 계획이었다. 널랜드 박사가 고개를 숙이며 한숨을 푹 내쉬었다.

"누가 이런 엄청난 계획을 꾸민 거죠?"

"말할 수 없네. 하지만, 더글러스! 냉정하게 생각해보게. 어차피 시베리아 메탄 폭발을 막을 수 없고, 인류의 99.99퍼센트는 어둠 속으로 사라질 거야. 그리고 0.01퍼센트만 살아남아. 그 0.01퍼센트가 현재의 지구를 이렇게 만든 자들만 살아남는다고 생각해봐. 또다시 그들은 끝없는 과욕을 부릴 거고 결국 지구상 생명체는 영원히 사라질 거야. 0.01퍼센트의 인류가 살아남아야 한다면, 지구를 정복하려는 자들보다, 지구의 한 부분으로 살아가는 사람들이 살아남았으면 하는 바람이야. 그뿐이야. 그게 잘못된 건가? 말해보게, 더글러스."

더글러스는 널랜드가 뭐라고 하는지 이해할 수 없었다. 널랜드를 그냥 멍하니 쳐다만 봤다. 잠시 침묵이 흘렀다. 그때, 비서실장이 널랜드의 연구실로 들어왔다, 더글러스는 비서실장에게 명령했다.

"긴급 국가안전보장회의를 소집하세요."

"그럼, 이 사실을 공표할 건가?"

"물론입니다!"

"알잖아, 막아봤자 소용없다는 것을. 어차피 올해 넘긴다고 해도, 1년 내로 시베리아가 불바다로 변한다는 것은 누구도 부정할 수 없는 사실이야. 북반구는 연기와 먼지로 가득해 긴 겨울이 찾아온다고. 그리되면 시베리아의 늑대들이 먹이를 찾아 뉴욕, 파리, 베를린, 로마의 시내를 거닐 거야. 얼어 죽은 사체로 배를 채운 늑대들이 세상을 지배하겠지. 어둠 속에 늑대가 득실거리는 도시로 변할 거라고. 인류를 버리고 시베리아로 떠난 그 이기주의자들을 그곳에서 불에 타 죽게 그냥 놔두라고."

더글러스는 널랜드의 연구실에서 나와 곧바로 오벌오피스로 향했다. 어쩌면 널랜드의 말이 사실일 수 있다는 생각이 들었다. 특정 집단만 살아남고자 인류 최대 프로젝트인 오이먀콘 프로젝트를 수행한 건 누구도 부인할 수 없었다. 그렇다고 하여, 시베리아에 있는 그들을 그냥 죽게 놔둘 수는 없었다.

널랜드는 더는 기다릴 수 없었다. 시베리아 메탄 폭발 계획이 밝혀졌다. 무엇보다도 대통령을 설득하는 데 실패했다. 예상치 못한 상황이다. 잘못하면 오랫동안 준비한 작전이 수포가 된다. 지금이라도 대통령의 마음을 움직여야 한다. 그렇다면, 이 방법밖에는 없었다.

널랜드는 송아지 혈청에 그동안 연구해온 HG-15 항암제를 섞어 베스에게 주입했다. HG-15는 ADRA2b 유전자가 있는 세포를 찾아 죽이는 물질이다. 그는 실험실에서 나와 백악관 생활동 복도를 초조하게 거닐며 수시로 손목시계를 봤다. 30분이 30년처럼 느껴졌다. 드디어 기나긴 30분이 지났다. 실험실로 들어와 PC 모니터를 켰다. 화면 가득 채웠던 동그란 파란 점들이 희미해졌다. ADRA2b 유전자를 가진 암세포의 리더 그룹이 죽었다. 그는 현미경의 배율을 조절하여 일반 세포의 상태를 확인했다. 싱싱했다.

"성공이다."

그는 나직하게 속삭였다. 지금 시베리아로 떠난 저들만 사라지면, 인류는 다시 안전하게 살아갈 수 있다. 베스가 이를 증명했다. 널랜드는 책상 위에 있는 도널드 덕을 집어 들었다. 쿠바 말레콘 해변에서 그녀로부터 받은 무기다. 아무리 백악관 주치의라고 해도 이곳은 백악관 생활동이다. 미국의 대통령과 수시로 마주치는 곳이다. 당연히, 외출했다가 들어올 때는 철저한 검문검색을 받는다. 하지만 도널드 덕은 그 누구도 의심하지 않았다. 당연히 금속 탐지 검색대에서도 걸리지 않는다. 그는 도널드 덕을 안주머니에 넣고 대통령 집무실로 향했다.

더글러스는 국가안전보장회의를 마치고 대국민 담화문을 한 번 더 읽어보았다. 오이먀콘 프로젝트의 진실과 현재 처한 위급한 상황을 명확하게 알려야 했다. 에릭 국장의 작전만 성공하면 1년이란 시간을 벌 수 있다. 1년 동안 인류는 어떻게든 살아날 방법을 찾아낼 것이다. 지금 백악관 기자회견장에 수많은 기자가 모여 있다. 그는 마지막으로 거울을 봤다. 얼굴은 홀쭉하게 살이 빠졌고, 그 살들이 배로 내려온 듯 배는 더 불룩해졌다. 자신이 보기에도 흉한 몰골이다.

"더글러스!"

그는 널랜드 박사의 떨리는 목소리에 돌아봤다. 그가 들고 있는 우스꽝스러운 도널드 덕 인형과 널랜드 박사의 성난 얼굴의 부조화가 묘한 분위기를 자아냈다. 평소 같았으면 한바탕 웃었을 풍경이다. 하지만 더글러스는 잠시 멍한 상태로 그냥 쳐다만 봤다. 그때였다. 바람을 가르는 날카로운 소리가 들리는가 싶더니 그의 왼쪽 가슴에 강한 통증이 밀려왔다. 그는 바닥으로 넘어지면서 책상 밑에 있는 비상벨을 눌렀다. 누군가가 오벌오피스로 뛰어 들어오는 실루엣을 마지막으로 정신을 잃었다.

5

라이너 박사는 백악관 남자의 전화를 받고, 장난 전화가 아니라는 걸 직감했다. 그는 TDC실로 가다가 인공구름팀 연구실 앞에서 멈췄다. 항상 시끌벅적 하던 연구실이 너무나 조용했기 때문이었다, 그는 연구실 문을 열어봤다. 연구실에 빼곡했던 장비와 연구원들이 모두 사라졌다. 문득, 태평양에 떠오른 다섯 개의 은하계가 생각났다.

라이너 박사도 시베리아 음모에 대해 어느 정도는 눈치를 채고 있었다. 흉흉하게 떠도는 소문이 모두 거짓은 아니라는 것을 말이다. 다만 설마 했는데, 설마가 인류를 천천히 잡아먹고 있었다. TCD실에 들어가자마자 오 박사가 그의 뒤를 따라 들어왔다.

“부르셨습니까, 박사님”

오 박사가 열린 실험실 문 앞에 서서 인사를 했다. 카리브해에 와서 2년 동안 있으면서 오 박사는 그의 수족이 되었다. 처음에는 오 박사의 도움이 불편했다. 하지만 열악한 환경에서 늙은 몸으로 생활하는 게 그리 녹록하지 않았다. 그는 못 이기는 척 오 박사의 도움을 받아들였다. 대신 그도 보답했다. 오 박사에게 자신의 경험과 지혜를 아낌없이 주었다. 비록 2년이지만, 20년 지기보다 더 가까워졌다.

"왜 그리 심각하게 쳐다보십니까?"

"자네에게 할 말이 있네."

그는 백악관 남자에게서 들은 이야기를 오 박사에게 최대한 자세히 전달해주었다. 인류의 희망이던 오이먀콘 프로젝트를 추진하다가 중간에 계획이 변경된 것, 그리고 지금의 위급한 상황과 해결방안까지 최대한 자세하면서도 담백하게 말이다.

"인공태양의 범위는 수십 킬로미터입니다. 그런데 예도마는 수백 킬로미터입니다. 어떻게 메탄을 없앤다는 건가요?"

"인공태양의 역할은 메탄을 발화점 이하 농도로 줄이기만 하면 돼. 자네도 알다시피 메탄은 기체라 쉽게 희석돼. 오이먀콘 돔에서 인공태양을 45분만 가동시키면, 예도마 지역 전체 메탄 농도가 자연 발화점 이하로 내려간다는 걸 WMO(World Meteorological Organization: 세계기상기구)에서 수치예보 모델로 밝혀냈어."

"태풍급의 강력한 저기압 발생?"

오 박사의 질문에 라이너 박사가 고개를 끄떡였다. 대기가 열을 받으면 부풀어 오르면서 밀도가 낮아진다. 공기의 밀도가 낮아지면 덩달아 기압도 낮아진다. 물이 위에서 아래로 흐르듯이 고기압에서 저기압으로 바람이 분다. 기압 차가 클수록 바람은 강해진다. 저기압으로 모여든 바람은 지면을 뚫고 땅속으로 들어갈 수 없다. 결국, 바람이 갈 수 있는 방향은 오로지 한 곳밖에 없다. 하늘이다. 하늘로 솟구친 공기는 차가운 공기를 만나 구름이 만들어지고, 비가 온다. 저기압에서 날씨가 나쁜 이유다.

"인공태양으로 달궈진 오이먀콘에 강력한 저기압이 발생하여 주변 공기가 빠르게 모여들고, 다시 인공태양에 메탄이 분해되는 걸 40여 분간 반복하다 보면 메탄 농도가 자연 발화농도 이하로 떨어지는 원리군요."

오 박사는 자신의 상황이 황당하여 희미한 미소를 지었다. 어린 시절 그를 괴롭힌 친구와 선생님 그리고 이를 방관한 사람들을 한번에 죽이고 싶다는 생각에 핵 전문가가 되었다. 그런데, 수백만 명을 살린다고.

"헬 박사님은 동의하셨나요?"

헬 박사도 같이 있어야 인공태양이 가동된다.

"동의했네. 헬 박사의 생체 칩을 이미 내 팔에 심었지. 이제 자네만 동의하면 돼."

"박사님 혼자 가신다고요?"

"최소한의 희생으로 최대의 효과를 거두는 방법이야. 당연한 것 아닌가?"

"제 카드를 박사님께 드릴 수 없습니다. 그럼 같이 가시지요."

"미련한 방법이야."

"시베리아로 가는 동안에 어떻게든 원격으로 차단막을 제거하는 방법을 찾아보겠습니다."

라이너 박사는 잠시 생각하더니, 그를 똑바로 바라보며 말했다.

"그럼 한 가지만 약속하게. 마지막에 한 사람이 남아야 한다면, 내가 남는 거야. 알았지?"

오 박사가 만감이 교차하는 표정으로 그를 쳐다봤다. 오 박사의 가슴속에서 치열하게 싸우는 천사와 악마의 비명이 라이너 박사에게도 들리는 듯했다.

6

엠마의 몸이 심하게 흔들렸다. 눈을 떴다. 그녀를 실은 차가 비포장도로를 빠르게 달리고 있었다. 어깨와 가슴에 압박붕대가 감겨 있었다. 붕대의 끝처리가 말끔했고, 빈틈이 없었다. KG1의 솜씨가 분명했다.

"성공했군요?"

"빨리 이, 이메일…… 확인……."

어깨를 구부린 채 운전하던 KG1이 그녀를 힐끔 쳐다보더니 떠듬떠듬 말했다. KG1의 가슴이 운전대에 닿을 정도로 상체가 구부러졌고, 말도 어눌했다. 마치 감전된 것처럼 이따금 온몸이 경련을 일으켰고, KG1은 그때마다 양손으로 운전대를 움켜잡았다. 손톱이 조금이라도 길었으면 손바닥을 뚫고 들어갈 정도로 운전대를 힘주어 움켜쥐었다.

"의자, 등받이."

그녀가 두리번거리자 KG1이 인상을 찌푸리며 간신히 입을 열었다. KG1의 고통이 그녀에게까지 전해졌다. 의자 등받이 물건 보관함에 노트북이 꽂혀 있었다. 그녀는 노트북의 전원을 켰다. OS가 실행되자마자 이상한 창이 활성화되었다. 그녀는 노트북 모니터의 내용을 읽는 동안 어깨의 통증을 까맣게 잊었다. 너무나 충격적인 내용이었기 때문이다. 믿고 싶지 않지만, 너무나 명료한 자료다.

"빨리 이곳을 빠져나가야 해요. 지금 당장."

"왜?"

"곧 오이먀콘을 중심으로 시베리아가 불바다로 변해요."

"불…… 바다?"

"대폭발 한다고요."

"언제?"

"지금요."

KG1이 주변을 두리번거리더니, 미간을 찡그리며 그녀를 쳐다봤다. 평화롭기만 한 시베리아 눈 평원인데, 뭐가 위험하냐는 듯한 얼굴이다.

"곧 시베리아 대기가 폭탄으로 변해요. 빨리요."

엠마가 다그쳤다.

"어디로……?"

"일단은 남쪽으로 1,200킬로미터."

"일단은? 그럼, 또…… 어디……?"

"4,300킬로미터 아래로요."

"그럼, 북반구를 벗어나야……."

"제발요. 빨리."

KG1은 더는 궁금증을 참을 수 없었다. 차를 멈췄다. 엠마가 들고 있던 노트북을 건네받아, 무슨 내용인지 읽어봤다. 엠마의 말이 사실이었다. 그렇다면, 살아남는 방법은 한 가지밖에 없다. 공항에서 아무 비행기나 잡아타고 이곳을 빨리 벗어나는 것이다. 공항으로 가는 게 급선무다. 인근에 고속도로가 있을 것이다. KG1은 다시 운전대를 잡았다. 하얀 자작나무가 듬성듬성 서 있는 능선을 돌아갔다. 눈앞에 펼쳐진 고속도로를 보자 KG1은 순간 놀라 차를 멈췄다. 러시아워 시간 뮌헨 중앙역 앞 도로처럼, 드넓은 고속도로가 차들로 가득했기 때문이었다.

'지금 이 삭막한 시베리아 눈벌판에서 대체 무슨 일이 일어나고 있는 걸까.'

통증을 잠시나마 잊으려고 KG1은 혼자 중얼거리며, 내비게이션으로 주변 도로를 검색했다. 남쪽으로 길게 이어진 국도가 공항까지 이어졌다. 하지만 고속도로를 가로질러야 국도에 진입할 수 있었다. 고속도로 옆길을 따라 오이먀콘 쪽으로 달렸다. 드디어 고속도로를 가로지르는 좁은 터널을 발견했다. 터널을 통과하자 익숙한 풍경이 펼쳐졌다. 오이먀콘 주민들이 이주한 마을이었다. 공항으로 이어진 길로 가려면 마을의 중앙광장을 통과해야 했다. 그는 속도를 줄이고 천천히 마을로 들어갔다. 중앙광장에 도착했을 때, 누군가가 차 앞을 가로막았다. 루스탐이었다.

"모든 무기를 내려놓고, 이쪽으로 천천히 걸어오세요."

루스탐이 AK47 소총으로 그들을 겨누고 있었다. 총을 한 번도 다뤄 본 적이 없는 어색한 자세였다. 하지만 KG1은 잘 알고 있다. 저런 맹목적인 사람이 전문가보다 더 위험하다는 걸 말이다. 순수할수록, 예측할 수 없기 때문이다. 그는 루스탐에게 최대한 믿음을 주려고, 허벅지의 권총과 발목의 단도까지 벗어서 땅에 내려놓았다. 양손을 들고 엠마와 같이 천천히 그의 곁으로 걸어갔다. 그때, 컨테이너 문이 열리더니 소총을 든 두 명의 남자가 튀어나왔다. 그리고 그 뒤에서 선글라스를 낀 여자가 천천히 KG1을 향해 다가왔다. 엠마가 들고 있던 노트북을 선글라스 여자가 빼앗아 루스탐에게 건네주었다. 잘 됐다. 루스탐이 자료를 보면 이 모든 상황을 알아챌 것이다. 루스탐은 노트북을 잠시 보다가 엠마를 다시 쳐다봤다. 예상과는 달리 표정 변화가 없다. 이미 알고 있었다는 듯한 표정이었다. 아니면 자료가 터무니없어 누구의 장난으로 치부하던지.

"오이먀콘이 대폭발합니다. 빨리 빠져나가야 해요."

"알고 있습니다."

엠마의 말에 루스탐은 담담하게 대답했다.

"그럼, 당신은 이 모든 상황을 이미 알고 있었단 말인가요? 쉘 박사를 누가 죽였는지도요?"

"네, 모든 상황을 알고 있었습니다. 쉘 박사님의 살인자는 그동안 모르고 있었는데, 어제 신문을 보고 알았습니다. 이미 3일이나 지난 신문이었지만요."

"제가 죽이지 않았습니다."

"그럼, 누가 쉘 박사님을 죽였습니까?"

"이 사실을 숨기려는 자들이겠지요. 지금 340만 명이 오이먀콘에 몰려왔습니다. 암살자들이 그들을 모두 몰살시키려고 합니다."

"죽어 마땅한 자들입니다. 쉘 박사님도 살아계셨다면 그들을 몰살시키는 계획에 반대하지 않았을 겁니다."

"그들은 죄가 없습니다."

"저들이 죄가 없다고요? 저들은 38억 년 동안 이어온 지구의 수많은 생명체를 절멸시키려는 자들입니다."

루스탐이 얼굴을 붉히며 소리 질렀다. 루스탐의 목소리는 떨렸다. 험상궂은 표정을 내려고 얼굴을 찡그리며 눈꼬리를 위로 올렸지만, 순수함은 사라지지 않았다.

"저들이 누군데요?"

엠마가 고속도로에 꼼짝없이 갇힌 차량 행렬을 가리키며 물었다.

"호모 오비루나입니다. 저들 중 한 명이라도 살아남으면, 지구상의 모든 생명체는 절멸할 겁니다."

"호모 오비루나요? 그게 뭔데요?"

"이성이라는 성을 쌓아놓고 그 뒤에 숨어 끝없는 욕망을 추구하는 자들입니다. 지구는 물론, 우주를 다 정복해도 저들의 욕망을 채울 수 없는 괴물들이지요."

루스탐은 시베리아의 광활한 평원의 품에서 자랐다. 하지만, 그의 아버지의 아버지의 아버지가 살아온 터전을 잃었다. 루스탐이 쿨리의 계략에 쉽게 넘어간 이유다. 루스탐의 순수함에 저들이 불을 질렀다. 순수함이 증오로 변하면 그 무엇보다도 잔인해진다.

두 명의 암살자가 엠마와 KG1을 포박해서 차에 태웠다. 국도를 달리던 차는 곧바로 오이먀콘 시내로 들어갔다. 도시 중앙에 있는 삼각뿔 모양의 마천루 앞에 차가 멈췄다. 건물 안으로 들어가 엘리베이터를 기다렸다. 그때 KG1은 암살자들 몰래 팔뚝에 박혀있는 생체 칩을 뽑아 바닥에 떨어트렸다. 30분 후면 그의 품에 있는 TS-112가 폭발한다. 엘리베이터의 문이 열렸다. 일행은 169층으로 올라갔다. 암살자들이 텅 빈 미네소타 메트로 돔구장처럼 넓고 둥근 건물 안으로 두 사람을 끌고 갔다. 갑자기 불투명한 돔이 투명유리로 변했다. 멀리 오이먀콘을 감싼 산맥이 흐릿하게 보였다. 암살자들은 그들을 돔의 정중앙에 등을 맞댄 채 포박하여 앉혔다.

"지금 돔 안 메탄 농도가 꽤 높거든. 조심해, 작은 불꽃에도 폭발할 수 있으니까. 시베리아 정령에게 바치는 제물인데 내일까지는 살아있어야지."

선글라스 여자가 마지막 말을 남기고 멀어졌다. 순간, KG1은 뭔가 잘못되었다는 걸 직감했다. TS-112이 폭발하면 돔도 같이 폭발한다는 걸 모르고 있었다. 그가 죽는 건 괜찮다. 하지만, 엠마는 아직 죽을 때가 아니다. 두 명의 암살자가 선글라스 여자의 뒤를 따랐다. 그들이 지나가는 자리마다 불이 켜졌다가 꺼졌다. 그들이 돔을 빠져나가자 돔 안은 암흑으로 변했다.

"미안……."

KG1의 갑작스러운 말에, 엠마는 아무런 말도 하지 못했다.

"곧, 곧…… 폭발……."

"폭발이요? 갑자기?"

"무전기…… 자동…… 폭발……."

"무전기에 폭탄이 장치되어 있어요?"

KG1이 힘겹게 고개를 가로저었다.

"적이…… 정보…… 못 넘기게……."

TS-112는 최첨단 장비이기에 적의 손에 들어가지 못하게 위급한 상황에 직면하면 자동 폭파되는 기능이 있었다. KG1은 이를 이용하여 몸을 묶은 밧줄을 끊으려던 계획을 떠듬떠듬 말했다.

엠마가 키득키득 웃기 시작했다. 통증을 참으며 웃는 엠마의 웃음소리가 반가웠다.

"대폭발 시간은 내일 오후 4시입니다. 당연히 지금은 자연 발화점 이하의 메탄 농도를 유지해야 합니다. 그렇지 않으면 작은 충격에도 폭발할 수 있기 때문이지요. 말은 저렇게 했지만 저들이 바보가 아닌 이상 빨라야 내일 새벽은 되어야 발화점에 도달할 겁니다."

엠마의 말에 KG1은 긴장이 풀려 한숨을 내쉬며 옆으로 누웠다. 총상을 입은 그녀의 오른쪽 어깨가 바닥에 닿았다. 엠마는 비명을 질렀다.

"반대로, 아파요."

"미, 미안. 세, 셋에 일어나."

KG1이 하나, 둘, 셋 하고 외침과 동시에 그녀는 상체를 일으켰다. 어둠 속에서 비릿한 냄새가 났다. 피비린내다. 그녀의 어깨에서 흘러내리는 피다. 따스한 피가 KG1의 손등을 타고 흘러내렸다.

"왜 냄새…… 없……?"

"무슨 냄새요?"

"메탄……."

"메탄은 냄새가 없어요. 일상생활에서 쓰는 가스에서 냄새가 나는 건 가스가 누출됐을 때 금방 알아챌 수 있게 역한 냄새를 풍기는 성분을 혼합해서 냄새가 나는 겁니다."

엠마의 몸이 흐느적거리며 넘어지려고 했다. KG1은 몸을 비틀었다. 품속에 있는 TS-112이 밧줄에 닿게 했다. 그때였다. TS-112 비상

채널로 에릭 국장의 목소리가 들렸다.

"내가 지금 그곳으로 갈 거야. 프네우마센터 돔 안으로 개미 새끼 한 마리 접근 못 하게 해주게."

에릭 국장이 직접 현장으로 온다. 무슨 대안이 있음이 분명했다.

'그럼, 에릭 국장은 인간이 아니라 신이라도 된다는 건가.'

여기까지 생각하자 코웃음이 저절로 나왔다. 살인 기계 KG1과 어울리지 않는 생각이다.

"퍽!"

에릭 국장에게 대답도 하기 전에 TS-112가 폭발했다. 가슴을 해머로 내려치는 듯한 묵직한 통증이 밀려왔다. KG1은 순간 정신을 잃었다.

"괜찮아요?"

멀리서부터 엠마의 목소리가 들려왔다. 점차 의식이 돌아왔다. 그의 예상대로 TS-112가 폭발하면서 밧줄이 끊어졌다. 엠마가 검게 그을린 그의 가슴을 만지며 눈물을 흘렸다.

"괜찮,아……. 이게……."

그는 방탄조끼를 가리키며 말했다. 엠마가 놀란 눈으로 그를 한동안 쳐다보더니, 옆으로 쓰러졌다. 엠마의 어깨에서 피가 계속 흘러내렸다. 응급처치가 필요하다. 일단은 그녀를 부축해 돔 밖으로 나왔다. 갑자기 머리가 맑아졌다. 너무나 이상한 KG1은 주변을 두리번거렸다.

"산소 때문입니다."

"산소?"

"돔 안에 메탄을 폭발시키려면, 산소가 필요하거든요. 돔을 두르고 있는 통로가 폭발 시 필요한 산소로 채워졌기 때문입니다."

엠마의 말에, KG1은 작전 때 이따금 겪었던 악마의 불길을 떠올렸다. 불이 난 건물에 진입할 때, 불길이 보이지 않는다고 함부로 문을 열면 안 된다. 달궈진 내부 공기가 문을 여는 순간, 산소를 만나면 거대한 괴물의 붉은 혓바닥처럼 뜨거운 불꽃이 문밖으로 뿜어져 나오기 때문이었다. 돔을 감싸는 통로가 필요 이상으로 넓은 이유였다.

그는 돔 입구에 있는 터치스크린에서 건물 내 병원을 찾았다. 병원은 없고, 1층에 약국이 있었다. 근육이완제도 있을 것이다. 그는 엠마에게 총을 주며 떠듬떠듬 말했다.

"아무도…… 접근…… 못 하게……."

7

에릭은 백악관 경호 헬기를 타고 앤드루스 공군기지로 향했다. 앤드루스 공군기지에는 블랙워터 B-12팀 25명이 대기하고 있었다. 팀장이 그를 반갑게 맞이하더니 어딘가를 힐끔 쳐다봤다. 한쪽 구석에 뜻밖의 인물이 있었다. 블랙워터 본부장이다. 대부분 블랙워터 본부장은 에릭이 임명했다. 퇴임을 앞둔 그의 부하 중 적임자 한 명을 골라 블랙워터 본부장으로 보냈는데, 이번엔 달랐다. 대통령이 대선 때부터 같이 일하던 정치가를 블랙워터 본부장으로 임명했던 거였다. 백악관에 들어온 지 7년 차쯤에 흔히 하는 대통령의 객기다. 전직 세 명의 대통령도 자신의 인맥을 블랙워터 본부장으로 임명했지만, 그들은 허수아비나 다름없이 있다가 눈치껏 그만두었다. 그런데 이번 본부장은 꽤 오래 버틴다.

"본부장님이 직접 여기까지 마중 나오시다니 영광입니다."

"마중이라뇨. 저도 이번 작전에 참여합니다."

블랙워터 본부장은 미국 정부와 블랙워터 간의 가교역할이 주 업무다. 컴퓨터 키보드만 두드릴 줄 알지, 권총조차 제대로 다루지 못한다. 당연히 현장에 출동하는 경우는 없었다. 그런데 왜? 에릭은 뭔가 섬찟한 기운에 본부장의 얼굴을 응시했다. 본부장은 모든 표정을 날려버린 무표정으로 그를 쳐다만 본다. 그는 본부장의 태도에 직감했다. 대통령의 명령을 받고 이곳에 왔다는 걸 말이다. 하지만 무슨 꿍꿍이인지는 알 수 없었다.

"국장님, 타시지요?"

본부장이 어색한 미소를 지으며 말했다. 입은 웃고, 눈은 경계를 풀지 않은 표정이다. 에릭 국장이 오스프리에 올랐다. 곧바로 오스프리 두 대가 카리브해로 출발했다.

"스와이타오위엔에서 작전할 수 있는 시간은요?"

에릭 국장이 팀장에게 물었다.

"플로리다 키웨스트에 대기 중인 적의 용병이 스와이타오위엔까지 오는 시간이 정확히 한 시간 10분입니다."

"한 시간 내로 모든 작전을 끝내야 하겠네요?"

"네."

에릭의 질문에 팀장이 대답했다.

바람을 가르며 날아가던 오스프리가 천천히 속도를 줄이더니 고도를 낮췄다. 하층운 아래로 내려가자마자 갑자기 동체가 심하게 흔들렸다. 오스프리의 프로펠러가 돌기 시작했기 때문이었다. 오스프리가 수직으로 하강했다. 웅장한 스와이타오위엔이 한눈에 내려다보였다. 그때였다. 오스프리를 향해 총알이 날아왔다. 곧바로 오스프리에 장착된 기관총으로 응사했다. 예상치 못한 첨단 군용기 침입에 인공섬 스와이타오위엔의 몇 안 되는 용병들은 속수무책으로 당했다.

작전은 의외로 쉽게 풀렸다. 문제는 인공태양 이송이었다. 최대한 진솔하고 자세하게 지원요청을 해 놓았지만, 불안감을 감출 수 없었다. 그가 협조 요청을 한 라이너 박사에 대해 아무것도 모르기 때문이었다. 조금만 여유가 있었으면 기본 인적 사항이라도 파악했을 텐데, 그럴 시간조차 없었다. 지금으로서는 직감을 믿을 수밖에 없다.

오스프리 두 대가 헬기장에 착륙했다. 라이너 박사가 알려준 헬기장이었다. 누군가가 헬기장 오른쪽 끝에서 손을 흔들었다. 키가 작고 왜소한 소년처럼 보였다. 이런 곳에 소년이?

인공태양을 실을 트럭이 오스프리 뒤에서 나왔다. 본부장과 용병 다섯 명은 오스프리 경호를 맡고 나머지 용병은 에릭과 함께 소년이 손짓하는 쪽으로 달려갔다. 그들의 뒤를 트럭이 천천히 따라왔다. 가까이서 보니 소년이 아니었다. 동양인 남자였다. 키가 작고 몸이 왜소해서 그렇게 보였을 뿐이었다. 그들은 동양인 남자를 따라 엘리베이터에 몸을 실었다. 엘리베이터에서 내리자 눈앞에 컨테이너 절반 크기의 나무박스가 보였다.

"오시느라 수고하셨습니다. 라이너입니다. 그리고 이분은 오 박사입니다. 시베리아까지 동행할 친구입니다."

왜소한 동양인 남자는 오 박사였다. 엘리베이터에 나무박스를 싣고 곧바로 헬기장으로 올라갔다. 엘리베이터의 문이 열렸다. 그 순간 화약 냄새가 훅 밀려왔다. 오스프리를 경호하던 블랙워터 대원들이 옥상에 쓰러져 있고, 오스프리 두 대는 어디론가 감쪽같이 사라졌다. 갑자기 프로펠러 소리가 들리는가 싶더니 인공섬 우측에서 오스프리 한 대가 솟구쳤다. 그와 동시에 어딘가에 숨어 있던 본부장이 엘리베이터를 향해 뛰어왔다. 오스프리에서 기관총이 발사됐다. 엘리베이터 안으로 총알이 쏟아졌다. 본부장이 엘리베이터에 오르자마자 문이 닫혔다. 곧바로 하강 버튼을 눌렀다. 용병 세 명과 라이너 박사가 그 자리에서 쓰러졌다. 다행히 인공태양은 멀쩡했다.

"박사님!"

오 박사가 라이너 박사를 가슴에 안았다.

"이분이 돌아가시면 인공태양을 작동시킬 수 없습니다."

오 박사의 말에 에릭은 라이너 박사의 상태를 확인했다. 옆구리 관통상. 위급한 상황이다. 의무 담당 용병에게 응급조치 지시를 내렸다. 꼼짝없이 갇혔다. 에릭은 백악관에 도움을 요청했다. 하지만 더 끔찍한 소식만이 되돌아왔다. 대통령이 테러를 당해 혼수상태에 빠졌다는 것이었다. 우선 SCK 응급지원팀장에게 연락했다.

"무인 폭격기를 출격시켜 이곳으로 향하는 항공기나 배를 모두 폭파하고, 지금 이곳 상공에 떠 있는 오스프리도 격추할 것."

"지금 1급 국가 비상사태입니다."

국가 비상 1급 상황이면 군으로 모든 작전권이 넘어간다. 무소불위의 정보기관인 SCK도 모든 임무를 멈춘 채 군의 작전을 도와야 한다. 아무리 머리를 굴려봐도 뾰족한 수가 떠오르지 않았다. 그때 오 박사가 외쳤다.

"지금 항공기 두 대 모두 헬기장에 앉아있습니다. 인공대기 차단막을 씌우면 회전날개 항공기는 이륙할 수 없습니다. 그런 다음 수송기 뒤에서 다가가면 꼼짝 못 할 겁니다."

"인공대기 차단막이요?"

에릭 국장의 질문에 대답도 하지 않고 오 박사는 몸을 휘청거리며 복도를 뛰어갔다. 에릭 국장과 용병 셋이 그를 따라갔다. 오 박사는 스와이타오위엔 중앙 컨트롤 센터로 들어갔다. 어두운 사무실에서 일곱 명이 모니터를 보고 있었다. 총소리에 두려워하던 그들은 무장한 용병들을 보자 겁에 질린 채 멍하니 쳐다만 봤다. 그들에게 오 박사가 말했다.

"지금 당장 대기 차단막을 씌워요!"

오 박사의 말에 누군가 센터 정면에 있는 터치스크린 아이콘을 손바닥으로 누르고, 패스워드를 입력했다. 그러자 대기 차단막이 천천히 씌워졌다.

"따라오세요."

오 박사는 엘리베이터를 타고 어딘가로 올라갔다. 헬기장 북쪽이었다. 오스프리 뒤편으로 올라간 것이었다. 오스프리는 여전히 그들이 타고 내려온 엘리베이터 문을 향해 모든 화력을 집중하고 있었다. 그들은 오스프리를 향해 뛰었다. 50미터쯤 뛰어갔을 때, 오스프리 두 대가 동시에 프로펠러를 회전시켰다. 오스프리가 이륙하는가 싶더니 술에 취한 듯 기우뚱거리며 더는 상승하지 못했다. 대기 차단막을 닫아 동체 상승에 필요한 하강기류가 발생하지 못한 탓이었다. 오스프리에 거의 접근했을 때, 오른쪽 오스프리가 급회전하더니 옆으로 넘어지면서 폭발했다. 거대한 붉은 불길이 치솟았다. 대기 차단막 안쪽으로 연기가 가득했다. 기우뚱거리던 나머지 한 대가 헬기장에 착륙하더니, 조종석에서 누군가 뛰어내려 그대로 도망쳤다. 순간, 차단막이 열리면서 비가 쏟아졌다. 자세히 보니 비가 아닌 내부 스프링클러였다.

"돔을 열었어요."

오 박사가 하늘을 쳐다보며 말했다. 에릭은 시간을 봤다. 한 시간이 지났다. 곧 쿨리의 용병이 도착할 것이다.

"빨리 떠나야 합니다."

인공태양을 실은 엘리베이터가 올라왔다. 트럭에 달린 크레인으로 인공태양을 트럭에 실었다. 트럭이 입을 벌리고 있는 오스프리 화물칸으로 들어갔다. 그 뒤를 따라 모두 탑승했다. 곧바로 오스프리가 좌우로 움직이며 상승하자 헬기장이 점차 작아져 피자 한 판 크기로 줄어드는 것처럼 보였다. 그때였다. 폭발음과 함께 기체가 기우뚱했다. 오른쪽 프로펠러에서 불꽃이 일었다. 적이 발사한 유탄이었다. 오스프리는 곧바로 제트엔진을 점화하더니, 빠른 속도로 움직이기 시작했다. 다만 시베리아 오이먀콘에서의 일이 조금 불편하게 되었다. 프로펠러 고장으로 수직 이착륙이 불가능해졌다. 오이먀콘 분지 외부에 위치한 활주로에 착륙해 임무를 계속해야 했다.

8

더글러스는 인기척에 눈을 떴다. 오른쪽 어깨와 팔의 감각이 사라졌다. 경호원 수십 명이 그를 감싸고 있었다.

"천만다행입니다."

더글러스를 치료하던 의사가 말했다.

"총격입니까?"

더글러스는 도널드 덕에서 발사된 물질이 무엇인지 궁금했다.

"파악 중입니다. 어깨를 뚫고 들어간 상처는 있는데, 뚫고 나간 흔적은 없습니다. 상처를 낸 물질이 몸속에 있어야 하는 데 아무것도 없습니다."

의사가 고개를 갸우뚱하면서 말했다. 이럴 때가 아니다. 널랜드는 미국의 대통령에게 상해를 입혔다. 아무리 낸시의 목숨을 좌지우지 한다고 해도, 용서할 수 없다. 아니, 미국 대통령인 그가 용서한다고 하여 용서되는 사건이 아니다. 더글러스는 경호실장을 호출했다.

"널랜드 박사는요?"

"지하 1층 3호실에 있습니다."

아직 백악관 경호실에서 보호하고 있다. 다행이다. 언제 CIA와 FBI가 들이닥칠지 모른다. 그전에 널랜드의 비밀을 캐내야 한다.

"즉시 데리고 오세요."

경호실장이 망설였다.

"빨리!"

그가 소리를 지르자, 그제야 경호실장이 뒤돌아서서 뛰어갔다. 잠시 후, 경호원 두 명이 수갑을 채운 널랜드를 데리고 왔다. 널랜드의 머리엔 백발이 성성했지만, 눈빛은 여전히 반짝였다.

"더글러스, 나를 원망하지 말게. 난 자네가 미운 건 아니야. 다만, 무한한 욕망을 향해 발사한 것이야."

"인류에겐 욕망을 다스리는 이성이란 강력한 무기가 있습니다. 역사가 이를 말해주고 있습니다."

"역사는 승자의 말을 기록한 허구일 뿐이야."

널랜드의 말이 옳다. 그래서 역사에 정의로 남고자 더글러스는 승리하고 싶었다. 널랜드는 계속 말했다.

"이성도 인간이 다른 생명체와의 경쟁에서 살아남기 위한 진화의 산물일 뿐이야. 이성으로 본능을 다스린다는 것은, 아브라함이 하느님을 종으로 부리는 것이나 마찬가지지."

"인간이 어느 생명체보다도 위대하다는 것을 누구도 부인하지 못할 겁니다. 그리고……."

"나는 부인하네."

더글러스의 말을 막고, 널랜드가 말했다.

"2,000년 동안 모습은커녕 한마디도 하지 않은 하느님의 존재는 믿으면서, 지금 자네 앞에서 벌어지고 있는 상황을 두 눈 똑바로 뜨고 보면서도 믿지 않는 바보 멍청이가 인간이야."

"제가 무엇을 보고 있는데요?"

"낸시."

더글러스는 고개를 숙였다. 널랜드의 말이 믿기 싫지만 사실이다.

"하지만 이제 낸시는 걱정하지 말게. ADRA2b 유전자 세포만 찾아내어 죽이는 물질을 완성했다네. 낸시의 몸에 주입만 하면 암세포는 사라질 거야. 내가 더는 낸시를 돌볼 필요가 없다는 뜻이지."

더글러스는 숙였던 고개를 들어 널랜드 박사를 쳐다봤다.

"더글러스! 인간의 이성이나 도덕, 윤리는 모두 인간이란 종의 번성을 위해 만들어진 것이야. 인류의 종이 위험하면 이성, 도덕, 윤리를 버려야 하는 건 아주 당연해. 무슨 말인지 알겠나?"

더글러스는 널랜드의 말을 이해할 수 없었다. 솔직히 이해할 수 없는 게 아니라, 진실을 받아들이기가 싫었다. 널랜드는 잠시 말을 멈췄다가 이어갔다.

"난 죽는 그날까지 솔직하고 싶네. 그래서 마지막으로 하나만 부탁하네."

더글러스는 그의 부탁을 들어보기로 했다.

"알다시피 난 낸시를 오랫동안 치료하면서 신약 개발에 몰두했고, 지금에서야 완성했어. 낸시에게 그 약을 투입할 기회만 주게. 자네가 나를 믿지 못한다는 걸 잘 알아. 하지만 어차피 저렇게 놔둔 채 내가 사라지면 낸시도 죽어. 자네도 손해볼 거 없잖아. 안 그래?"

"낸시가 살아난다고 해도 박사님은 평생 감옥에서 보낼 겁니다."

"알고 있네."

더글러스가 경호원을 향해 고개를 끄떡이자, 두 명의 경호원이 널랜드의 양옆에 서서 팔짱을 끼었다. 더글러스도 침대에서 일어나 그를 따라갔다. 연구실로 들어가자 널랜드는 냉장고에서 투명 앰플 두 개를 꺼냈다. 하나는 연갈색이었고, 하나는 무색이었다. 두 액체를 주사기에 담아서 낸시의 방으로 향했다.

낸시의 방 앞에서 경호원이 더글러스를 쳐다봤다. 더글러스는 널랜드 박사의 수갑을 풀어주라고 했다. 경호원이 머뭇거리다가 수갑을 풀어주었다. 널랜드는 낸시의 왼쪽 팔뚝 정맥에 연갈색 액체를 주입했다. 그리고 자신의 왼쪽 팔에 무색 주삿바늘을 꽂고 빠른 걸음으로 낸시의 방을 빠져나왔다. 곧바로 널랜드의 얼굴이 일그러지는가 싶더니 복도에 쓰러졌다. 입에서 하얀 거품이 일었다. 널랜드가 더글러스를 향해 손짓했다. 더글러스는 그의 곁으로 다가갔다.

"더글러스, 명심하게. 세 시간 후 낸시의 얼굴에 혈색이 돌 거야. 그리되면 수단과 방법을 가리지 말고 시베리아에 갇혀 있는 호모 오비루나를 전멸시키게. 아무도 믿지 말고, 세 시간 후의 결과만 보고 판단하게. 진실을 외면하지 말게. 제발 이해하려 하지 말고……."

널랜드는 더 이상 말을 잇지 못하고 눈을 감았다. 더글러스는 낸시의 완강한 고집에 널랜드를 백악관에 들였지만, 마음 한쪽엔 항상 찜찜함이 자리 잡고 있었다. 그런데 그의 마지막 눈길에서 진심을 느꼈다. 3일도 아니고 3시간이다. 더글러스는 오이먀콘 대폭발 발표를 3시간 후로 미루기로 했다.

9

루스탐은 쿨리 용병들이 쿠바로 탈출할 때 시베리아에 남았다. 쿠바로 가면 조금 더 생명을 유지할 수 있을지는 몰라도, 어차피 곧 사라질 목숨이다. 타지를 떠돌면서 외로움에 괴로워하기보다는, 아버지의 아버지의 아버지의 영혼이 깃든 이곳에서 생을 마감하고 싶었다. 무엇보다도 그에게는 중요한 임무가 남아있다. 호모 오비루나를 지구상에서 완전히 박멸하는 것. 지금 시베리아 벌판은 호모 오비루나들로 가득하다. 자칫 잘못하면 저들은 이곳을 빠져나갈 것이고, 그리되면 지구 생명체는 저들의 손에 절멸할 것이다. 영리하고 교활한 자들이다. 빨리 해치워야 한다. 그래야만 시베리아에 깃들어 있는 조상들의 영혼을 떳떳하게 만날 수 있다.

그는 항상 궁금했다. 왜 인류의 역사는 살생의 역사였는지. 끊이지 않는 전쟁, 끊이지 않는 종교 갈등. 어느 동물보다도 겁이 많고, 정이 많은 인간이 왜 이렇게 서로 죽여야만 했는지. 그러다 호모 오비루나에 대해 알게 되면서 모든 궁금증이 풀렸다. 우주를 다 지배한다고 해도 만족을 모르는 특이한 생명체. 그것이 바로 호모 오비루나였다.

루스탐은 호모 오비루나 수장이 시베리아에 갇힌 저자들을 구출하고자 한다는 소식을 쿨리 본부로부터 들었다. 그렇다면, 내일 오후 4시까지 기다릴 필요 없다. 돔 안에서 기다리다가 발화점 농도에 이르는 순간 폭발시키면 그만이다. 루스탐은 쿨리 용병들이 철수하면서 놓고 간 25발의 수류탄을 가방에 담아 오이먀콘 프네우마센터로 향했다. 그리고 곧바로 169층으로 올라갔다. 엘리베이터에서 내리는 순간, 또 다른 엘리베이터가 빠르게 올라오고 있었다. 쿨리의 용병들은 모두 철수했다. 그렇다면 호모 오비루나가 보낸 용병이다. 그는 모퉁이 뒤에 숨었다. 드디어 엘리베이터의 문이 열렸다. 예상과는 달리 KG1 혼자 엘리베이터에서 내렸다. 그는 고장 난 로봇처럼 손을 덜덜 떨면서, 종종걸음으로 발길을 옮겼다. 루스탐은 조심조심 다가가 소총의 개머리판으로 KG1의 머리를 내려쳤다. KG1이 앞으로 고꾸라졌다. KG1의 몸은 이미 산산이 부서진 것 같았다. 곧 깨어난다고 해도 그에게 위험을 가할 그런 몸이 아니었다.

시베리아에서는 좀처럼 맡을 수 없는 냄새가 밀려왔다. 종말의 냄새다. 시베리아 벌판이 갇힌 호모 오비루나들이 추위를 몰아내고자 차 안에서 히터를 틀어 자동차 매연이 밀려왔던 거였다. 그의 발길을 따라 희미한 센서 등이 켜졌다. 천국으로 향하는 길이 있다면 이럴 것이라고 그는 생각했다.

"더, 더, 다가오지 마세요."

희미한 어둠 속에서 들려오는 떨리는 목소리에 루스탐은 그 자리에 멈췄다. 엠마였다. 그녀는 돔으로 들어가는 문 옆 벽에 기대어 앉은 채 자신을 향해 총을 겨누고 있었다. 얼굴은 파리했고, 금방이라도 쓰러질 듯이 비스듬히 누워있는 그녀를 향해 천천히 걸어갔다. 총을 들고 있지만, 위험이라고는 눈곱만큼도 느껴지지 않았다.

루스탐이 멈칫하더니 계속 다가왔다. 그녀는 똑똑히 보았다. 조금 전 엘리베이터 앞에서 루스탐이 소총의 개머리판으로 KG1의 머리를 때려 쓰러트리는 모습을 말이다. 루스탐의 순진한 얼굴과 어울리지 않는 잔인한 행동에 혼란스러웠다. 하지만 혼란도 잠시, KG1의

쭈글쭈글한 얼굴을 떠올리자 증오가 밀려왔다. 도저히 용서할 수 없다. 엠마는 눈을 질끈 감고 방아쇠를 당겼다. 건물을 빠져나가지 못한 총소리가 한동안 윙윙거리더니 점차 고요해졌다. 그녀는 감았던 눈을 떴다. 다가오던 루스탐이 무릎을 꿇고 오른쪽 허벅지를 두 손으로 움켜잡았다. 총알이 루스탐의 허벅지를 스쳤다. 그녀는 눈을 감고 다시 방아쇠를 당겼다. 눈을 떴다. 이번에는 빗나갔다. 그제야 루스탐은 오른쪽 다리를 질질 끌며 어둠 속으로 사라졌다.

엠마는 쓰러진 KG1에게 기어가 다시 돔의 문 쪽으로 KG1을 끌고 갔다. 그때, KG1의 호주머니에서 붕대와 약, 주사기가 쏟아졌다. 그녀를 위해 약을 구하러 갔다가 봉변당한 것이다. 그 순간, 갑자기 KG1이 비명을 지르며 몸을 동그랗게 말았다. 그의 얼굴이 붉게 물들었다. 그러고는 몇 번 헐떡거리더니, 숨을 멈췄다. 엠마는 곧장 심폐소생술을 실시했다. 이렇게 허무하게 보낼 수 없었다.

"헉!"

KG1의 입에서 숨이 튀어나왔다. KG1은 눈을 동그랗게 뜨더니, 작은 칼로 자기의 꼬리뼈를 찔러 돌렸다. 옆에서 지켜보는 것만으로도 엄청난 고통이 감지됐다. 그 순간, 새우처럼 바짝 구부러졌던 그의 허리가 펴졌다. 점차 KG1의 숨소리가 편안해졌다. 엠마는 그제야 그가 더 큰 고통을 만들어 온몸을 옥죄는 신경들을 잠시 허리로 집중하게 한 것임을 이해했다. 하지만 응급조치일 뿐이었다. 곧 그의 근육들이 다시 오장육부를 짓누를 것이다.

10

'오이먀콘 메가시티 대폭발 정보 유출. 출처 파악할 것.'

TS-112로 긴급 메시지가 왔다. 데이비슨은 제이콥에게 메시지를 보여 주었다. 제이콥은 프리즘으로 정보의 출처를 추적했다. 출처는 금방 찾았다. RAW(Research and Analysis Wing: 인도정보국)였다. RAW에서 예도마 대폭발 관련 자료를 전 세계 언론사에 뿌렸던 거였다. 미국 정보기관에 인도인들이 가장 많이 근무한다. 최근 급속하게 미국이 주도하는 정책에 사사건건 반기를 드는 인도였다. 곧바로 데이비슨은 시베리아 상공에 떠 있는 UM-113 무인정찰기를 오이먀콘 쪽으로 이동시켰다. 오이먀콘을 중심으로 세 가닥의 긴 줄이 하얀 설원 위에 그어졌다. 오이먀콘과 이어진 고속도로다. 영상을 확대했다. 오이먀콘에서 동쪽, 서쪽, 남쪽 세 갈래로 연결된 8차로 고속도로에 차량으로 가득했다. 오이먀콘으로 향하는 차들은 되돌릴 수 없어 제자리에 멈췄고, 일찍 출발하여 오이먀콘에 도착한 차량도 RAW에서 발표한 대폭발 소식을 듣고 급하게 빠져나오느라 반대 차로도 주차장으로 변했다.

한 시간쯤 지나자, 각국에서 파견한 긴급구조대가 시베리아 벌판에 속속 도착했다. 시베리아 상공에 군용과 민간 헬기 수백 대가 날아다녔고, 신공항 세 곳에는 여객기가 속속 도착했다. 헬기와 여객기 소리에 차 안에 있던 수많은 군중이 차를 버리고 공항으로 또는 헬기가 착륙하는 지점으로 몰려들었다. 드넓은 하얀 시베리아 벌판에 인파로 가득했다. 하지만 헬기와 여객기는 주요 인물만 태우고는 곧바로 이륙했다. 이따금 이륙하는 헬기에 사람들이 매달렸지만, 발버둥 치다가 떨어졌다. 이는 그나마 다행이었다. 헬기 동체에 달라붙은 사람이 너무 많아 끝내는 이륙하지 못하고 뒤뚱거리다가 폭발하는 헬기도 여럿 있었다. 일부 군용헬기에서는 몰려오는 군중들을 향하여 기관총을 난사하기도 했다. 드넓은 하얀 눈벌판이 검붉게 변해갔다. 시베리아가 지옥으로 변하고 있었다.

태양이 지평선에 반쯤 걸렸다. 여전히 헬기들이 떠다녔지만, 어느 헬기도 착륙하지 않았다. 다만 먹을 것과 추위를 막을 물품을 던져주었다. 데이비슨은 무인정찰기를 유럽대륙과 연결된 서쪽 고속도로를 따라 이동시켰다. 오이먀콘과 멀어지면서 차량 간격은 조금씩 벌어졌지만, 역주행하는 차량과 뒤엉켜 움직이지 못했다. 약 1,000킬로미터 지점에서 군인들이 도로를 뚫고 있었다. 날은 서서히 어두워졌다. 저들은 시베리아 눈벌판에서 밤을 지새워야 했다.

날이 어두워지자 헬기들도 모두 철수했다. 검은 어둠이 시베리아를 덮었다. 데이비슨은 무인정찰기 영상을 가시광선에서 적외선 열화상 모드로 바꿨다. 오이먀콘을 중심으로 세 가닥의 연분홍 선이 드넓은 시베리아 평원을 가로질렀다. 영상을 확대했다. 연분홍 선이 수많은 연분홍 점으로 바뀌었다. 고속도로에 갇힌 사람들이었다. 일부는 차 안에 있었고, 일부는 구호 물품으로 만든 임시 거처에 모여 있었다. 그는 연분홍 점들이 어디까지 흩어져 있나 무인정찰기의 고도를 올려 감시 구역을 확대했다. 그 순간 오른쪽 위 화면에 선명한 붉은 띠가 눈에 띄었다. 날개를 활짝 펼친 거대한 불사조 형상이 산맥 사면을 따라 내려오고 있었다. 북동쪽 산맥이다. 구조자들이라면 남쪽이나 서쪽에서 접근했을 터였다.

"저것은?"

옆에서 지켜보던 제이콥이 말을 잇지 못했다. 불사조의 머리 부분의 영상을 확대했다. 늑대 무리였다.

"저 정도면 수천 마리는 될 겁니다."

제이콥이 떨리는 목소리로 말했다. 잠시 침묵이 사무실을 짓눌렀다. 제이콥이 다시 입을 열었다.

"사람들이 모여 있는 곳은 연분홍이지만, 늑대 무리는 먼 거리를 뛰어와서, 몸에 열이 나서 저렇게 붉게 보이는 겁니다. 빨리 지원요청을 해야 해요. 그냥 놔두면 모두 늑대 밥이 될 겁니다."

"이미 늦었습니다."

데이비슨의 말에 제이콥은 영상을 보았다. 붉은 띠는 점으로 흩어지더니 연분홍 점 사이로 스며들었다.

"빨리 오이먀콘으로 떠나게."

늑대 무리에 정신이 팔려있는데, 팀장이 문을 박차고 들어오면서 제이콥에게 말했다.

"저곳으로 가라고요. 왜요?"

제이콥이 모니터 화면을 쳐다보며 겁먹은 표정으로 말했다. 팀장은 아무 말 없이 제이콥에게 한 장짜리 보고서를 보여 주었다. 제이콥은 보고서를 빠르게 훑어봤다.

"왜 이런 짓을? 그런데 어떻게 시베리아로 갑니까?"

제이콥의 순한 얼굴에 분노가 일었다.

"오스프리가 있잖아. 프네우마센터로 고압 전력을 보내지 못하면, 어찌 되는지 잘 알지?"

팀장의 말에 데이비슨은 제이콥의 손에 들려 있는 보고서를 가로채어 보았다. 오이먀콘 메가시티 GCHQ 시스템 점검 차 간 사람들이 누군가에 의해 모두 살해되었다.

팀장은 급하게 사무실에서 나갔다. 핵융합 시스템인 인공태양 가동을 위해서는 1억 와트의 전력이 필요하다. 프리즘 시스템으로 오이먀콘의 모든 전력을 프네우마센터 돔으로 집중시키는 것이 제이콥의 임무였다. 제이콥이 떠날 준비하는 동안에 데이비슨은 보고서를 자세히 읽어봤다. 무엇인가가 머릿속에 떠올랐다. 그는 제이콥의 손을 덥석 잡더니, 간절한 표정으로 그에게 말했다.

"러시아 플라세츠크 우주센터에 들렀다가세요."

"러시아 우주센터는 왜요?"

"시간이 없어요. 자세한 사항은 러시아로 향하는 오스프리 안에서 알려드릴게요. 일단 출발부터 하세요. 빨리."

제이콥이 나가자마자 데이비슨은 곧바로 러시아 플라세츠크 우주 센터로 연락했다.

11

시베리아로 향하는 오스프리 수송기 안에서 에릭 국장은 TS-112를 노트북에 연결했다. 시베리아에 있는 블랙워터 용병의 위치를 파악하기 위해서였다. 다행히 KG1, KG8 둘 다 살아있다. 그런데 둘의 위치가 달랐고, 무엇보다도 KG8의 위치가 이상했다. 오이먀콘 분지 밖 산 중턱 부근이었다. 도로도 건물도 없는 곳에서 밤을 지새우다니 이해할 수 없었다. 첩보위성 영상을 불러들였다. KG8이 있는 곳을 중심으로 적외선 영상을 보았다. 붉은색 띠가 산 사면을 빠르게 내려오고 있었고, 맨 앞에 KG8이 있다. 흡사 수천의 군사를 거느린 장수 같았다. 영상을 확대하자 거대한 늑대 무리의 선두에 KG8이 있었다. 에릭 국장은 기이한 광경을 멍하니 보다가, 깨달았다. KG8이 늑대에게 잡아먹히고 말았다는 것을. 심지어 우두머리 늑대의 밥이 된 것이다. 늑대가 KG8의 등 근육을 뜯어먹다가 칩이 입천장이나 목구멍에 걸린 게 확실했다. 늑대도 포유동물이다. 늑대의 몸속에도 인간처럼 약한 전류가 흐를 터였다. 옹기종기 모여 있는 사람들 틈으로 늑대 무리가 파고들었다. 참혹한 광경이 에릭 국장의 머릿속을 헤집었다. 그는 눈을 감았다.

오이먀콘 상공으로 진입한 오스프리가 몸체를 기울였다. 기체의 흔들림에 졸고 있던 에릭 국장이 눈을 떴다. 어느새, 날이 밝았다. 오스프리가 도시 위를 선회하면서 천천히 고도를 낮추었다. 하늘에서 본 오이먀콘은 마치 거대한 둥지 같았다. 원래대로라면 수직 이착륙 장치로 오스프리가 오이먀콘 내부로 진입했어야 했다. 그러나 현재 오스프리는 프로펠러 고장으로 수직 이착륙을 할 수 없다. 착륙하기 위해서는 활주로가 필요했다.

"도로에 차들이 가득해요. 오이먀콘으로 들어가지 못하겠어요."

조종사의 말에 에릭은 밖을 쳐다봤다. 고속도로에 차들이 엉켜 모두 꼼짝 못 하고 있었다. 차량 행렬 끝은 금방이라도 눈을 쏟을 것 같은 회색 하늘과 맞닿아 있다. 고속도로를 통해서는 오이먀콘에 들어갈 수 없다. 에릭은 태블릿으로 첩보위성 영상을 불러들였다. 지상에 있는 1미터 크기의 물체까지 식별할 수 있을 정도의 고화질 영상이었다. 에릭은 첩보위성 영상으로 오이먀콘 인근을 훑다가 깜짝 놀랐다. 하얀 눈 평원이 붉은 피로 물들어 있었다. KG8을 잡아먹은 수천 마리의 늑대가 밤새 이들을 공격하여 하얀 눈 평원이 붉은 피로 드넓게 물들어 있었다.

에릭 국장은 영상을 보면서 오이먀콘 분지로 진입할 수 있는 도로가 있는지 샅샅이 훑어봤다. 하지만 눈 덮인 시베리아 벌판에서 오이먀콘으로 들어가는 길은 오직 세 개의 고속도로밖에 없었다. 에릭은 첩보위성 데이터베이스에 접속해 15일 전, 눈이 없을 때의 시베리아

위성영상을 불러들였다. 가느다란 물줄기가 시베리아 벌판에 혈관처럼 퍼져 있었다. 그 중 한 가닥이 오이먀콘으로 이어졌다. 그리고 강을 따라 좁은 비포장도로가 있었다. 저곳으로 가면 된다. 조종사에게 오이먀콘 외곽에 있는 공항에 착륙할 것을 지시했다.

"활주로에 사람이 가득합니다!"

조종사의 다급한 말에 에릭은 창밖을 보았다. 사람들이 손을 흔들며 활주로로 모여들었다.

"그래도 착륙하세요."

활주로를 따라 고도를 낮추며 오스프리가 지면에 가까워졌다. 모세의 기적처럼 활주로에 가득했던 사람들이 빠르게 갈라지면서 동체가 마구 흔들렸다. 미처 피하지 못한 사람들이 바퀴에 깔렸기 때문이었다. 힘겹게 오스프리가 멈추자마자 뒤에서 다섯 대의 험비 차량이 쏟아져 나오고, 마지막으로 인공태양을 실은 트럭이 내렸다.

갑자기 눈이 쏟아졌다. 블랙워터 본부장은 남아 두 대의 험비 차량과 함께 수송기를 지키고, 나머지 세 대로 인공태양을 실은 트럭을 호위하기로 했다. 짙은 구름은 더 낮아졌고, 눈송이는 더 굵어졌다. 차가 눈 속을 달리자 눈송이가 바람에 휘날리면서 시야를 가렸다. 드넓은 시베리아 벌판이 눈보라 때문에 하얀 동굴처럼 변했다. 차량은 내비게이션에 의지한 채 하얀 동굴을 뚫고 달렸다.

드디어 북서쪽 오이먀콘 진입로에 도착했다. 도로 위에는 바리케이드가 촘촘히 있고, 검문소 건물이 절벽 아래에 숨어 있었다. 하지만 검문소에는 아무도 없었다. 모두 대폭발 소식을 듣고 철수한 것이었다. 에릭 일행은 천천히 바리케이드를 지그재그로 통과하여 오이먀콘 안으로 들어갔다. 거대한 도시는 조용했다. 그들은 도시 중앙의 프네우마센터로 향했다.

12

제이콥은 무라카야산 중턱 암반 아래에 구축된 프리즘 시스템실로 들어갔다. 팀원 셋이 의자에 앉은 채로 죽어 있었다. 모두 이마에 구멍이 뚫려 있었다. 하지만 총상은 아니었다. 최근 오이먀콘 프로젝트 관련 주요 인물이 원인을 알 수 없는 무기로 죽었다. 그 무기가 확실했다. 며칠 전까지만 해도 사무실에서 가족보다 더 많은 시간을 같이 보내던 동료들이다.

그는 죽어 있는 동료의 눈을 감겨주고 프리즘 단말기 앞에 앉았다. 먼저 프네우마센터 돔의 전기 시설을 점검했다. 다행히 모두 정상이다. 동 · 서 · 남에서 오이먀콘 시티로 들어오는 모든 전력을 프네우마 센터로 집중했다. 그는 곧바로 프리즘 시스템실에서 나와, 대기 중인 오스프리에 올라탔다.

약국에 근육이완제가 없었다. KG1은 밀려오는 복통에 정신이 혼미해졌다. 복근이 쪼그라들면서 내장을 압박했기 때문이었다. 신음조차 나오지 않았다. 그를 자유롭게 움직이게 하던 근육들이, 이제는 그의 몸을 꽁꽁 동여맸다. 오른손이 물속에서 건져올린 물고기처럼 바들바들 떨렸다. 다행히 왼손은 그의 옆구리에 눌려 가만히 있었다.

"힘내세요."

엠마가 두 손으로 그의 오른손을 꼭 잡아주었다. 그도 그녀의 손을 움켜쥐었다. 그제야 떨림이 줄어들었다. 하지만 등의 통증은 더 심해졌다. 그는 칼로 꼬리뼈 부위를 다시 찔렀다. 살을 헤집는 칼의 느낌은 서늘했다. 등의 통증이 점차 사라졌다. 그는 알고 있다. 통증이 사라진 게 아니라, 더 큰 통증 때문에 잠시 잊었다는 걸 말이다.

'그래, 통증은 실체가 없는 감각일 뿐이야. 천하의 KG1이 실체가 없는 유령에게 당할 순 없지.'

그는 속으로 중얼거리며 천천히 허리를 폈다. 그때였다. 육중한 화물용 엘리베이터 문이 열리더니 그곳에서 트럭이 나왔다. 그와 동시에 묵직한 발소리가 들렸다. 누군가 몸에 수류탄을 주렁주렁 달고 트럭 쪽을 향해 뛰어갔다. 루스탐이다. 그가 향하는 곳, 트럭 조수석에는 곰처럼 덩치 큰 에릭 국장이 앉아 있었다.

묵직한 엔진소리에 루스탐은 눈을 떴다. 그제야 어젯밤 허벅지에 총을 맞았던 게 떠올랐다. 그는 상처 부위를 속옷으로 동여매고 그만 정신을 잃었다가 깨어난 거였다. 비몽사몽간에 들려온 엔진소리는 화물 엘리베이터에서 나오는 트럭에서 나는 소리였다. 트럭 위에 있는 나무상자를 보자마자 그는 직감했다. 인공태양이라는 걸 말이다. 다행히 아직 늦지 않았다. 저것만 폭파하면 된다. 의로운 죽음이다. 삶은 끝나도, 생은 윤회한다. 육신은 갈기갈기 찢겨도, 영혼은 시베리아 벌판에서 맑게 빛나리라. 그는 38억 년 동안 수없이 죽어간 온갖 생명체의 영웅으로 남고 싶었다. 먼저 수류탄 한 발을 던졌다. 갑작스러운 폭발에 놀란 트럭이 멈췄다. 그는 트럭을 향해 뛰었다. 총알이 날아왔다. 오른쪽 가슴을 총알이 뚫고 지나갔다. 그럼에도 불구하고, 허벅지의 근육은 계속 움직였다. 트럭 2미터 가량 앞에서 수류탄의 안전핀을 뽑았다. 수많은 총알이 그의 몸에 박혔지만, 몸은 더 가벼워졌다. 뛰어가던 관성력으로 루스탐은 트럭 위로 몸을 날렸다. 마치 무중력의 공간에서 점프한 것처럼 몸이 두둥실 떠오르더니 트럭 위로 사뿐히 올라왔다. 성공이다. 루스탐은 대자로 누워 인공태양을 보며 아주 만족스러운 미소를 지었다.

자살폭탄 테러다. KG1은 루스탐을 향해 뛰어갔다. 에릭 국장이 오이먀콘에 왔다. 뭔가 대책이 있을 것이다. 그는 트럭 위로 한달음에 올라갔다. 잽싸게 안전핀이 뽑힌 수류탄을 열린 엘리베이터 안으로 던지고, 쓰러져 있는 루스탐 밑으로 기어들어 갔다. 하지만 이미 늦었다. 수류탄이 폭발하면서 트럭의 화물칸 뒤쪽 가림막이 날아갔다. 그는 마지막 힘을 모아 인공태양 박스를 올려다봤다. 다행히 멀쩡하다. 정신이 희미해진다. 지난 일들이 주마등처럼 스쳐 지나간다.

비록 가난했지만, 엄마와 고구마를 캐던 어린 시절은 행복했었다. 엄마를 죽인 자들에게 보복하고 타국 땅에서 떠돌던 때 그는 인간이 아닌 총처럼 하나의 살생 무기나 마찬가지였다. 무슨 일이든 반복하면 적응하는데, 용병 활동을 하면서 그렇게 사람을 많이 죽였음에도 적응은커녕 계속 쌓여만 가는 허무감에 괴로웠다. 그러다가 에릭 국장을 만나 조금이나마 누군가에게 도움을 줄 수 있다는 생각을 하면서부터 허무감은 사라지고, 일에 대한 자긍심마저 들었다. 찾아온 파킨슨병에 절망할 만도 한데, 버틴 건 에릭국장 덕분이다. 그는 파킨슨병을 선고받고 항상 죽음을 생각했다. 멋진 죽음을. 그리고 그의 염원이 통했는지 그가 그렇게 원하던 마지막 순간을 맞이했다. 지금 무슨 일이 일어나고 있는지는 확실히 모르지만, 에릭 국장이 위험에 처했고, 그가 구했다. 과정이야 어쨌든 결과가 좋으면 성공이다. 그의 파란만장한 삶도 결론적으로는 성공적이다. 입가에 저절로 미소가 지어진다. 그는 온몸의 긴장을 풀었다. 목의 근육 힘이 빠지면서 저절로 고개가 옆으로 돌아갔다. 그 순간 익숙한 실루엣이 보였다. 엠마였다. KG1은 마지막으로 눈을 부릅떴다. 잠시, 엠마의 모습이 선명하게 보이는가 싶더니 곧바로 흐려졌다. 그 순간 보았다. 그녀의 두 눈에 가득한 눈물을 말이다.

에릭은 뛰어오는 KG1의 모습에 너무나 반가웠다. 하지만 반가움도 잠시 수류탄이 폭발했다. 에릭 국장은 트럭 짐칸에 쓰러져 있는

KG1을 넋 놓고 쳐다봤다. 화약 냄새가 점차 사라지자, 피비린내가 진동했다. KG1의 온몸에 수류탄 파편이 박혔다. KG1은 힘겹게 숨을 들이마셨다가 더 힘겹게 숨을 내뱉었다. 그는 KG1의 가슴에 손을 올려놨다.

"빨리 장비를 옮겨야 합니다."

오 박사의 말에 KG1이 눈을 떴다. KG1은 희미한 미소를 지은 채 에릭 국장의 손을 만지더니 다시 눈을 감았다. 에릭 국장은 곧바로 일어나 트럭 보조석에 앉았다. KG1의 희생을 헛되게 하지 말아야 한다. 인공태양을 실은 트럭이 다시 움직였다. 트럭이 돔의 중앙에서 멈추자 트럭에 달린 크레인으로 나무 박스를 바닥에 내렸다. 오 박사는 곧바로 나무 박스를 벗겼다. 지름 2미터 가량의 금속 공이 안치대 위에 있었다. 의무 담당 용병이 라이너 박사를 부축하여 금속 공에 기대어 비스듬히 눕혔다.

"모두 멀리 떨어지세요. 지금부터 핵융합을 일으키겠습니다."

오 박사가 장비의 전원을 꼽았다. 그 순간 머리카락이 곤두섰다. 초고온의 플라스마를 가두기 위해 발생시킨 전자기장 때문이었다. 전자기장에 놀라 용병들이 뒤로 물러났다.

"30분 후면 강한 자외선과 열이 나올 겁니다. 빨리 철수하세요."

오 박사가 머뭇거리는 주변 사람들에게 한 번 더 강조했다.

"빨리 5킬로미터 밖으로 피하세요. 그리고 인공태양이 가동되고 45분이 지나면 이곳을 폭파하세요."

“만약 이곳에 그냥 있으면요?”

“흔적도 없이 먼지로 변해 사라질 겁니다.”

“그럼, 자동으로 보호막이 사라지나요?”

“너무 급하게 연락받아서 그것까지는 준비 못 했습니다.”

“당신과 라이너 박사님은요?”

오 박사가 하얀 이를 보이며 밝게 웃었다.

“제가 남아서 수동으로 없앨 겁니다. 지금 서두르지 않으면 모두 죽습니다. 빨리 나가세요.”

에릭은 하는 수 없이 다시 트럭에 올라탔다.

엠마는 문에 기대어 앉은 채 눈앞에서 일어나는 상황을 멍하니 지켜보았다. 아직도 KG1의 마지막 눈동자가 아른거린다. 그녀는 무의식 중에 노래를 흥얼거렸다. KG1이 매일 밤 잠꼬대하면서 부른 노래다.

‘뜸북뜸북 뜸북새 논에서 울고, 뻐꾹뻐꾹 뻐꾹새 숲에서 울제…….’

어린시절 할머니가 이따금 불러주던 노래였다. 너무 많은 피를 흘려서 그런지 졸음이 밀려왔다. 그녀는 눈을 감았다가 갑자기 들려온 트럭 엔진 소리에 힘겹게 눈을 떴다. 돔 안에 있던 트럭이 화물용 엘리베이터 안으로 들어갔다. 돔 안에 젊은 남자와 늙은 환자만 남겨둔 채 모두 떠났다. 엠마는 구해달라고 소리를 질렀지만, 아무도 쳐다보지 않았다. 그녀의 목소리가 겨우 입 밖으로 나오자마자 곧바로 흩어졌기 때문이다.

두두! 두두두두!

멀리서부터 들려오던 기관총 소리가 공항으로 다가가면 갈수록 더 커졌다. 드디어 활주로 위에 있는 오스프리가 멀리 보였다. 사람들이 개미 떼처럼 오스프리를 향해 몰려갔고, 두 대의 험비에서 기관총을 난사하고 있었다.

트럭이 활주로에 진입했다. 뒤에서 트럭을 경호하던 세 대의 험비가 트럭을 앞질러 가더니, 오스프리를 지키던 용병들과 합세하여 몰려오는 군중을 향해 기관총을 발사했다. 눈벌판에 연분홍 영산홍이 만발했다. 마치 수십억 년 동안 응축한 분노가 폭발하는 것 같았다. 끝내 인류는 시베리아의 광활한 대지에 지옥도를 펼쳐놓았다.

세계 각국이 공동 대응하면 막을 수 있는 참사였다. 하지만 미국 대통령 더글러스는 끝내 진실을 알리지 않았다. 더글러스는 철두철미한 개인주의자다. 더글러스는 개인의 안위를 위해서는 얼마든지 국민을 배신할 수 있는 사람이다. 아무리 정의롭고 신의로 똘똘 뭉쳐진 사람이라고 해도 정치판에 발을 디디는 순간 모든 정의와 신의가 무너진다. 자신이 속한 정당이 권력을 잡을 수 있다면 개인의 정의와 신의를 과감하게 버려야 하는 게 정치인이기 때문이다. 정당의 이익이 정의고 정당의 이익이 신의다. 정의롭던 사람도 정치판에 뛰어들면 미친개처럼 변하는 이유다. 당연히 배신할 수 없다면, 미국 대통령을 할 수 없었다. 그러기에 더글러스 잘못만은 아니다.

지금 저들은 시베리아가 불바다로 변한다고 철석같이 믿고 있다.

어차피 죽을 것 불에 타 죽느니 총알이 심장을 뚫고 지나가 고통 없이 죽기를 간절히 바라는 심정으로 몰려오는 사람들이다. 그러다가 운이 좋으면, 오스프리를 얻어 타서 생명을 건질 수 있을지도 모른다는 작은 희망의 몸부림은 치열했다. 사람들은 끝없이 밀려왔다. 드디어, 트럭이 오스프리의 화물칸으로 들어갔다. 오스프리 동체의 문이 닫혔다. 오스프리가 천천히 움직였다.

활주로엔 수많은 사람이 손을 들어 오스프리 이륙을 저지하려고 했다. 많은 이들이 오스프리 바퀴에 깔렸다. 에릭은 좀비 떼처럼 떠도는 그들을 멍하니 쳐다보다가 순간 스쳐 지나가는 기이한 모습에 시선이 꽂혔다. 시체가 겹겹이 쌓여있는 곳에서 울고 있는 어린아이를 본 것이다. 곱슬머리에 붉은색 나비 핀을 꼽은 동양 여자아이였다. 아이는 쓰러진 중년 남녀 사이에 꿇어앉아 입을 크게 벌린 채 서럽게 울고 있었다. 그때, 회색 늑대 한 마리가 아이의 목덜미를 물고 머리를 흔들었다. 두렵고 무서웠다. 그동안 한 번도 느껴보지 못한 감정이었다. 겁에 질린 아이의 눈동자가 그의 뇌리에 박혔다. 저 어린 것이 무슨 죄가 있다고? 오스프리가 무사히 활주로를 박차고 하늘 높이 올라가자 그제야 두려움이 사라졌다.

13

제이콥을 태운 오스프리가 프네우마센터 앞 광장에 착륙했다. 제이콥은 러시아 우주센터에서 가지고 온 작은 캐리어를 오스프리 조종사에게 주었다. 조종사는 캐리어를 열어보더니, 그를 향해 엄지를 추켜올렸다.

제이콥은 곧바로 큰 캐리어를 끌고, 169층 전망대로 올라가는 엘리베이터에 몸을 실었다. 엘리베이터는 빠르게 올라가다가 멈췄다. 제이콥은 엘리베이터에서 내려 돔을 향해 걸어갔다. 누군가가 벽에 기댄 채 쓰러져 있었다. 가까이 다가갔다. 그동안 사진과 영상으로만 봤던 엠마 박사였다. 제이콥은 그녀의 몸을 흔들었다. 그녀가 눈을 부스스 떴다.

"여기가 어디지요?"

"프네우마센터입니다."

그의 말에 엠마의 눈동자가 순간 커지는가 싶더니, 외쳤다.

"빨리 이곳을 벗어나야 합니다."

그녀는 다시 고개를 떨구었다.

"제가 누군지 아시는지요?"

그녀는 힘겹게 고개를 들어 그를 쳐다보더니 고개를 가로저었다. 그는 데이비슨 박사가 엠마에게 보낸 메일의 내용을 생각해냈다.

"제가 박사님께 '스노우나라야' 메일을 보낸 사람입니다."

남자의 말에 엠마는 정신이 번쩍 들었다. 이제야 쉘 박사가 보낸 메일의 의문점이 풀렸다. 쉘 박사였다면 그녀를 이런 지옥으로 보내지 않았을 것이다. 그녀를 이 지옥으로 보낸 사람이 지금 그녀의 눈 앞에 있다.

"그럼 KG1과 계속 연락을 주고받던 그분?"

"네, 맞습니다. 제 이름은 제이콥입니다."

"저는……."

"알고 있습니다. 엠마 박사님이시죠?"

그녀와 비슷한 나이의 젊은이였다.

"그런데 왜 이 불지옥으로 들어왔지요?"

남자는 아무 말도 하지 않은 채, 그녀를 골똘히 쳐다만 봤다.

"빨리 이곳에서 도망치세요."

그녀의 말에 젊은 남자는 울상을 지었다.

작전이 엉망진창이 되었다. 제이콥은 어찌할 바를 몰라 머리카락을 쥐어뜯었다. 그와 엠마 박사 둘 중 한 명은 살아남을 수 없다. 당연히 오늘 처음 보는 그녀를 이곳에 죽게 내버려 둬야 한다.

'그런데 왜 고민될까?'

더는 지체할 수 없다. 일단, 엠마 박사를 데리고 돔 안으로 들어갔다. 설상가상으로 돔 안의 상황은 더 절망적이었다. 한 명으로 알고 왔는데, 두 명이 있었기 때문이었다. 더군다나 그 중 한 명은 심한 상처를 입은 상태였다. 160센티미터 정도의 키에 깡마른 남자가 놀란 토끼 눈으로 그들을 쳐다봤다. 깡마른 남자는 오 박사였고, 상처를 입고 누워있는 늙은 남자는 라이너 박사였다.

"늦진 않았네요."

제이콥의 말에 오 박사의 눈동자가 헛것을 본 것처럼 멍해졌다. 마치, 지옥으로 스스로 걸어서 들어온 천사를 보기라도 한 것처럼.

"혹시 저건?"

상처를 입고 비스듬히 누워있던 라이너 박사가 캐리어를 바라보며 희미한 미소를 지었다. 제이콥은 그제야 보았다. 캐리어에 찍힌 러시아 우주센터 로고를 말이다.

"빨리 열어 봐."

제이콥이 두리번거리자 라이너 박사가 재촉했다. 제이콥은 캐리어를 열었다. 캐리어 안에 있는 우주복을 보자마자 라이너 박사의 입가에 희미한 미소가 번졌다.

"이쪽으로 끌고 와서 꺼내 봐."

라이너 박사가 캐리어를 가리키며 힘겹게 말했다. 오 박사가 캐리어를 라이너 박사 앞까지 끌고 가더니, 우주복 두 개를 꺼내 들었다. 우주에서 입는 우주복의 무게는 100킬로그램이 넘어 지구상에서는 중력 때문에 입고 걸어다닐 수 없다. 하지만 오스프리가 영국에서 러시아 우주센터로 가는 동안 데이비슨 박사가 러시아 우주센터 담당자에게 부탁하여 자외선과 열 차단 기능만 유지하고 기압을 조절하는 테크론 기능 등을 제거한 덕분에, 입고 충분히 걸을 수 있다고 했다. 기능이 단순화됨에 따라 내부 공간도 넓어졌다. 세 개의 우주복을 가지고 왔다. 하나는 오스프리 조종사가 입고, 두 개를 큰 캐리어에 넣어 프네우마센터 돔으로 온 것이다. 데이비슨 박사는 돔 안에 한 명만 있을 거라고 했다. 우주복이 아무리 커도 네 명이 들어갈 수는 없다. 더군다나 제이콥은 다른 사람보다 훨씬 덩치가 컸으며, 라이너 박사와 엠마는 중환자였다.

"지금부터 내가 하는 말 잘 들어."

우왕좌왕하는 제이콥을 보고 라이너 박사가 힘겹게 입을 뗐다.

"저 상처 입은 젊은 여자와 오 박사가 큰 우주복 안으로 들어가게. 젊은 여자가 먼저 들어가 오 박사를 목말 태워. 오 박사가 인공태양 차단막을 제거하려면 손을 써야 하고, 헬멧으로 밖을 보아야 하니……."

그는 가쁜 숨을 쉬면서 잠시 말을 멈췄다.

"그리고, 자네!"

라이너 박사가 제이콥을 쳐다보며 말했다.

"자네는 작은 우주복을 입어. 그리고 차단막이 제거되면 뒤도 돌아보지 말고 캐리어에 저들을 싣고 이곳을 빠져나가게."

"박사님은요?"

오 박사가 눈물을 글썽이며 말했다.

"난 이미 끝났어. 간신히 버티고 있는 거야. 괴로워. 나를 그냥 놔두게. 제발."

라이너 박사가 오 박사를 향해 손짓했다. 긴히 할 말이 있는 것 같았다. 오 박사는 라이너 박사의 입에 귀를 댔다.

"누구나 가슴속에 증오하는 사람 한 명쯤은 간직하고 있어. 그렇다고 누구나 복수하는 건 아니지. 증오의 칼날을 휘두르면, 가장 많은 상처를 입는 건 상대가 아닌 자신이기 때문이야. 증오를 가슴 속에 묻어두지 말고 지금처럼 행동하며 자네의 삶을 살아. 그러다 보면 증오도 삶의 일부가 될 거야. 알았지?"

라이너 박사의 말이 옳았다. 그는 내내 자기를 괴롭힌 거였다. 그가 그토록 증오하던 사람들은 그때를 기억도 못 할 것이다. 그런 사람들에게 복수해봤자, 또 다른 증오만 잉태할 뿐이었다.

라이너 박사는 눈을 감더니 고개를 숙였다. 제이콥은 잽싸게 작은 우주복을 입고, 엠마를 큰 우주복 안에 밀어 넣었다. 그리고 그 위에 오 박사가 들어갔다. 오 박사는 인공태양 상태를 나타내는 게이지에서 눈을 떼지 않았다. 플라스마가 활성화되려면 52초 남았다. 그때까지 라이너 박사가 살아있어야 한다. 그는 라이너 박사를 쳐다봤다. 텔레파시가 통했는지 라이너 박사의 깊고 푸른 눈동자와 마주쳤다. 근심 걱정 없는 눈동자다. 걱정하지 말라는 눈동자다. 이 위기를 벗어나라는 눈동자다. 오 박사는 알았다는 듯이 눈을 깜빡였다. 라이너 박사도 눈을 한 번 깜박이더니 다시 고개를 숙였다.

드디어 게이지에 0이 나타났다. 오 박사는 자외선 차단막과 열 차단막을 차례로 제거했다. 우주복 안으로 무엇인가가 쏟아져 들어오는 느낌이 들었다. 그는 고개를 돌려 라이너 박사가 누워있던 곳을 보았다. 라이너 박사는 밝은 빛 속으로 사라져 보이지 않았다.

오 박사는 밀려오는 슬픔에 눈을 감았다가 헬멧을 두드리는 소리에 눈을 떴다. 눈앞에 제이콥의 얼굴이 보였다. 제이콥이 입을 크게 벌려 물었다. 다 끝났냐고. 그가 고개를 끄떡이자 곧바로 그를 캐리어에 밀어 넣었다. 오 박사와 엠마를 실은 캐리어는 뚜껑이 열린 채 어디론가 빠르게 굴러갔다. 가랑이 사이에 끼어 있는 엠마가 꼼지락거렸다. 오 박사는 하얀 빛 이외에는 아무것도 보이지 않았다. 어렸을 때 이따금 꿈속에서 보았던 천국의 모습이었다.

캐리어와 함께 오스프리에 오르자마자 수직으로 이륙했다. 저기압에 강한 상승기류가 생겼다. 검은 구름이 오이먀콘을 감싼 산맥을 넘어오면서 강풍이 휘몰아쳤다. 굉음과 함께 위로 올라가던 오스프리가 제트엔진을 켰다. 빠른 속도로 오이먀콘에서 멀어졌다. 10분 후에 우주복을 벗었다. 엠마의 어깨에서 피가 흘러 내렸다.

인공태양의 열기에 강한 상승기류가 발생하여 마치 블랙홀처럼 오이먀콘을 중심으로 주변 공기가 모여들었다. 산 사면을 따라 상승한 공기가 단열팽창으로 응결하면서 점차 구름이 두꺼워지더니, 오이먀콘을 중심으로 소용돌이쳤다. 소용돌이 구름은 상승기류를 타고 대기권 밖까지 올라갔다. 곧바로 골프공만한 우박이 쏟아졌다.

인공태양이 가동된 지 45분이 지났다. 에릭은 조종석 안으로 들어갔다. 그는 오스프리에 장착된 무기의 목록을 봤다. 다행히 SBD 탄이 두 발 있었다. 메탄이 집중적으로 모이는 프네우마센터와 돔을 파괴하기에는 적당한 무기였다. 그때, 대통령으로부터 긴급 무선이 왔다.

"아내가 살았소. 아내가 살았다고요. 당장 인공태양 가동을 중지하시오. 당장……."

에릭은 무전을 끊었다. 설마했던 우려가 현실이 되고 말았다. 대통령이 널랜드에게 넘어간 것이다. 그때였다. 블랙워터 본부장이 조종석 출입문을 두드렸다. 에릭은 문을 열어주지 않았다. 본부장은 이미 대통령과 한통속일 것이다. 에릭은 한치의 망설임도 없이 미사일 발사 버튼을 눌렀다.

프네우마센터가 무너지면서 거대한 먼지구름이 일었다. 그때, TS-112이 울렸다. 쿨리 수장의 위치가 드디어 밝혀졌다. 쿠바였다. 예상했던 바였다. 오이먀콘 분지를 빠져나온 오스프리는 동쪽으로 날아갔다. 에릭은 오스프리 화물칸으로 향했다. 산소마스크를 쓰고 있는 KG1의 옆에 의무 담당 용병이 앉아있었다.

"상태는요?"

의무 담당 용병이 고개를 가로저었다. 땅에서 평생 살아온 KG1이다. 하늘에서 죽게 놔둘 수 없다. 곧바로 조종실로 돌아왔다. 가장 가까운 종합 병원이 알래스카에 있다.

"알래스카 앵커리지로 간다."

지금 미국 영토로 가는 건 자살행위나 마찬가지다. 하지만 KG1을 위해서는 어쩔 수 없었다, 오스프리는 알래스카 앵커리지 공항에 착륙했다. KG1은 대기하던 구급차에 실려 빠르게 활주로를 빠져나갔다. CIA 요원 세 명이 그에게 다가오더니 정중하게 그들이 타고 온 검은색 SUV를 가리켰다. 에릭 국장은 차를 향해 천천히 걸어갔다. CIA 요원들이 VIP 경호 대형으로 그의 뒤를 따라왔다. 에릭 국장에 대한 마지막 예우였다.

차는 어디론가 빠르게 달렸다. 아마 B-2 벙커일 것이다. 그의 짧지 않은 인생 여정의 마지막을 자기가 설계한 벙커에서 맞이할 줄은 한 번도 생각해본 적이 없었다. 그래도 괜찮다. 그가 존경하고 사랑하던 사람들은 대부분 죽었다. 그리운 사람들이 이승보다 저승에 훨씬 많다. 그의 나이쯤 되면 죽음은 아침에 떠오르는 해처럼 평범했다.

블랙워터 본부장은 에릭 국장을 CIA에 넘기고, 알래스카 아일슨 공군기지로 향했다. 그곳에서 수송기를 타고 곧바로 쿠바 관타나모 미군기지로 날아갔다. SUV 차량 다섯 대에 20명의 용병을 태우고 관타나모 미군기지에서 나와 쿨리 본부가 있는 아바나로 향했다. 아바나 차이나타운의 좁은 골목으로 차들이 돌진하자 길가에 널브러진 좌판에서 생선과 과일들이 깨지면서 과육이 차창에 달라붙었다. 웃통을 벗고 있던 상인들은 혼비백산하며 뒤로 물러났다. 드디어 목적지에 도착했다. 용병 15명이 건물을 감쌌다. 용병 한 명이 창문 안으로 연막탄을 투척했다. 잠시 기다렸다가, 팀장의 지시에 침투조 용병들이 정문을 박차고 안으로 진입했다.

"이곳에 지하실이 있습니다."

순식간에 암살자들을 제압하고, 용병 세 명이 지하실 계단을 내려갔다. 요란한 총소리가 들리는가 싶더니 멈췄다. 팀장이 사격 자세를 취한 채 계단을 천천히 내려갔다. 본부장도 팀장의 뒤를 따라갔다. 열린 문 안으로 발을 디딘 순간, 발에 뭔가가 걸렸다. 얼굴이 피범벅인 여자가 쓰러져 있었다. 이미 숨이 멎었지만, 한쪽 눈을 동그랗게 뜨고 그를 쳐다보는 듯했다. 눈알이 금속으로 되어 있어 눈이 감기지 않은 채였다. 본부장은 섬뜩한 여자의 눈이 바닥을 향하게 발로 지그시 밟고, 지하실 안으로 들어갔다. 지하실 한가운데에 노인이 앉아있었다. 지구촌 5분의 1의 자본을 보유한 자. 인류를 전멸 직전의 순간까지 몰아넣은 사람치고는 너무나 초라한 행색이다.

"모시고 오라고 하셨습니다."

"누가? 설마 백악관 주인 양반이?"

"각하께서 영부인이 살아났다고 전하면 아실 거라 하셨습니다."

데이비슨은 지구환경관측위성 영상을 띄웠다. 적도 인근에서 맴돌던 다섯 개의 은하계가 감쪽같이 사라졌다. 분명 거대한 태풍이었는데, 이렇게 갑자기 사라지다니? 그는 전 지구 수치예보 모델로 분석한 일기도를 보았다. 뭔가 이상했다. 태풍이라면 등압선이 조밀하고 둥글어야 하는데, 등압선이 듬성듬성했고, 원형이 아닌 수평으로 그어져 있었기 때문이었다. 그렇다면 다섯 개의 태풍은 자연적인 현상이 아니다. 과거 영상을 차례로 불러들여 15분 단위로 나열했다. 시간이 지남에 따라 다섯 개의 구름 덩이가 나선형으로 넓어졌다. 그는 같은 시간대의 첩보위성 영상을 불러들여 태풍을 확대했다.

'이럴 수가?'

태풍이 아니었다. 인공구름이었다. 드론으로 응결핵을 뿌려 인공구름을 발생시키고, 이를 마치 태풍처럼 보이도록 만든 것이었다. 한 시간 간격으로 드론이 떠올라, 나선형을 그리며 비행하다가 연료가 떨어지면 바다로 추락하기를 7번 반복했다. 7시간 동안 나선형을 유지하기 위해 모두 35개의 드론을 띄웠다. 너무나 손쉬운 방법인데 왜 의심하지 않았을까? 그는 그 누구보다도 잘 알고 있었다. 인공구름으로 지구의 절반을 가릴 수 있다는 걸 말이다.

지금 이러고 있을 때가 아니다. 데이비슨은 연락이 끊긴 에릭 국장의 위치를 프리즘 시스템으로 찾았다. 알래스카 B-2 벙커에 갇혀 있었다. 데이비슨은 제이콥을 태운 오스프리의 항로를 알래스카로 돌렸다. 그러고는 프리즘에 탑재된 S-LLM 작동시켰다. 아직 실용화 이전 단계의 베타버전이지만, 제이콥이 잠깐 쓰는 걸 보고 깜짝 놀랐다. 완벽한 언어지원까지 되었기 때문이다. 질문만 잘하면 우주의 진실까지 찾아낼 수 있는 최상의 대화형 인공지능이다. 이런 시스템이 완벽한 음성지원까지 가능하게 만들어 냈다. 뉴스 채널에서 항상 흘러나오는 게 미국 대통령 음성이다. 그 누구보다도 음성 조작이 쉬웠다. 데이비슨은 대통령의 음성을 만들어 백악관 핫라인으로 B-2 벙커 소장에게 전화했다. 에릭 국장을 지금 도착하는 오스프리에 태워 보내라고 말이다.

"지금 즉시 백악관 생활동 널랜드 박사 연구실 컴퓨터 데이터, 프리즘으로 옮기세요."

에릭 국장이 오스프리에 오르자마자 데이비슨에게 지시했다. 대통령과 에릭 국장은 이제 적이나 다름없었다. 곧 그가 가지고 있는 백악관 시스템 접근 권한이 사라진다. 권한이 사라지기 전에 널랜드 박사의 연구실 데이터를 해킹하려는 것이었다. 영부인이 살아났으니 그곳에 무언가 비밀이 있을 터였다.

데이비슨은 곧바로 널랜드 박사의 컴퓨터에 저장된 모든 자료를 내려 받았다. 이걸로 그의 임무는 끝났다. 그는 이제 백악관으로 돌아가지 못한다. 하지만 걱정하지 않았다. 에릭 국장이 살아 있다.

14

"영부인께서 쾌차하셨다고요?"

더글러스는 백악관 지하 8층에서 그녀를 맞이했다. 그녀를 보고 있으면서도 믿어지지 않았다. 인류 전멸을 모의하기에는 너무나 늙고 연약한 여인이었다.

"닐랜드 박사가 마지막 그 순간까지 진실을 외면하지 말라고 하셨습니다. 하지만 저는 진실이 무엇인지 아직도 모르겠습니다."

"분명 닐랜드가 진실을 보면 믿으라 했을 건데요. 이해하려 하지 말고."

더글러스는 그녀의 말이 귀에 들어오지 않았다. 더글러스는 직설적으로 물었다.

"당신들의 최종 목적은 인류 전멸이었나요?"

그녀는 잠시 쉬었다가 대답했다.

"인류는 이미 12년 전에 스스로 시한부 선고를 했습니다."

"인류는 저력을 지니고 있습니다. 어떻게든 스스로 문제를 해결할 겁니다."

"또 다른 오이먀콘 프로젝트를 추진하려고요? 어차피 인류는 알코올램프에 데워지는 유리 비커 속 개구리 신세가 되었습니다."

그녀가 손수건을 꺼내 입 주변을 닦았다. 그러더니 계속 말을 이었다.

"인류는 기후가 변화하면 그 변화에 적응해야 한다고 하며 대책을 세웠지요. 오히려 따뜻해지니 식량 생산이 늘어나 지구촌 기아가 모두 해결된다는 말에 많은 인간이 동조했습니다. 데워지는 비커 속 개구리 처지에 있다는 것을 깨닫지 못한 채요. 이래도 인간에게 희망이 남아있다고 생각하세요?"

그녀가 더글러스를 올려다봤다. 주름 속에 깊이 숨어 있는 눈동자가 가늘게 흔들렸다. 더글러스가 침묵하자, 그녀가 계속 말을 이었다.

"인류라는 종을 리모델링할 시기가 된 겁니다."

"인류의 리모델링요?"

"38억 년 지구 생명의 역사를 되돌아보면, 하나의 종이 사라지는 것은 흔했습니다. 하지만 지구는 항상 종을 절멸시키지는 않았습니다. 종의 99.99퍼센트를 죽이고, 0.01퍼센트를 살렸지요. 살아남은 종은 뼈를 깎는 고통을 참아내면서 변화해야 했습니다. 몸의 기억을 모두 지워야 하는 대혁신이 필요했지요. 혁신의 기간은 길고 고통스러웠습니다. 그러다가 몸속에 두 번 다시 실수하지 말라는 주홍글씨를 남기면 혁신은 끝납니다. 그 주홍글씨가 바로 DNA이지요. 새로운 종으로 탄생하는 순간이기도 하고요."

더글러스는 그제야 닐랜드 박사의 마지막 말이 생각났다. '제발 진실을 외면하지 말게.'

"시베리아의 대폭발이 발생하면 짧으면 3년, 길면 5년 동안 햇빛이 없는 어둠이 지속되고, 그러면 인류는 전멸합니다. 지구 밖으로 탈출하려는 건 아니겠죠?"

"2만 명을 스와이타오위엔에 태운 채 남쪽으로 천천히 이동할 계획이었습니다."

"그럼, 카리브해에 있는 인공섬이 현대판 노아의 방주? 그런데 어차피 대기 대순환으로 남극까지 암흑으로 변할 건데요?"

"네, 맞습니다. 시베리아 대폭발이 일어나면 며칠 지나지 않아 북반구 전역에 갈색 구름이 햇볕을 가려 기나긴 어둠이 시작되고, 유라시아와 북아메리카는 두꺼운 눈으로 뒤덮일 겁니다. 갈색 구름은 대기 대순환의 흐름을 따라 천천히 남하할 것이고, 남하하는 갈색 구름을 따라 스와이타오위엔도 남으로 남으로 이동할 계획이었습니다. 그러다가 남극에 정박하고 햇빛이 나올 때까지 기다리고요. 아시다시피 스와이타오위엔은 인공태양이 비치는 자그마한 지구나 마찬가지입니다."

쿨리는 잠시 멈추었다가 얕은 기침을 하고 다시 말을 이었다.

"아무리 지구가 불타버린다고 해도, 지구의 중력은 남아있습니다. 중력에 갈색 먼지는 언젠가는 가라앉을 겁니다. 그게 대통령님도 말씀하셨듯이 짧으면 3년 길면 5년이지요. 하지만 가벼운 온실가스는 대기 체류시간이 길어서 지구온난화는 더 가속화될 겁니다. 남극은 아시다시피 거대한 대륙입니다. 빙하가 녹으면 엄청난 평야가 펼쳐질 겁니다. 그곳에서 스와이타오위엔에 의지한 채 새로운 문명을 꽃피우려고 했습니다. 화려하지 않은 지구상의 생명체로 소박하게 살아가려고요."

더글러스는 혼잣말로 웅얼거렸다.

"1년 후면?"

그 소리를 들은 노인이 싱긋 웃었다.

위험이 사라진 게 아니다. 오히려 1년 후 더 큰 재앙이 올 것이다.

앞으로도 계속해서 태양도, 지구도, 계절도 돌기 때문이다. 가을이 지나 겨울, 봄, 여름이 오고 또 다시 가을이 오면 재앙은 눈덩이처럼 커질 것이다. 인류는 이 악순환의 고리를 끊어낼 기회를 진작에 버렸다. 해마다 수천 명의 전문가가 모여 기후가 변할 것이라고, 나아가 기후 변화로 인해 어떤 일이 벌어질지 아무도 예측할 수 없다고 경고했었다. 그러나 사람들은 도리어 '예측할 수 없다면 걱정해서 무엇하느냐'고 하면서 그 말을 무시했다. 그러다가 지구온난화로 인한 이상 기후가 현실로 다가오자, 이번에는 시베리아 영구동토층이 녹아 젖과 꿀이 흐르는 지상낙원이 될 것이라며 그곳에 현대판 노아의 방주를 건설하자고 주장했다. 실로 무지하기 이를 데 없다. 종말로 치닫는 상황에서 살아남는 길은 욕망에 사로잡힌 호모 오비루나에게서 벗어나는 것뿐이다.

더글러스는 곧바로 블랙워터 본부장에게 연락했다.

"지금 즉시 카리브해 스와이타오위엔을 플로리다 에글린 군사기지로 옮기세요."

그때 노인이 싱긋 웃으며 그를 쳐다봤다.

"어디로 가려고요?"

노인의 슬픔이 깃든 기이한 미소에 더글러스는 아무런 말도 하지 못했다.

"아, 내가 잠시 제정신이 아니었네요. 천하의 미국 대통령에게 어디로 가냐고 묻다니."

더글러스는 노인의 기이한 모습에 잠시 멍하니 서 있다가, 정신을 차리고 서둘렀다. 빨리 플로리다로 떠나야 했다. 그가 문을 열고 나오려는데, 노인이 메마른 목소리로 외쳤다.

"한 가지 명심해야 할 건, 당신도 호모 오비루나라는 겁니다."

작가의 말

저는 기상직 공무원으로 24년간 근무했습니다. 당연히 지금의 기후변화를 가까운 현장에서 생생하게 느꼈지요. 한동안 일반 대중에게 기후변화는 남 일처럼 별로 관심이 없었습니다. 그러다가 해마다 더 심해지는 여름 극심한 무더위 등을 직접 느끼면서 이제는 남 일이 아니게 되었습니다.

글쟁이로 기후변화 관련 글을 쓰지 않는 건 직무 유기나 마찬가지라 여기며, 숙제로 남겨 둔 채 이런저런 이유로 미루다가, 코로나19로 의도치 않게 반 격리가 되는 바람에, 본 작품을 처음 쓰기 시작했습니다.

소설은 허구이고, 기후변화는 사실입니다.

본 작품을 쓰는 내내 저를 괴롭혔던 건, 소설적 허구가 제 머릿속에 각인된 과학적 사실에 묻히는 건 아닌지 하는 걱정이었습니다. 그러다가 한국콘텐츠진흥원에서 개최한 대한민국콘텐츠공모대전(스토리 부문)에서 수상하고, 그 걱정이 사라졌습니다.

"전 세계적으로 관심사인 지구의 기후위기 문제와 아포칼립스 무드를 융합하는 아이디어의 접근이 좋았습니다. 방대한 스케일과 캐릭터들의 매력이 구체적이며 현실적으로 훌륭하게 풀어져 나갔다고 보여집니다."
_ 심사평 중에서

심사평에 제시된 재미와 더불어, 제 필살기(?)로 기후변화의 원인, 기후가 변하면 어떻게 되는지, 또 기후변화에 곧 멸망할 것처럼 호들갑을 떨면서 왜 인류는 손 놓고 있는지, 그 이유도 지루하지 않게 행간에 숨겨 놓아, 작품을 끝까지 읽으면 독자의 머릿속에 자연스럽게 각인되도록 나름 노력했습니다.

마지막으로, 열악한 환경에서도 심신이 훌륭하게 자라 지금은 열심히 군 생활 중인 아들 현무에게 고맙고, 원고의 기획 단계부터 퇴고까지 자기 일처럼 도와준 이재환님에게 감사드립니다.

오이마콘 프로젝트

2024년 10월 17일 초판 1쇄 발행

지은이 허관
펴낸이 이원주, 최세현 **경영고문** 박시형

책임편집 강소라 **디자인** 심디
기획개발실 김유경, 강동욱, 박인애, 류지혜, 이채은, 조아라, 최연서, 고정용, 박현조
마케팅실 양근모, 권금숙, 양봉호, 이도경 **온라인홍보팀** 현나래, 신하은, 최혜빈
디자인실 진미나, 윤민지, 정은예 **디지털콘텐츠팀** 최은정 **해외기획팀** 우정민, 배혜림
경영지원실 홍성택, 강신우, 김현우, 이윤재 **제작팀** 이진영
펴낸곳 팩토리나인 **출판신고** 2006년 9월 25일 제406-2006-000210호
주소 서울시 마포구 월드컵북로 396 누리꿈스퀘어 비즈니스타워 18층
전화 02-6712-9800 **팩스** 02-6712-9810 **이메일** info@smpk.kr

ISBN 979-11-94246-28-2 (03810)